Erhard Sünder

Sehnsucht nach Freiheit
Ein Stück Dresdner Zeitgeschichte

AF125569

Es gibt drei Wege des Lernens,

erstens durch Nachdenken,
das ist der edelste,

zweitens durch Erfahrung,
das ist der bitterste,

und drittens durch Nachahmung,
das ist der leichteste.

Konfuzius

Inhalt

Bibliografische Information der Deutschen Nationalbibliothek:
Die Deutsche Nationalbibliothek verzeichnet diese Publikation
in der Deutschen Nationalbibliografie; detaillierte bibliografische Daten sind im Internet über www.dnb.de abrufbar.

Herstellung und Verlag:
BoD – Books on Demand, Norderstedt

© 2015 Erhard Sünder

ISBN-Nr.: 978 3 734755712

Vorwort

Es gibt heutzutage unglaublich viele Menschen, die meinen sie müssten ihre Memoiren schreiben - Menschen des öffentlichen Lebens, Schauspieler, Sportler und andere. Ich gehöre zur Gruppe der „anderen" und möchte mich in diese Flut der Schreiberlinge einreihen.

Es ist ein erster Versuch, ich bin also weder Könner, Künstler, noch Schriftsteller - trotzdem möchte ich mir trauen, die Geschichte meines bisherigen Lebens aufzuzeichnen. Das, was durch meine Erinnerung und meine Gedanken entsteht, möchte ich ganz besonders meinen beiden Kindern widmen, die vom Leben ihres Vaters und seiner Familie so wenig wissen und sehr behütet und ohne Entbehrungen in einem freien Land aufwachsen durften. Und ich widme dieses Büchlein vor allem meinen Enkeln, meiner Frau, meinen beiden Schwestern mit Familien, meinen Verwandten, Freunden und Bekannten, die mich in meinem Leben begleitet haben.

Die Geschichte meines Lebens gleicht der Story eines berühmten und bekannten Mannes - John D. Rockefeller (1839- 1937), dessen Name sich weltweit zu einem Synonym für Reichtum entwickelte. Wobei ich weniger vom materiellen Reichtum spreche, sondern vielmehr von der Tatsache, wie meine persönliche Entwicklung vonstatten ging, von absoluter Armut in der Kindheit (Tellerwäscher) zu einem Menschen, der, wie ich mir anmaße zu behaupten, durch viel Fleiss und Beharrlichkeit, gut vorangekommen ist im Leben, der gesund ist, einem tollen Job nachgehen darf und der umgeben von seiner Frau, in einer von viel Liebe geprägten Ehe lebt - und weil ich diese Dinge schätzen kann, fühle ich mich reich (Millionär).

So beginnt es nun, mein Leben - am 8. Juli 1956, einem heißen Sonntag, morgens einige Minuten vor 04.00 Uhr.

Kapitel 1

Schloß Guteborn - 8 x 7 = 56

Mit dem Dorf Guteborn ist ein besonderes Datum sächsischer Geschichte verbunden:

Am 13. November 1918 dankt der sächsische König Friedrich August III. von Sachsen in diesem Schloss ab.

Die Ursprünge von Guteborn reichen bis ins 13. Jahrhundert zurück, als es zur Standesherrschaft Ruhland gehörte, die später zerfiel und sich in einzelne Herrschaften auflöste. Guteborn bildete sich nachfolgend zu einem eigenständigen Erbrittergut heraus. 1575 wurde ein Schlossbau erstmalig erwähnt, aus welchem sich im Laufe der Zeit eine den gesamten Ort beherrschende Schlossanlage mit Park entwickelte. Jahrhundertlang war Guteborn Sitz einer auch Schwarzbach, Biehlen, Grünewald und Sella umfassenden Herrschaft mit Teilrechten über Ruhland. Die Gemeinde Guteborn konnte ihre Eigenständigkeit über einen langen Zeitraum bewahren.

"... von ganz besonderem Reize ist die Stelle des, nach welcher das Dorf seinen Namen erhalten hat. Inmitten einer Gruppe alter Fichten und von Alpenrosenbüscheln umgeben liegt nahe einer Waldwiese ein kleiner, stiller Weiher, der "Gute Born", der von einem unsichtbaren Quell gebildet wird. Große grüne und braune Algen wachsen auf dem Grunde des Beckens; ein Sonnenstrahl, der durch die Bäume bricht, lässt sie aufleuchten im herrlichsten Samtgrün ..."

Guteborn mit seinem Park am "Guten Born", dem ehemaligen Schlosspark, liegt im südlichen Teil des Kreises Oberspreewald-Lausitz. Der Ort nimmt eine Zentrale im Bereich der glazialen Hochfläche zwischen dem Lausitzer Grenzwald und dem Urstromtal im Norden und der Endmoräne im Ortrander Raum aus der Saale / Eiszeit im Süden ein. Vorherrschendes Element sind große Wälder mit zahlreichen Teichen. Die Höhe weist ein leichtes Süd - Nord - Gefälle von 125 Metern auf. Die Länge des Dorfes beträgt ca. 1,5 Kilometer.

Nicht jeder hat das außerordentliche Glück in einem Schloss geboren zu werden und dazu noch an einem Sonntag. Somit stand der Start in dieses Leben schon einmal unter einem guten Vorzeichen.

Nachdem meine Mutter Charlotte in den vorhergehenden Jahren schon zwei Mädchen geboren hatte, erhielt sie von ihrem Ehemann Herbert, meinem Vater, die strikte Auflage gefälligst einen Sohn - einen Stammhalter - zu gebären. Alle Umstände passten

also an diesem Tag. Der Stammhalter wurde geboren an einem Sonntag, dessen Geburtsdatum von
den wenigsten vergessen werden wird, 8. Juli 1956,
$8 \times 7 = 56$.

So erblickte ich das Licht der Welt, nackt und na-
menlos. Der Name wurde allerdings schnell gefun-
den, eigentlich stand er schon vor der Geburt fest.
Erhard (Erhard der III). Mein Vater gab mir diesen
Namen, in der Hoffnung das diesem Erhard ein län-
geres Leben beschieden wird. Der erste, der diesen
Namen trug, war der Bruder meines Vaters. Er ist an
der Ostfront gefallen, knapp dreißigjährig. Erhard,
der zweite, war ein Sohn meines Vaters aus erster
Ehe. Er und weitere vier Geschwister sowie die erste
Frau wohnten in der Moritzstrasse in der Dresdner
Innenstadt. Die Familie ist am 13. Februar beim
Luftangriff auf Dresden umgekommen, verbrannt.

Mein Vater sprach über diese Zeit sehr selten und
ich weiß darüber wenig. Mir ist bekannt, dass er
1939 zur Wehrmacht eingezogen wurde, als Sani-
täter diente und dass er kurz vor Kriegsende in russische Gefangenschaft geriet. Er wurde verschleppt
und bis ans Kaspische Meer gebracht, ihm wurden
die Goldzähne ausgeschlagen, er wurde misshan-
delt. Er litt an schweren Krankheiten - Ruhr und
Malaria. 1948 kam er aus der Gefangenschaft nach
Deutschland zurück, krank, abgemagert und völlig
mittellos. In Dresden angekommen stand er vor den

Trümmern seines Lebens, vor dem Nichts. Die Familie ausgelöscht, kein Zuhause, ohne Hab und Gut.

Was für Potential und Willensstärke muss in einem Menschen stecken, um alle diese Dinge verkraften zu können? Von vier Geschwistern meines Vaters überlebte nur ein Bruder den Krieg, auch er musste einen hohen Preis bezahlen. Schwer verletzt durch Granatsplitter wurde ihm ein Bein amputiert. Bei diesem Bruder Werner, der in Neukirch in der Lausitz lebte, fand mein Vater für einige Zeit Obdach.

Durch ein Inserat, dass der Vater meiner Mutter in einer Lausitzer Zeitung aufgab, kam es zu einer ersten Begegnung meiner Eltern. Und am 1. Januar 1949 fand die Hochzeit statt.

Die Familie meiner Mutter lebte in der Nähe von Ruhland. Meine Mutter hatte zwei Brüder und zwei Schwestern, die alle den Krieg überlebten. Mein Grossvater mütterlicherseits, Gustav Friedrich, war bis Kriegsende Oberförster bei den Herrschaften Ulrich Prinz von Schönburg-Waldenburg und Pauline Prinzessin von Schönburg-Waldenburg, die zu dieser Zeit das Schloss Guteborn bewohnten.

Nach dem Krieg war der Grossvater Förster in einem anderen Revier und wohnte mit seiner Familie im Forsthaus in Wiednitz, wo auch meine Eltern, meine Geschwister und ich für einige Zeit lebten.

1957 zog unsere Familie in die Stadt nach Dresden, in die Dresdner Neustadt. Ein Gebiet mit vier- und fünfstöckigen Häusern. Ein Haus an das andere gebaut, mit ein bis zwei Hinterhäusern und -höfen, mit teilweise breiten Hauseingängen in engen Straßenschluchten. Häuser aus der Gründerzeit, um die Jahrhundertwende erbaut und von den Luftangriffen auf Dresden relativ verschont geblieben - ein Ghetto mit mehreren tausend Menschen auf wenigen Quadratmetern. Die Wohnung bekam mein Vater über die Firma in der er damals arbeitete. Erdgeschoss, zweieinhalb Zimmer, Küche und Außentoilette über den Flur, vor dem Kellerabgang. Ein großes Haus mit Hof und Hinterhaus, vier Etagen. Vierzehn Familien bewohnten das Vorderhaus, sechzehn Familien das Hinterhaus. Zeitweise lebten 45 Kinder vom Kleinkindalter bis zum Jugendlichen im Haus Nummer 25 auf der Kamenzer Straße in der Dresdener Neustadt.

Im Vorderhaus neben dem Hauseingang war eine Bäckerei, die Backstube und eine Glaserei befanden sich im Hof, wo wir Kinder tagsüber spielten. Von 1957 bis 1977 habe ich in dieser Wohnung, in diesem Haus in der Dresdner Neustadt gewohnt, dort habe ich meine Kindheit und Jugend verbracht und ich hatte meine Träume und Sehnsüchte von einem anderen Leben.

Kapitel 2

Die ersten Lebensjahre

Die Erinnerungen an meine Kindheit reichen zurück bis ins Jahr 1959, als ich dreijährig war. Es sind nur Fetzen, die an mir vorüberziehen, dennoch sind es Bilder, die sich im Inneren tief eingeprägt haben.

Ich war ein Kind mit weißblonden Haaren , dünn, mit einem viel zu großen Kopf für diesen schmächtigen Körper und ich war nach Aussage einiger Mitmenschen ein freundlicher Knabe der es, wenn ich es heute überlege, faustdick hinter den Ohren hatte, was allerdings die Erwachsenen selten bemerkten. Ich verstand es, mich mit älteren und größeren Kindern zu umgeben und die Leute zu manipulieren, mir Glauben zu schenken, wenn es um die Verantwortung für manche Streiche ging. Die einhellige Meinung lautete dann meistens: „Das war dor ni dor Gleene."

Außerdem war ich recht beliebt. Im Streit darum, wer mit mir spielen darf, schlug meine Schwester Dagmar meiner Schwester Erika mit einem Holzhammer ein Loch in den Kopf, womit sich ihr Vorhaben von selbst erledigte. Meine Geschwister behaupten heute noch, dass sie für mich die Prügel einstecken mussten und ich der Liebling meines Vaters war. Auch meine Mutter erzählte ihr Leben lang, was ich für ein lieber Junge war: „Der hadd so scheen geschbield, den habb'sch garni gemergd!" Wie sollte sie auch, war meine Mutter doch schwerhörig, wodurch ihr oft mein Unmut verborgen blieb.

Meine Schwestern wurden 1951 und 1952 geboren. Zum Zeitpunkt unseres Umzuges in die Stadt waren sie also sechs und fünf Jahre alt. Sie waren das Landleben gewohnt. Aufgewachsen in fast unberührter Natur, umgeben von Wald und Tieren, ohne Verkehr und ohne Altersgenossen, gegen die sie sich durchsetzen mussten. Auf ihren kleinen Bruder mussten sie nur flüchtig aufpassen, wenn der sich auf dem Grundstück bewegte, war das überschaubar.

Anders in der Stadt. Die Gewohnheiten hatten die beiden vom Land. Jedes Dreckloch, jede Pfütze nahmen sie mit und sie benutzten nicht etwa die Wohnungstür als Ein- und Ausgang, sondern sie stiegen mit ihren ,,Dreckfüßen" durch die Fenster in die Wohnung, was kein gutes Licht auf die Familie warf. Meine Erinnerung an diese Zeit beschränkt sich darauf, dass ich in unserem großen Wohnzimmer auf einer Couch mit einer Lehne aus Holzgitterstäben lag und genüsslich aus einer Glasbabyflasche Milch trank, den Geruch dieses Saugers in Verbindung mit der warmen Milch habe ich heute noch in der Nase.

Hinter dieser Couch befand sich eine schwarze Mehrfachsteckdose, die ich eines Tages untersuchen musste. Mit den kleinen, dünnen Fingern konnte ich Kontakt zum Inneren der Dose herstellen und durch den Stromschlag flog ich in hohem Bogen von der Couch. Dieses Erlebnis hat mir mein Leben lang sehr viel Respekt vor Strom eingeflößt.

Es gab noch eine weitere Begebenheit aus dieser Zeit. Im Frühjahr öffnete meine Mutter manchmal das Küchenfenster, um das Treiben auf der Strasse zu beobachten. Wir wohnten, wie schon erwähnt, im Erdgeschoß. Das Fensterbrett ca. 1,50 m über dem Erdboden. Wenn Mutti zum Fenster rausschaute, durfte ich manchmal auf dem Fenstersims sitzen, die Beine nach draußen herabhängend und sie umschlang mich mit einem Arm. Ich wollte auch sehen, was auf der Straße los ist und blieb nicht still sitzen, wie mir angeraten wurde. Also entglitt ich der Umklammerung meiner Mutter und fiel kopfüber auf den harten Gehweg. Zum Glück trug ich keinen größeren Schaden davon, außer dem, der mir bis heute geblieben ist. Ich schrie, Mutter stand am Fenster wie gelähmt. Ein vorübergehender Passant hob mich auf und reichte mich zurück durchs Fenster, meiner Mutter in die Arme, die mich daraufhin sehr fest hielt und an sich drückte und mir immer wieder über meinen Kopf strich, an dem sich eine grosse Kugel gebildet hatte. Es wurde noch etwas gestreichelt und geblasen und damit war alles gut. Ich wurde zu Bett gebracht und schlief friedlich ein. Schon nach kurzer Zeit wachte ich auf und das Mittagessen machte sich bemerkbar, was ich dann auch prompt von mir geben musste. Das war in dieser Nacht noch eine neue Erfahrung. Am nächsten Morgen war ich zwar etwas benommen und geschwächt und es stank im ganzen Schlafzimmer - doch so ging auch der Alltag eines Kleinkindes wie gewohnt, weiter. Sicherlich hatte ich bedingt durch den Sturz eine Gehirnerschütterung, da ich aber wieder auf den Beinen war, nirgends blutete, maß man dem Ereignis keine größere Bedeutung zu und ein Arztbesuch schien nicht erforderlich.

Die Zeit meiner lückenlosen Erinnerung begann Anfang der sechziger Jahre. Es war das Jahr 1961, ein sehr turbulentes Jahr der deutschen Geschichte. Das Jahr, in dem Deutschland geteilt wurde, als man in Ostberlin die Mauer errichtete.

Für mich war es eine schöne, unbedarfte Zeit. Den ganzen Tag konnte ich damit verbringen zu spielen und herumzutollen. Ich hatte zwar kaum Spielsachen, doch irgendwie war ich schon sehr früh kreativ. Im ersten Hinterhof unseres Wohnhauses war die Werkstatt vom Glaser Mehner, dem ich oft bei der Arbeit zuschaute. Herr Mehner war schon ein alter Mann, der stets nett und freundlich war. Der alte Mehner hat auch Fenster gebaut. Ich liebte den Geruch von Holz und Fensterkitt und aus den Säge- und Hobelspäneabfällen durfte ich mir oftmals „Klötzel" aussuchen, mit denen ich dann Strassen, Autobahnen, Schiffe und Hafenanlagen baute. Mit meinen wenigen Spielzeugautos und Holzmännlein konnte ich mich stundenlang beschäftigen. Ein Kinderzimmer gab es nicht. Meine Bauwerke errichtete ich in der „Stube" (so wurde unser Wohnzimmer genannt). In dieser Stube spielte sich alles ab. Dort wurde gegessen, gelesen, geschrieben, gespielt und gewaschen. Nicht die Wäsche, sondern der Körper. Dazu wurde in der Küche auf dem Ofen Wasser gekocht und in einer großen Zinkwaschschüssel, die man im Wohnzimmer auf einen Hocker stellte, wusch man sich. Auf den Tisch, wo auch die Mahlzeiten eingenommen wurden, stellte mein Vater morgens einen Holzkasten, den man aufklappen konnte und in dem ein Spiegel im Deckel war. In diesem Kasten waren die Utensilien, die er für seine morgendliche Rasur benötigte. Ich spielte an dem gleichen Tisch, nicht etwa am Boden. Manchmal, wenn ich gerade meine „Bauwerke" fertiggestellt hatte, hieß es plötzlich: „Disch abräum, s'wird gegessn." Fast immer holte ich mir von meinen Geschwistern, die schon zur Schule gingen, Bleistift und Papier und machte mir von meinen gebauten Werken eine Zeichnung, um nach dem Essen dort weiter zu spielen, wo ich aufgehört hatte. So lief es ab, wenn draußen schlechtes Wetter war, oder im Winter.

Die kalte Jahreszeit habe ich nie gemocht. In der Schlafstube in der ich mit meinen Eltern schlief, hatten wir oft Eisblumen an den Fenstern und die Fensternischen hatten einen weißen Überzug. Oft war das Bett so kalt, dass mir die Zähne aufeinanderschlugen. Das „zu Bett gehen" hatte für mich immer eine Art Schockwirkung. Meistens bekam ich eine Wärmflasche ins Bett und meine Mutter kam, um mich „einzumummeln". Dabei wurden die Enden der Bettdecke links und rechts unter das Kopfkissen geschoben und dann sagte „Mutti" (so wurde sie von uns genannt): „Du musst gans ruhsch liegn und ins Bedde bubsn, da wird's schnell woarm."

In diesem Jahr 1961, also mit fünf Jahren, machte ich schon meine ersten politischen Erfahrungen.

Wir hatten in den Abendstunden oder sonntags oft Besuch, Besuch von Freunden meines Vaters oder von Tanten und Onkel. Ich habe mich immer sehr still verhalten, spielend unterm Tisch oder in einer Ecke (meistens vor dem Kachelofen) gesessen und ich habe den Gesprächen gelauscht, welche die Erwachsenen führten. Herbert, mein Vater, war ein sehr emotionaler, impulsiver Mensch. Es wurden meistens politische Themen diskutiert, vor allem die weltpolitische Lage wurde immer wieder erörtert. Mein Vater, so konnte ich heraushören, war mit seinem Leben unzufrieden. Er war unzufrieden darüber, dass er im östlichen Teil Deutschlands leben musste und das er die Chance verpasst hat, in den Westen zu gehen. Irgendwann in den dreißiger Jahren war er auf „Wanderschaft", mit 4,20 Reichsmark verliess er seine Heimatstadt Löbau und nach 3 oder 4 Jahren kehrte er mit 840 Mark (damals viel Geld) heim. Während dieser Zeit war er auch in Hamburg. Und er war vor einem Schiff gestanden, das in See stach nach Amerika. Damals hörte ich aus dem Munde meines Vaters oft den Satz: „Hätte ich die Chance doch wahrgenommen, wäre ich doch nach Amerika gegangen." Diese „Entschlussneurose" meines Vaters sollte mein späteres Leben prägen.

In unserer Stube stan ein Rundfunkgerät, das hatte an der Vorderfront ein „magisches" Auge. Für mich war es immer faszinierend, wenn das Radio eingeschaltet wurde und es eine Zeit lang dauerte bis das Auge ganz grell grün leuchtete. Erst dann war es möglich, diesem Kasten Töne zu entlocken. Wir Kinder wurden sehr früh damit vertraut gemacht, den Sender der an dem Gerät eingestellt war, ganz leise zu hören. Von den neuen Machthabern im Osten war es bei Strafe verboten Westsender zu hören. In unseren vier Wänden wurden nie Ostsender gehört. Was mein Vater den Nachrichten vom Deutschlandfunk oder der Deutschen Welle entnahm, durften wir nicht nach draußen tragen. Das wurde uns immer wieder eingeschärft und strikt verboten. Mein Vater war in dieser Zeit oft zu Hause. Ich kann mich nicht erinnern, ob er keine Arbeit hatte oder ob er krank war. Ich habe es als Kleinkind genossen, wenn mein Vati daheim war. Ich war dann oft mit ihm unterwegs und er hat sich viel mit mir beschäftigt, er nahm mich mit, wenn er irgendwelche Termine hatte, zum Beispiel Arztbesuche. Ich weiß, dass er in Behandlung bei einem Nervenarzt war. Darunter konnte ich mir gar nichts vorstellen und ich dachte mir immer, warum geht er dahin? Nerven - so etwas konnte ich nicht sehen und nicht anfassen.

Ich erinnere mich, dass er Anfang der 60er Jahre in einer Nervenheilanstalt in Arnsdorf bei Dresden war. Allgemein, unter uns Kindern bekannt als „Klappsmühle", dort wo die Verrückten sind. Sonntags fuhr unsere Mutter mit uns im Zug nach Arnsdorf unseren Vater besuchen. Meistens holte er uns am Bahnhof ab und wir verbrachten den Sonntag gemeinsam, wir gingen in den schönen Parkanlagen spazieren oder wir saßen im Zimmer und unser Vater erzählte vom Leben in diesem Haus, von den Behandlungen, davon, dass er sich besser fühlt. Ich hatte dafür kein Verständnis, weil ich immer meinte, mein Vater ist doch nicht krank.

In Arnsdorf habe ich dann das erste Mal aus meiner kindlichen Sicht „verrückte" Menschen gesehen, die eingesperrt waren hinter hohen Maschendrahtzäunen, wo die Fenster vergittert waren, wo erwachsene Menschen mit Puppen gespielt haben und komische Laute von sich gaben.

Wenn wir bei schönem Wetter sonntags in den Parkanlagen spazieren gingen, dann hatten wir besonderen Spaß weil unser Vater, um uns zu erheitern, die Verrückten erschreckte. Dazu riss er ein Blatt von einer Buchenhecke (die eigneten sich am besten), das legte er flach auf seine linke, zur Faust geballten Hand, wobei er zwischen Daumen und Zeigefinger einen Hohlraum entstehen ließ und mit der rechten Hand schlug er kräftig auf das Blatt auf seiner linken Faust - dadurch entstand ein Knall und die Verrückten erschreckten sich und gaben schreiende Laute von sich. Darüber haben wir uns lustig gemacht und gelacht und ich habe dann immer und immer wieder Blätter abgerissen, die ich meinem Vater brachte, um den Vorgang zu wiederholen.

Irgendwann in diesem Jahr kam der Sommer, der für uns damals schon im April begann. Es war die Lederhosenzeit. Sobald die Aussentemperaturen über zehn Grad Celsius lagen, wurden mir morgens kurze Hosen verpasst - die geliebten Lederhosen. Und wenn es noch etwas zu kalt war an den Beinen, bekam ich ein getragenes Leibchen mit Strumpfhaltern meiner Schwestern, dazu gerippte braune Baumwollstrümpfe, die an die Strumpfhalter angeknöpft wurden und die Kälte war kaum noch spürbar. Heute denke ich, alle Jungs trugen Lederhosen, um ihre Mütter zu entlasten. In dieser Zeit gab es noch keine Waschmaschinen. Die Mütter wuschen die Wäsche entweder daheim in der Küche in einer grossen Holz- oder Zinkwanne, oder im Waschhaus, das in jedem Haus vorhanden war. Die Chance, dass die Wäsche im Waschhaus gewaschen werden konnte, war sehr gering - bei 30 Familien mit insgesamt 45 Kindern. Also wurde in der Küche der Kohleofen eingeheizt. Auf dem Ofen wurde die Wäsche in einem grossen, hohen Topf gekocht, anschliessend in die Wanne gegeben und mehrmals gespült. Stark verschmutzte Wäsche rieb man mit

Kernseife ein und rubbelte sie über ein Waschbrett, welches in der Wanne stand. Vor lauter Dampf in der Küche, war manchmal die Mutter hinter der Waschwanne kaum zu erkennen. Nach solch einem Waschtag, nachdem alles verräumt und der Dampf abgezogen war, wischte unsere Mutter gewöhnlich die Küche aus. Sie hatte dafür einen schweren Zinkeimer, einen Schrubber und einen Scheuerlappen. Ich weiß, dass es draußen schon dunkel war und irgendwie hatte ich wohl eine Auseinandersetzung mit einer meiner Schwestern. Wahrscheinlich war ich in diesem Moment doch nicht so brav, denn meine Schwester wollte mir eine dachteln" Ausdruck für eine Schelle geben). Ich musste also vor ihr flüchten, um dem zu entgehen. Also rannte ich in die Küche und wollte hinter meiner Mutter, die zur damaligen Zeit ziemlich breit war, Schutz suchen. Der Küchenboden war noch feucht, ich rutschte aus und fiel hin. Es war ein unglücklicher Sturz. Ich traf genau auf den Bügel des Zinkeimers, der sich in meine Stirn bohrte. Mir wurde sehr warm im Gesicht von dem Blut das aus der Wunde trat. Für einen kurzen Moment brach Panik aus, ich schrie, meine Schwester schrie „ich kann nichts dafür, ich kann nichts dafür." Die Mutter schrie. Ich weiß nicht mehr, wer die Situation unter Kontrolle brachte und erste Hilfmaßnahmen einleitete. Mir wurde ein Tuch auf die Wunde gedrückt, einer der im Hausflur herumstehenden Kinderwagen (heute Buggy genannt) wurde hergeholt in den wurde ich hinein verfrachtet und in Windeseile fuhr man mich ins Diakonissen-Krankenhaus an der Elbe. Dort war dann auch mein Vater zugegen, der mir immer wieder einschärfte nicht zu weinen und tapfer zu sein. Nun, ich habe es überstanden. Die Wunde wurde geklammert und ich bekam einen weißen Turban auf. Die Verletzung verheilte rasch, zurück blieb eine Narbe, durch die ich gekennzeichnet war.

In meinem ersten Personalausweis, den ich im Alter von 14 Jahren bekam, wurden besondere Kennzeichen noch vermerkt und da hieß es: „Besondere Kennzeichen: Narbe auf der Stirn." Einige Jahre später wurde der Eintrag fallen gelassen, vielleicht auch, weil die Narbe verblasste.

Doch zurück zum Waschtag: In Haushalten, die schon etwas fortschrittlicher waren, gab es ein Gerät mit mehreren Gummirollen und einer Kurbel an der Seite, wo nach dem Spülen die Wäsche durchgedreht wurde, um das verbliebene Wasser herauszudrücken. Man nannte dieses Teil eine Wäschemangel, die Vorstufe der später aufkommenden elektrischen Wäscheschleudern. Unsere Mutter drückte die Wäsche noch mit der Hand aus, bevor sie dann im Hinterhof zum Trocknen auf die Leine gehängt wurde. In dem Teil des Hofes, wo der Wäscheplatz unserer Familie war, standen die Futtertonnen. Das waren Holzkübel, in die von allen Hausbewohnern die Küchenabfälle hineinkamen. Sobald es Frühling wurde und die Temperaturen anstiegen, entwickelte sich ein permanenter Geruch, der sich noch verstärkte, wenn es zur Leerung der Tonnen kam. Zum Ausleeren der Tonnen fuhr aller zwei Wochen ein Kutscher mit einem Pferdegespann und einem großen Holzwagen vor, auf den die Abfälle geschüttet wurden. Beim Hinaustragen der Holzkübel vom Hof durch den Hausflur auf die Straße entstand eine stinkende Spur heraustropfenden Saftes. Und dieser Gestank schlug sich in der frischen, luftgetrockneten Wäsche nieder. Manchmal hatten die Kleidungsstücke auf der Wäscheleine auch einen leicht rötlichen Staubüberzug, meistens dann, wenn es windig war. In einer anderen Ecke des Hinterhofes gab es eine Grube mit einem Eisendeckel. Dorthinein gaben die Bewohner der Häuser die durch das Heizen mit Holz und Kohle angefallene Asche. Dieser Staub verteilte sich auf dem gesamten Grundstück. Bedingt durch die „Futterkübel" und die „Aschegrube" gab es in unseren Häusern viele Kleintiere, Mäuse und Ratten.

Ich möchte an dieser Stelle noch einmal auf die Kleidung zurückkommen. Für meine Eltern war es ein Glück, dass ich sehr langsam wuchs. Musste doch höchstens aller 2 bis 3 Jahre eine neue Lederhose gekauft werden. Die Lederhose wurde ausgeklopft, feucht abgerieben und aufgeraut. Es war in meiner Kindheit ganz selten, dass ich ein neues Kleidungsstück bekam. Die meisten Sachen erhielten wir von anderen Leuten mit größeren Kindern und wir trugen diese Sachen auf. Für unsere Eltern war es eine schwere Zeit. Geld war sehr knapp und jeder Pfennig wurde mehrmals umgedreht, bevor er ausgegeben wurde. Vater hatte meist nur kurzfristige Arbeitsstellen und unsere Mutter ging ab Anfang der 60ger Jahre stundenweise zum Putzen.

Gegenüber unserer Wohnung mündete die Schönfelder Straße in die Kamenzer Straße. An der linken Ecke befand sich ein Eisenwarenladen - Eisenwaren Erich Werner ein Geschäft, in dem es Schrauben, Nägel, Haken, Ösen und Werkzeuge gab - von uns genannt: „der Eisenwerner". Der Eisenwerner war ein sehr großer Mann, sicher zwei Meter. Wenn irgendjemand meiner Freunde merkte, der Eisenwerner holt sein Motorrad aus dem Hof (eine grüne Maschine, Fichtel und Sachs), dann versammelten wir uns alle vor unserer Haustür, um dem Schauspiel beizuwohnen. Er sah so lustig aus, wenn er sein Motorrad startete und wegfuhr. Herr Werner trug dann eine dunkelgrüne Motorrad-Lederkappe und eine große Motorradbrille. Die Lederkappe trug er offen und die Ohrenklappen standen fast waagerecht von seinen Ohren weg, die ebenfalls sehr groß waren und vom Kopf abstanden. Wir mussten schon über dieses Aussehen lachen. Noch lustiger wurde es, wenn er seine Maschine startete. Irgendwie trat er mit einem Bein auf das Startpedal und gleichzeitig schlug er das andere Bein nach hinten aus in eine enorme Höhe. Den Startvorgang wiederholte er mehrmals, ehe das Motorrad ansprang. Und jedes Mal kugelten wir uns vor Lachen.

An der rechten Ecke Kamenzer/Schönfelder Straße befanden sich ebenfalls Geschäftsräume, in denen sich damals eine Werbeagentur befand. Dort wurden Werbetafeln, Plakate und Schrifttafeln gemacht. In dieses Geschäft ging unsere Mutter täglich ein paar Stunden zum Putzen. Ein Haus weiter, in der Schönfelder Straße war der Kramerladen von Strobels, ein Geschäft mit Kaffeerösterei. Bei Strobels gab es fast alles, Süssigkeiten, Kaffee, Brot, Getränke, Gewürze und viele andere Dinge. Wenn Kaffee geröstet wurde, dann lag ein ganz besonderer Duft über unserem Viertel, der den täglichen Gestank völlig abdeckte. Ich liebte schon damals diesen Geruch und den Geruch von frisch gemahlenem Kaffee. Das erklärt auch meine Liebe zu diesem Getränk, die bis heute nicht verlorengeng. Als Sechsjähriger trank ich schon regelmässig Kaffee, mit Milch und Zucker.

Einmal war ich mit meiner Tante Erna und meiner Mutter unterwegs und die Tante lud uns ein in ein Café. Die Bedienung kam und fragte nach unseren Wünschen. Jeder dachte nun, dass ich eine Limonade oder einen Kakao bestelle, aber ich sagte, ich möchte einen Kaffee. Die Bedienung sah mich fragend an und dann meine Mutter und die Tante. Ich bekam den Kaffee - mit viel Milch, sehr zum Unmut umhersitzender Gäste, die es nicht verstanden, wie man einem kleinen Kind Bohnenkaffe verabreichen kann.

Auf unserer Straße waren zur damaligen Zeit viele Geschäfte und tagsüber herrschte immer emsiges Treiben. Wenn man von der Louisenstraße in die Kamenzer Straße einbog, befand sich an der einen Ecke das Hotel Stadt Rendsburg, auf der gegenüberliegenden Seite war der Friseur Bochmann, der meinem Vater und mir die Haare schnitt. Daneben waren Ausstellungsräume des Möbelhauses Ehrlich. Ein paar Meter weiter war ein großes Fischgeschäft, wo damals im Fenster noch ein Aquarium stand, in dem immer Karpfen schwammen. Gleich daneben war die „Hruschka'n", auch ein Kramerladen, bei der gab es rote Limonade, die ich sehr gern mochte. Gegenüber war die Klavierfabrik Thierbach, die bauten und reparierten Klaviere. Vor der Fabrik standen häufig Russenautos, die brachten und holten Klaviere. Die Autos hat man sofort am Geruch erkannt. Das Benzin, mit dem die Russen fuhren, hatte einen sehr eigenartigen Geruch. Meistens waren es Gruppen von Soldaten, die mit den Autos mitkamen und deren Uniformen rochen ebenfalls fremd, wie Pflaster, nur noch stärker. Zur Fabrik gehörte ein Schauraum, wo einige Pianos und Flügel standen. In diesem Raum saß manchmal ein kleiner, untersetzter, blinder Mann. Er wohnte bei uns auf der Strasse, einige Häuser von unserem entfernt. Der Mann hatte immer einen Hut auf, er trug eine dunkle Brille mit großen Gläsern und er hatte stets eine Zigarre im Mund. Mit seinem weißen Stock tastete er sich bei uns die Straße entlang, bis zum Thierbach, bei dem er dann im Schauraum die Klaviere stimmte.

Schräg gegenüber von uns, im Haus vom Eisenwerner und genau gegenüber von unserem Bäcker Johne, war der Milchladen Erxleben. Herr und Frau Erxleben waren nette Leute und lieb zu uns Kindern. Herr Erxleben war ein feiner Mann, immer gut gekleidet und stets im weißen Mantel mit Hemd und Krawatte. Manchmal schickte er mich zum Zigarettenholen, Marke „Sonne" in ein Tabakgeschäft auf der Louisenstraße. Als Belohnung durfte ich mir in seinem Geschäft etwas aussuchen. Neben den Molkereiprodukten gab es auch verschiedene Süßigkeiten. Der Erxleben hatte Karamelstangen, die ich gern mochte. Mit solcher habe ich mir meine Dienste „bezahlen" lassen.

Neben dem Milchladen hatten wir den Gemüseladen Pfeiffer. Vor dem Geschäft war auf Holzböcken eine große Tafel, die nach vorn schräg abfiel und auf der sämtliches angebotenes Obst und Gemüse angepriesen wurde. Damit man die Holzböcke nicht sah, war über die Tafel bis fast zum Boden eine Plane gelegt. Unter diese Plane sind wir manchmal geschlüpft und wenn wir uns unbeobachtet fühlten, haben wir unter der Plane hervor in die Obststiegen gegriffen und das verschiedenste Obst probiert, Erdbeeren, Kirschen und Pflaumen, was gerade Saison hatte. Im gleichen Haus von Pfeiffers war auch ein Lampengeschäft, ich glaube mich zu erinnern, daß über dem Eingang eine Tafel hing, auf der geschrieben stand: Vogel & Scheuch, und mit kleinen Buchstaben darunter, früher an der Frauenkirche. Deshalb wurde die Inhaberin des Geschäftes von uns Vogelscheuche genannt. Nach Pfeiffers wurde unsere Straße etwas offener. Es kamen größere Grundstücke, wo keine oder nur noch Teile von Häusern standen. Da waren im Krieg Bomben draufgefallen. Man hatte dort Garagen hingebaut und in einem Seitengebäude waren noch zwei Pferdefuhrgeschäfte. Fuhrgeschäft Anders und Fuhrgeschäft Marschler. Daneben befand sich das Baugeschäft Schmieder. Ein sehr fester Mann mit wenig Haaren und einem Pfannkuchengesicht, das stets hochrot war. Der Schmieder fuhr in der damaligen Zeit schon immer große Autos. Die Baustoffe wurden auf dem Grund, wo die Fuhrgeschäfte waren, gelagert. Sand Kies, Steine - für uns Buben ein ideales Terrain zum Spielen. Der Schmieder sah das nicht gern, wenn wir auf den Sand- und Kiesbergen herumliefen und hat uns oft davongejagt. Im Haus Nummer 29 und 31 waren jeweils die Vorderhäuser dem Luftangriff am 13. Februar 1945 zum Opfer gefallen. Dort wo die Vorderhäuser einst standen, gab es nun Grünflächen, die wir auch in Beschlag nahmen. Weiter oben in der Kamenzer Straße war der Gemüseladen Kästner und ein Blumengeschäft. Dann gab es den Sack-Becker. Ein kleiner Laden, wo von der Straße aus einige Stufen in das Geschäft führten. Der Sack-Becker war auch solch ein Krämerladen. Allerdings hatte der noch ein etwas erweitertes Sortiment. Im Verkaufsraum standen immer Säcke, gefüllt mit Nüssen, Erdnüssen (die es Anfang der sechziger Jahre noch gab!), Hundekuchen, Sonnenblumenkerne usw. Ich aß sehr gern Erdnüsse, deshalb kauften wir auch hin und wieder bei eben diesem Sack-Becker ein.

Da unsere Mutter schwerhörig war, ist es für mich nicht immer einfach gewesen, mich verständlich zu machen. Mutti hat zwar viel vom Mund ablesen können, aber trotzdem nicht immer alles verstanden. Doch es gab ja noch die Möglichkeit der Zeichensprache. Und besonders in Verbindung mit den Erdnüssen erinnere ich mich, wie ich meinen Wünschen Ausdruck verlieh. Das ging so: ich stieß Mutti, bis sie mich ansah. Genervt sprach sie: „Was willsdn, schon wieder?.'' Dann deutete ich mit meinem Zeigefinger auf den Sack mit Erdnüssen, drehte meine Hand und deutete auf meinen Bauch, öffnete meinen Mund und deutete mit dem Finger hinein in den Mund. Wenn es irgendwie ging bekam ich eine Tüte Erdnüsse.

Gegenüber vom Sack-Becker war ein Geschäft in dem es Textilien, Berufskleidung, Socken, Wolle, Garn, Nähzeug usw. zu kaufen gab. Die Inhaber hießen Gebelein. Daneben war der Fleischer Hammer, dann kam eine Kreuzung, die Sebnitzer Straße. Auch an dieser Straßenkreuzung befand sich an jeder Ecke ein Geschäft. Eine Bäckerei, Woldemar und Schmidt, (Woldemar und Schmidt hatten eine Fabrik, wo Spirituosen hergestellt wurden), gegenüber war die Drogerie Bulander und an der vierten Ecke war Zienerts Gaststätte, eine Bierkneipe aus der es immer eklig nach Bier und Schnaps und Zigarettenrauch roch. Nach der Kreuzung in Richtung Bischofsweg waren noch weitere Geschäfte. Der Schreibwarenladen Schwaer, Bäckerei Claudius, ein weiterer Fleischer, eine Samenhandlung und nochmals ein Milchladen, ein weiterer Friseur und danach, an der Ecke Bischofsweg, die „Papageienschänke", ein Speiserestaurant. Der Bischofsweg war eine breitere Straße und er hat geschichtliche Bedeutung. Die Straße soll ein alter Handelsweg gewesen sein zwischen dem Bistum Meissen und Bautzen, auf der auch die Bischöfe unterwegs waren, so glaube ich mich zu erinnern. Die Kamenzer Straße geht dann noch zwei bis dreihundert Meter weiter, schneidet die Nordstraße und mündet in den Priesnitzgrund, ein großes Waldgebiet und ist auf dem letzten Stück nur noch einseitig bebaut. Auf der anderen Seite ist ein riesiger freier Platz mit Grünflächen und Park ähnlichen Anlagen. Vor dem

Krieg auch Zeppelinlandeplatz. Der Platz ist der Alaunplatz und für uns Kinder war es der „Laulau". Dort sind wir oft herumgestromert. Dort sind wir Roller und Fahrrad gefahren, haben Drachen steigen lassen, waren im Winter rodeln. Dort haben wir Fuß- und Radball gespielt, dort hatte ich meine ersten Treffen mit Mädchen. Auf der gegenüberliegenden Seite des Platzes waren Kasernen der Russen, wo wir die ersten Zigaretten geraucht haben. Dort hatte ich Erlebnisse, zu deren Schilderung ich an anderer Stelle kommen werde.

In unserem Nachbarhaus war lange Zeit die Fleischerei Pohland (dor Bouland), die irgendwann geschlossen wurde. Der Fleischer hatte wenig Kundschaft und ich hatte Angst vor ihm, weil es hieß: er hat die Wurst vergiftet und er ist ein „Menschenfresser". Damals war ich eben noch sehr leichtgläubig. In dem Fleischerladen wurde später eine Sammelstelle für Flaschen, Gläser und Altpapier eingerichtet. Wir Kinder sind oft zum Flaschensammeln gegangen. Bei Wind und Wetter zogen wir mit einem kleinen Handwagen (Rollfix genannt - ein Eigenbau unseres Vaters) durch die Straßen und klingelten, vom Erdgeschoß bis jeweils in die vierte oder fünfte Etage, bei den Leuten, um zu fragen: „Hamse Flaschn, Gläser odor Babier?" Von einigen bekamen wir etwas, von anderen nicht. Es gab sehr nette und freundliche Menschen, von denen wir manchmal auch etwas Süßes oder Geld bekamen.

Es gab aber auch unfreundliche Leute, die zudem kein Verständnis für uns hatten. Oft musste ich meinen Schwestern bei diesen Sammelaktionen beiwohnen und tragen helfen. Ich war damals noch sehr klein und es war anstrengend, in jedem Haus vom Erdgeschoss bis in die vierte oder fünfte Etage zu steigen. Ich erinnere mich, einmal schwarze Schnürschuhe angehabt zu haben, die in einem schlechten Zustand waren. Bei einem Schuh schaute der grosse Zeh durch und die Kappen an den Fersen waren heruntergetreten. Es regnete und die Füße in den Schuhen waren nass. Ein Schuh rieb so stark an meiner Ferse, daß ich eine große Blase hatte, die ganz schwarz war. Es tat so weh und ich habe die ganze Zeit geweint und gewimmert. Die Sammlung wurde fortgesetzt, bis alle Häuser abgeklappert waren. Erst dann durfte ich mich auf den Wagen setzen und meine Schwestern zogen mich heim.

Das was wir zusammen getragen hatten, brachten wir anschließend zur „Flaschenjuhle" (die Frau in der Annahmestelle). Die Flaschenjuhle war eine alte schmuddelige Frau, spindeldürr mit langen weissen, ganz dünnen Haaren und einem hässlichem Gesicht mit Schlupflidern. Ausserdem hatte sie eine ganz tiefe Stimme und sie trug Männerhosen. Über die dünnen gelben Finger mit eklig gelben Nägeln, trug sie Handschuhe, an denen die Fingerkuppen abgeschnitten waren. Sie sprach sehr laut und sie rauchte ständig. Pro Glas und Flasche bekamen wir 5 Pfennige, für 10 kg Papier zehn Pfennige. Die Flaschenjuhle hat sich gern zu ihren Gunsten verrechnet.

Von dem Geld, was meine Geschwister ausgezahlt bekamen, gaben sie einen Teil meiner Mutter, der Rest wurde geteilt. Ich setzte Geld meistens in Kuchen um. Ich hatte eine Vorliebe für Mohnkuchen, den unser Bäcker Johne hervorragend backen konnte. Meine Mutter wusste oft nicht, wo sie das Geld hernehmen sollte, wenn ich sie fast täglich um diese 35 Pfennige anbettelte, für „mein" Stück Mohnkuchen. Wenn sie wirklich gar kein Geld mehr hatte, brachte ich sie soweit, dass sie einen Zettel schrieb mit der Aufschrift „bitte anschreiben" und damit ging ich dann zum Bäcker. Wir ließen nicht nur beim Bäcker anschreiben, sondern auch im Milchladen oder im Gemüseladen. Später habe ich mich immer geschämt, wenn ich zum Anschreiben oder Geldleihen geschickt wurde.

Manchmal ging unsere Mutter am Sonnabend zu verschiedenen Leuten die „Hausordnung" machen. Das hieß, Treppe kehren, nass wischen von einer Etage in die andere, Geländer abputzen, Fenster putzen usw. Dafür bekam sie zwischen drei bis fünf Mark und davon wurden die Schulden wieder abbezahlt. Ich wurde zum Einkaufen geschickt, zum Bäcker, wo ich mich am Sonnabend früh anstellen musste oder zum Milchholen. Damals gab es dafür Milchkannen aus Aluminium mit einem Henkel für ein oder zwei Liter Inhalt. Damit ging ich zum Erxleben und für 68 Pfennige gab es einen Liter Milch. Die Milch wiederum wurde in grossen Blech- oder Zink-Milchkannen angeliefert. Mit einem Messbecher (ein halber Liter) an dem ein langer Stiel war, tauchte der Herr Erxleben in die große Milchkanne und schüttete den Inhalt in die von mir mitgebrachte Kanne. Zweimal eintauchen = 1 Liter Milch, zahlen, fertig.

Wie ich schon erwähnte, waren wir zeitweise über 40 Kinder in diesem Haus, Kinder in jeder Altersklasse. Da waren die Schuhmanns, die im Hinterhaus unter dem Dach in der vierten Etage wohnten mit sieben Kindern. Diese Familie hatte es schwer. Ich erinnere mich an Heinz, der etwas älter war, Sonja, Werner, Horst, die anderen Namen fallen mir nicht mehr ein. Aber ein Spruch fällt mir ein, der die Lebensweise der Familie wiedergibt und der lautete so: „Dor Baba isst n'kuchng, de Mama isst de worscht, dor Heinzl der had hungor und de Sonja die had durschd". Einmal habe ich den Heinz erwischt, als er aus den Futtertonnen noch genießbare Obst- und Gemüseabfälle entnahm, um diese zu essen. Wir Kinder waren manchmal grausam untereinander. Mein zur damaligen Zeit bester Freund war Knut Mießner, genannt „Bumbi". Sein Vater war Polizist. Wir haben in eine Limoflasche gepinkelt und zum Heinzl Schuhmann gesagt: „Brobier ma di limo". Heinzl hat probiert und gespuckt.

Ich konnte es morgens kaum erwarten, bis ich die Wohnung verlassen durfte. Nach kurzer Morgentoilette bekam ich die Haare gekämmt, der Scheitel wurde gezogen - links - und damit die Haare nicht ins Gesicht fielen, wurde über der rechten Stirn eine Haarklemme auf den Kopf geschoben. Dann ging es nach draußen. Zunächst schaute ich im Hof, ob schon wer da war, von den Kindern. Meistens war ich der erste. Ich ging dann pfeifend durch den Hausflur (das Pfeifen habe ich sehr früh gelernt) und setzte mich auf den Sims, der unter unseren Wohnungsfenstern war. Immer noch pfeifend erwartete ich meine Freunde. Ich war nicht besonders musikalisch und deshalb denke ich, waren meine Laute eher eine Belastung für meine Mitmenschen. Die Frau Müller und die Frau Biesold aus dem gegenüberliegenden Eisenwerner-Haus bestärkten mich allerdings. Sie sagten zu meiner Mutter: „Dor Erhardl kann oar scheen feifn".

Das Pfeiffen verging mir später für eine Weile. Wenn ich mich draußen bewegte, hieß es immer: „Du musst offbassn, ni übor de Schdraße renn, immor erschd nach lings und dann nach reschds guggn un wenn nüschd kommd, kannsde gehn". Eigentlich hielt ich mich schon an die Worte meiner Mutter, nur einmal eben nicht und das wurde mir zum Verhängnis. Ich lief die Straße entlang und auf der gegenüberliegenden Seite stand meine Schwester mit einer Freundin, ich glaube sie hatte eine Flasche mit roter Limonade in der Hand und sie wollte mich davon trinken lassen. Ich hörte sie rufen, sah sie und rannte einfach los. Ich hatte nicht links und nicht rechts geschaut und ich habe auch keinen Motorenlärm gehört, dennoch rannte ich gegen ein Hindernis, nämlich gegen ein Fahrrad. Der Mann der auf dem Rad fuhr wollte noch ausweichen, ich erwischte ihn aber, er fiel um und ich auf das Rad drauf. Mit dem Gesicht zuerst kam ich in die Speichen des noch drehenden Rades. Binnen kurzer Zeit schwoll mein Gesicht an, ich blutete und schrie. Irgendjemand hob mich von der Straße auf, meine Schwester war bei mir. Ich wurde wieder in einen Kinderwagen gepackt und man fuhr mit mir ins Krankenhaus. Das Gesicht war abgeschürft, die Nase blutig und meine Lippen nahmen die Form eines Entenschnabels an. Der Arzt konnte mir nicht helfen, die Wunden wurden versorgt und ich konnte wieder nach Hause. Dort lag ich dann auf der Couch, als mein Vater von Arbeit kam. Er nahm mich in den Arm und hat mich getröstet und er redete eindringlich auf mich ein, wie wichtig es ist, genau nachzusehen, ob die Straße frei ist. Einige Tage konnte ich nur Suppe essen, aber dann wurden die Lippen wieder normal und der Unfall war schnell vergessen.

Kapitel 3

1962 - sechs Jahre

Die schöne Zeit der frühen Kindheit ging langsam vorbei. Andere Kinder kamen mit sechs Jahren zur Schule. Ich wurde nach dem Stichtag geboren und sollte deshalb erst mit sieben Jahren eingeschult werden. Dennoch wurde ich in einer sogenannten Vorschule vorgestellt und überprüft. Meine Mutter ging mit mir dorthin. Da war zunächst eine Ärztin, die mich untersuchte, wog und maß. In einem anderen Zimmer saß eine Frau, die mir verschiedene Bildchen zeigte, die ich beschreiben sollte. Sie zeigte mir geometrische Flächen und wollte von mir wissen was das ist - also ein Dreieck, Viereck oder Rechteck. Man legte mir verschiedene Stäbchen auf einen Tisch und ich musste sagen, wie viel gelbe, grüne und rote ich sah. Was für blöde Fragen, dachte ich mir, dennoch habe ich sie beantwortet, immerhin konnte ich schon zählen. Einer Einschulung wäre nichts im Wege gestanden, wenn ich nur grösser und kräftiger gewesen wäre. Es scheiterte also weniger an meiner Intelligenz, dass ich noch nicht für die Schule zugelassen wurde, sondern an meiner körperlichen Verfassung - zu klein, zu schmächtig. Man empfahl meiner Mutter mich in einen Kindergarten zu geben, was dann nach dem Sommer auch geschah.

Aus der Chronik des Jahres 1962 ist mir bekannt, dass der Sommer 1962 einer der kältesten des Jahrhunderts war. Dieser Chronik des Jahres 1962, konnte ich auch nachfolgende Ereignisse entnehmen:

24.1. Die Volkskammer der DDR beschließt das "Gesetz über die allgemeine Wehrpflicht" in der DDR und in Ost- Berlin.

17.2. In der Nacht vom 16. auf den 17. Februar wird Norddeutschland von der schwersten Flutkatastrophe seit 1855 heimgesucht; 330 Menschen sterben.

13.4. Die britische Band "The Beatles" tritt im Hamburger "Star-Club" erstmals in neuer Besetzung mit Ringo Starr (geb. 1940) am Schlagzeug auf.

5.8. Die amerikanische Filmschauspielerin Marilyn Monroe (1926-1962) wird in ihrer Wohnung in Los Angeles tot aufgefunden. Die genauen Todesumstände sind bis heute ungeklärt.

22.10. „Es wird die Politik dieser Nation sein, jede von Kuba aus gegen irgendeine Nation in der westlichen Hemisphäre gestartete Nuklearrakete als einen Angriff der Sowjetunion auf die Vereinigten Staaten zu betrachten, welcher einen Vergeltungsschlag in voller Stärke auf die Sowjetunion erfordert." US-Präsident John F.Kennedy in der Fernsehansprache am 22.10.1962.

Dieser Satz von US-Präsidenten John F.Kennedy

markiert den rhetorischen Auftakt zur wohl heißesten Krise in der Geschichte des Kalten Krieges, nämlich der Kubakrise. Die Menschheit kam niemals zuvor und niemals danach einem atomar geführten Dritten Weltkrieg näher als in den Tagen zwischen dem 22. und dem 28. Oktober des genannten Jahres. Die schließlich ergriffenen Maßnahmen zwischen dem genannten Datum, waren zwangsläufig mit großen Risiken verbunden. Erst heute - in Kenntnis neuester Veröffentlichungen über damalige Geheimpläne und brisante militärische Zwischenfälle - lässt sich einschätzen, wie nah die Welt vor dem Atomkrieg stand. Es waren nur Stunden, teilweise Minuten, falls irgendein verantwortlicher Kommandeur die Nerven verloren hätte.

Somit sind wir als kleine Kinder dieser Zeit, an einer Katastrophe vorbeigeschrammt. Wir haben von der Brisanz dieser Tage sehr wenig mitbekommen, dennoch glaube ich mich zu erinnern, dass es die Zeit war, wo die Erwachsenen um meinen Vater herum, öfter versammelt waren, gestikulierten und diskutierten, bei jeder Nachrichtensendung ihre Köpfe um den Empfänger drückten, den gestreckten Zeigefinger auf den Lippen, um uns Kindern absolute Ruhe zu verordnen.

Mein Vater hatte zu dieser Zeit wieder eine Anstellung. Er arbeitete eine zeitlang als Kutscher bei dem Fuhrunternehmer Marschler auf der Kamenzer Straße. Unsere Mutter hatte auch eine neue Putzstelle. Sie arbeitete in einer Zoohandlung auf dem Bischofsweg und etwas später auf der Bautzner Straße in einem Rundfunk-, Schallplatten- und Fernsehgeschäft.

Wie schon erwähnt, musste ich für einige Zeit einen Kindergarten besuchen, der sich auf dem Bischofsweg befand. Ich weiß noch, dass mir das anfangs überhaupt nicht gefiel, in den Kindergarten zu gehen. Obwohl ich nur vier Stunden dort sein musste, war es mir lieber, ich konnte für mich bestimmen was ich tue und lasse. Aber das ging in dieser Einrichtung nicht. Ich musste lernen, mich einzufügen und unterzuordnen und tun, was die Tanten sagten. Anfangs brachte mich meine Mutter dorthin, später schaffte mich morgens eine meiner Schwestern in den Kindergarten, bis ich dann irgendwann allein dorthin ging. Im Kindergarten war ich unauffällig. Ich habe mich der Menge angeschlossen. Wir haben täglich Spaziergänge gemacht, es wurden Spiele gemacht, wir haben gespielt und erzählt und später wurde mir bewusst, dass ich auch ausgefragt wurde. Ob wir daheim einen Fernseher haben, was der Vater und die Mutter machen, wenn sie daheim sind, ob die Eltern Radio hören und was sie hören.

Ich wusste, was ich erzählen durfte und was nicht, dass hat uns der Vater schon recht früh beigebracht. Es spielte immer eine gewisse Angst mit, denn unser Vater hatte uns einmal gesagt, „Wenn jemand erfährt, welchen Radiosender wir hören, werde ich eingesperrt". Also wurde mir in gewisser Weise in meiner frühesten Kindheit das Lügen gelehrt - das Notlügen - und dieses Notlügen, daß muss ich heute gestehen, habe ich bis zu einem gewissen Alter oft anwenden müssen.

Es gab einen Tag im Kindergarten, da durften die Kinder, die einen Roller oder ein kleines Fahrrad hatten, dies mitbringen. Wir durften uns mit diesen Fahrzeugen auf angelegten kleinen Straßen bewegen und bekamen so unsere erste Verkehrsschulung. Ich hatte weder Roller noch Fahrrad. Ich war immer auf die Kameradschaft der anderen angewiesen, diese Fahrzeuge benutzen zu dürfen. Im Kindergarten lernte ich Ronald kennen und wir verstanden uns auf Anhieb. Ronald hatte einen Roller und er lieh ihn mir. Er durfte auch mittags heimgehen und so gingen wir an diesem Tag gemeinsam.

Der Bischofsweg verlief nach der Kreuzung der Kamenzer Straße bergab. Es war ein kurzes, steiles Gefälle. Am tiefsten Punkt wurde die Prießnitzstrasse und das Flüsschen Prießnitz (welches in die Elbe mündet) überquert. Nach der Prießnitzbrücke ging es bergauf bis zum Kindergarten, ungefähr mit dem gleichen Gefälle, wie es vorher bergab ging. Mein Freund Ronald gab mir nach dem Verlassen des Kindergartens, seinen Roller, ich durfte damit den Berg hinunterfahren. Mir fehlte jedoch mit dem Gefährt jegliche Fahrpraxis, was ich natürlich nicht zugeben wollte. Also steuerte ich den Berg hinunter und es machte mir Probleme, bei der erreichten Geschwindigkeit geradeaus zu fahren. Jedoch konnte ich die Spur halten. Irgendwann wurde es doch zu schnell und ich haben den Roller nicht mehr beherrscht. So schoss ich unvermittelt über die Prießnitzstraße, die zur Mittagszeit zum Glück nicht sehr belebt und befahren war. Bordstein runter, Bordstein rauf, auf die andere Straßenseite. Die Kontrolle hatte ich verloren, ich fand die Bremse nicht und knallte frontal am Eck gegen die Hausmauer. Ich glaube, das mein ganzes Gesicht gegen die Wand krachte. Die Nase, meine Zähne, alles blutete. Ronald war ganz überlegt. Er nahm sein Taschentuch (damals noch aus Stoff), tauchte es ins Wasser der Prießnitz und versorgte mich. Außer ein paar leichter Kratzer im Gesicht und offene Knie ist der Sturz glimpflich verlaufen. Mein Schutzengel war das zweite Mal in Erscheinung getreten. Daheim habe ich über dieses Ereignis geschwiegen. Die Blessuren erklärte ich als einen normalen Sturz - eine Notlüge!

Irgendwann im Februar war Fasching. Plötzlich hieß es, in den Kindergarten darf man an diesem Tag nur in einem Faschingskostüm, das war nichts für mich, ich mochte und mag bis heute keinen Fasching. Ausserdem hatten wir keine entsprechenden Kostüme und es musste improvisiert werden. Also wurde aus dem „kleenen Erhardl" ein Fliegenpilz gemacht und das war grauenhaft. Ich wurde in einen knallroten, wattierten Anzug gesteckt der aus Amerika stammte und erst viele Jahre später in dieser Form in Deutschland zu kaufen war. Meine Mutter hatte eine Tante namens Liddy und die ist irgendwie und irgendwann nach Amerika ausgewandert. Ein- bis zweimal im Jahr kam aus Amerika ein Paket oder ein Brief. Aber immer war etwas für mich dabei, wie eben dieser Watteanzug, der nun für Faschingszwecke missbraucht wurde. Also musste ich in diesen Anzug schlüpfen. Meine Schwestern malten mir das Gesicht und die Lippen an (Welch ein ekliger Geschmack) und ich bekam eine rote Kopfbedeckung mit weißen Punkten, ähnlich einem Reißstrohhut wie ihn die Vietnamesen tragen. Fertig war der Fliegenpilz. Ich zog diese Sachen für diesen Zweck nur widerwillig an, doch es musste wohl sein. Mich störte außerdem, dass ein Fliegenpilz anders aussah als ich. Von den Füßen bis zum Hals war ich rot und der Fliegenpilz hat ja wohl einen weißen Stiel und das störte mich ungemein.

In Herbst/Winter 62/63 war mein Vater, wie schon erwähnt, als Kutscher angestellt. Das hieß für ihn damals, bei Wind und Wetter wurden mit einem Wagen und zwei Pferden Materialien gefahren. Mal waren es Baumaterialien und Bauschutt, er musste auch Aschegruben leeren oder verschiedene Firmen mit Material beliefern, Dinge, die heute von

Speditionen mit LKW ausgeführt werden. Und er musste sich um die Pferde kümmern, füttern, striegeln, ausmisten usw. Mein Vater hatte Erfahrung mit Pferden. Morgens vor sechs Uhr ging er aus dem Haus und nach der Arbeit wurden die Pferde versorgt, getränkt und gefüttert. Mein Vater sprach mit „seinen" Pferden. Ich war oft dabei, wenn er am Abend in den Stall ging. Meist am Sonnabend wurden die Pferdeboxen ausgemistet, dann kam frisches Stroh hinein und auch am Sonntag war der Vater bei den Tieren. Er hatte damals eine 7-Tage-Woche.

Einmal versprach er mir, er holt mich morgens um acht Uhr daheim ab und wir reiten mit Benno, einem sehr schönem schlanken Pferd, auf den „Weißen Hirsch" (das war die Bezeichnung eines Dresdner Ortsteils) in die Schmiede, wo das Pferd neue Hufeisen bekommen sollte. Auf diesen Ritt habe ich mich sehr gefreut, allen Freunden habe ich voller Stolz erzählt: „ich werde von meinem Vater abgeholt und wir reiten mit Benno in die Schmiede". Vor Aufregung konnte ich nicht einschlafen. Am nächsten Morgen bin ich pünktlich um acht Uhr vor der Haustür gestanden. Mein Vater kam nicht. Alle 5 Minuten bin ich hinaus in der Erwartung, dass er nun endlich kommt. Doch er kam nicht. Darüber war ich sehr traurig und enttäuscht. Irgend etwas hatte sich in seinem Ablauf an diesem Tag geändert. Er konnte nichts dafür und er konnte mir auch nicht Bescheid sagen. Dieses Erlebnis hat sich tief in mein Bewusstsein eingeprägt und war für mich eine Schule, dahingehend, dass ich mir geschworen habe, niemals jemanden, etwas zu versprechen, was ich nicht einhalten kann. Das wird von mir heute noch so gehandhabt und ich glaube, dass es mir bis heute gelungen ist, diesen einstigen Schwur zu erfüllen.

Wir hatten daheim weder einen Fernseher noch einen Plattenspieler. Solche Geräte waren für uns zur damaligen Zeit absoluter Luxus und Luxus konnten wir uns nicht leisten. Manchmal nahm mich meine Mutter mit, wenn sie zum Arbeiten ging. Und am schönsten war die Zeit, als sie in diesem Rundfunk- und Fernsehgeschäft angestellt war. Irgendwo lief da immer ein Fernseher und ich hatte die Möglichkeit „fern" zu sehen, schwarzweiß, aber gut. In den Vormittagsstunden wurden teilweise Filme, aber auch Nachrichten gesendet. Wenn im Fernsehen geredet wurde, dann war das langweilig für mich. Ich habe den Leuten im Fernseher die Zunge rausgestreckt oder irgendwelche Grimassen gemacht und war der Meinung, die können das sehen.

Oft war ich auch im Geschäft nebenan, das meine Mutter auch putzte, das Schallplattengeschäft. Die Verkäuferin, Frau Gocht, war sehr nett. Sie hat mir Märchenplatten aufgelegt und ich habe stundenlang Märchen angehört. Damals gab es in solchen

Geschäften noch keine Kopfhörer. Es waren Teile, die man aus der Theke ziehen konnte, die sahen aus wie Duschköpfe. Die Hörer waren schwer und es war anstrengend, diese über längere Zeit zu halten und nach einer solchen Sitzung hatte ich dann immer „Glühohren".

Am besten fand ich damals die Samstage. Am Sonnabend Nachmittag buk meine Mutter meistens einen Kuchen für Sonntag. Sie benutzte dafür eine große braune Tonschüssel und einen Holzstampfer (der sah aus wie ein Totschläger). Da waren wir drei Kinder gern dabei, ging es doch darum, von dem Teig etwas abzubekommen und vor allem dann, wenn der Teig in der Form war, den Stampfer ab- und die Schüssel auszuschlecken. Da gab es schon hin und wieder auch Streitereien zwischen uns Geschwistern. Nach dem Backen begann meine Mutter meistens den Sonntagsbraten aufzusetzen. Das war damals noch so, einmal in der Woche gab es Fleisch bzw. einen Braten und das war an den Sonntagen und Feiertagen. Die Woche über hat unsere Mutter auch gekocht. Oft hat sie vorgekocht und dann gab es zum Beispiel Gemüseeintopf, einen Tag Kartoffelbrei mit Ei, Nudeln mit Tomatensoße, Fisch mit Kartoffeln usw. Sonnabend Mittag wurde nicht gekocht. Wir haben oft einfach eine Buttersemmel (Butter gab es nur am Wochenende auf die Semmeln) gegessen zu einem Topf Kakao. In diesen wurde die Semmel eingetunkt und „ausgezutscht'' und dass war lecker. Das Ganze nannte sich bei uns Kakao mit Milchsemmel.

Nebenbei wurde der Küchenofen eingeheizt und große Töpfe mit Wasser auf die Ofenplatte gestellt, denn Sonnabend war auch Badetag. Es lag dann ein angenehmer Duft in der Wohnung, vom Backen und vom Anbraten des Fleisches und die Wärme vom heizen, vor allem wenn es draußen schon etwas kühler war und man kam in die Wohnung, das hatte immer etwas Gemütliches an sich.

Wie schon erwähnt, einmal in der Woche wurde gebadet und das war immer am Sonnabend Abend. Dazu hatten wir eine große Zinkbadewanne, die in einem Abstellraum neben dem Klo aufbewahrt wurde. Im Winter wurde die Wanne schon nach dem Mittag rausgezogen und in die Küche gestellt, damit sie temperierte. Gegen sechs Uhr abends wurde mit dem baden begonnen, Wasser eingelassen und dann ging es los. Zuerst mein Vater, dann meine Geschwister (meistens miteinander), dann ich und zum Schluss meine Mutter, alle im gleichen Wasser. Wenn es auskühlte wurde etwas Wasser abgeschöpft und heißes Wasser nachgegossen. Das alles spielte sich ab auf knapp 10 qm Fläche. Die Küche war 2 Meter breit und 4,5 Meter lang.

Nachdem alle gebadet hatten ‚Abendbrot gegessen war, die Küche aufgeräumt und für Sonntag alles vorbereitet, ging es zum gemütlichen Teil in die Stube. Mein Vater hat sich an solchen Abenden oft als Filmvorführer betätigt. Er hatte einen Projektor mit dem er uns Märchenfilme zeigte, Handbetrieb, versteht sich. Dazu gab es entwickelte Filme, die sich auf einer Spule befanden und vor einer Optik Bild für Bild auf eine Leerspule gewickelt und auf ein Betttuch an der Wand projiziert wurden. Das war an manchen Wochenenden so. Mein Vater hat uns oft vorgelesen und Geschichten erzählt und vor allem seinen Erlebnissen und Geschichten vom Krieg habe ich gern zugehört.

Manchmal am Samstagabend kamen auch Freundinnen meiner Schwestern zu Besuch. Wir saßen dann alle im Wohnzim-mer und die Mädchen unterhielten sich oder machten Gesellschaftsspiele. Ich empfand diese Besuche als sehr angenehm. Zu meiner Zeit als kleines Kind war es noch so, dass die Mädchen überwiegend Röcke oder Kleider trugen. Ich hatte also immer einen Blick auf die Beine der Freundinnen meiner Schwestern. Heute muss ich feststellen, dass ich ein sehr frühreifes Bürschchen war und ich konnte schon unterscheiden, ob die Mädchen gut oder nicht gut gewachsen waren. Bei diesen Gelegenheiten verlegte ich meine Beschäftigungen - malen, spielen usw. - immer unter den Tisch und ich näherte mich bis auf wenige Zentimeter den Beinen der Mädchen, die meistens schon Nylonstrümpfe oder Strumpfhosen trugen.

Für mich war es ein betörender Geruch, wenn ich in die Nähe der Beine kam und ich nutzte jede Gelegenheit, diese zu berühren oder ich versuchte einen Blick unter den Rock zu erhaschen. Dabei machte sich ein wohliges Gefühl in mir breit. Wenn es sich ergab, strich ich mit meinem - immer noch - großen Kopf an den Beinen entlang. Den Mädels war das, so glaube ich, egal. Sie sahen mich als einen kleinen spielenden Jungen an und stießen sich nicht daran. Wahrscheinlich haben sie sich gar nichts gedacht, für mich jedoch waren dies erste erotische Erfahrungen.

Kapitel 4

1963 - Schulanfang

Jetzt war er da, der erste große, bedeutende Tag in meinem noch so jungen Leben. Der 1. September 1963. Es war der Tag der Schuleinführung. Ein wunderschöner sonniger Sonntag, der erste Tag im September. Ich glaube, dass ich sehr aufgeregt war.

Das erste Mal in meinem Leben trug ich einen Anzug. Ich kann mich noch genau erinnern, er war
braun und hatte helle Streifen. Ich glaube der wurde eigens für diesen Tag angeschafft und soweit ich
mich erinnern kann, war er auch neu.

Ich hatte eine hellbraune Leder-Schultasche auf
dem Rücken und mein Vater und meine Mutter
gingen mit mir zur Schule. Ich hatte einen kurzen
Schulweg und musste keine Straße überqueren. Aus
unserem Haus rechts, die Kamenzer Straße runter,
rechts die Louisenstraße entlang bis zur nächsten
Einmündung, wieder rechts in die Görlitzer Straße
und noch 50 Meter und das riesige Schulhaus war
erreicht.

Ich war sehr beeindruckt, hatte ich mich vorher
doch überhaupt nicht mit meinem neuen Lebensabschnitt auseinandergesetzt. Vor dem Schulgebäude
waren schon eine Menge Leute, ebenfalls mit Kindern, die das erste Mal zur Schule gehen wollten.
Ich war ein sehr schüchternes Kind, aber trotzdem
immer sehr überlegt. Es gab eine Einteilung und mit
anderen Kindern, etwa 30, kam ich in ein Klassenzimmer. Jeder wusste, dass es zur Schuleinführung
eine, oder auch zwei bis drei, sogenannte Zuckertüten gab, heute sagt man wohl Schultüte dazu.
Es ging gleich richtig zur Sache. Meine Lehrerin,
Frau Ulbricht, gab uns eine Aufgabe. Sie sagte uns,
wenn wir nach der ersten Stunde die Schule wieder

verlassen, bekommt sicher jeder von uns eine Zuckertüte. Jeder sollte eine Zuckertüte malen, nun, das war keine schwierige Aufgabe. Ich war damit schnell fertig. Die zweite Aufgabe bestand darin, die Zuckertüte anders herum zu malen oder anders gesagt, sie nicht auf die Spitze zu stellen, sondern auf den Kopf. Das mussten wir noch einmal wiederholen, nur ohne alle Verziehrungen. Dann sollten wir, ungefähr in der Mitte der Zeichnung einen waagerechten Strich ziehen und - Frau Ulbricht sagte zu uns: „Nun kennt Ihr schon den ersten Buchstaben, das A". So einfach war das und ich war richtig stolz, als ich meine erste Aufgabe später meinen Eltern zeigen konnte.

Die erste Stunde war recht schnell vergangen und wir durften nach Hause gehen. Vor der Schule wurde ich von meinen Eltern und Geschwistern empfangen, nun bekam ich auch die heißersehnte(n) Zuckertüte(n) - es waren nämlich, zu meiner Überraschung, zwei, eine große und eine etwas kleinere. Die Schuleinführung war bei uns zur damaligen Zeit ein Familienfest. Es kamen die Tanten und Onkel und die anderen Verwandten. Jeder brachte kleine Geschenke mit und auch Blumen. Daheim wurde eine Tafel gedeckt und es gab zum Mittag ein Festtagsmahl, Wildschweinbraten. Nach dem Essen ging es daran, die Zuckertüten auszupacken. Darin waren Sachen für die Schule, Stifte, Farben, Zeichenpapier, aber auch Süßigkeiten wie Kekse,

Schokolade usw. Aus meinem Haus und aus meiner Straße waren einige Kinder, die nun mit mir in eine Klasse gingen.

Am Montag, dem 2. September, war der erste Schultag. Es gab fünf erste Klassen, jeweils mit 25 bis 30 Schülern. Ich war in der Klasse 1e.

Eigentlich war ich nicht sehr begeistert, nun in die Schule gehen zu müssen. Für mich war es ein notwendiges Übel, aber dem musste ich mich fügen. Und so ging ich zur Schule, jeden Tag und ich habe lesen und schreiben gelernt und natürlich auch rechnen. Das erste halbe Jahr verlief ohne irgendwelche Höhepunkte. Ich habe mich meinem Schicksal gefügt und gelernt. Im Dezember wurde ich Jungpionier, ich bekam ein blaues Halstuch und einen Pionierausweis mit Passbild. Darauf war ich zunächst sehr stolz, mein Vater war davon nicht begeistert. Warum er das nicht für gut hieß, das habe ich erst später erfahren.

Im Februar 1964 gab es das erste Mal Zeugnisse. Ich war an dem Tag so richtig aufgeregt und ich weiß noch, dass ich meine Lehrerin gefragt habe, was ich für Zensuren bekomme und sie hat mich so auf die Folter gespannt. Dann war es endlich soweit und die Zeugnishefte wurden ausgeteilt. Davor hatte ich richtig Angst, weil ich wusste, dass mein Vater mit meinen Geschwistern immer recht hart ins Gericht gegangen ist, wenn sie ihre Zeugnisse nach Hause gebracht haben. Alle haben ihre Hefte bekommen, immer mit einem Kommentar. Und dann war ich an der Reihe und Frau Ulbricht sagte, ich habe das beste Zeugnis, alles Einser. Ich konnte es nicht fassen, aber dann sah ich es und war sehr, sehr froh.

Überglücklich ging ich an diesem kalten Wintertag nach Hause. Mein Vater war daheim und ich zeigte ihm das Zeugnis-Heft. Ich glaube, er war gerührt. Als er es sich angesehen hatte, griff er in seine Geldbörse, gab mir 1,50 Mark und sagte, „Kauf Dir ein Pfund Äpfel dafür!" Nun, ich war enttäuscht, weil ich von anderen Mitschülern wusste, pro Einser bekamen sie zwei, oder fünf Mark und ich bekam für alle Einser 1,50 Mark, für ein Pfund Äpfel!

Nach den ersten Winterferien begann wieder der Alltag. Ich lernte jeden Tag dazu. Das erste, was ich fließend lesen konnte war eine Beschriftung an einer Hausmauer auf meinem Schulweg. An einem Milchladen auf der Louisenstraße stand untereinander: Milch, Butter, Eier, Käse, Quark. Zweimal am Tag bin ich an dem Geschäft vorbei und jedesmal las ich: Milch, Butter, Eier, Käse, Quark. So ging das erste Schuljahr zu Ende. Wieder wurde es Sommer und es gab zum zweiten Mal Zeugnisse, nicht mehr ganz makellos, denn ich bekam neben den Einsern drei Zweier.

Der Sommer 1964 war angebrochen. Der letzte Schultag war der 3. Juli. Meine ersten Sommerferien begannen, volle acht Wochen, keine Schule, nichts lernen. Und was das schönste war, immer in den Sommerferien hatte ich Geburtstag. In diesem Jahr war es der achte.

Wenn ich mich nach über 50 Jahren zurück erinnere, war an meinem Geburtstag immer schönes Wetter. Und an fast allen Geburtstagen war es sehr warm.

So war es auch an jenem 8. Juli 1964. Obwohl mein Vater arbeiten ging und meine Mutter stundenweise putzen hat das Geld, was sie verdienten, nie gereicht. Dennoch durfte ich mir an diesem Geburtstag eine Torte kaufen. Das Geld dafür gab mir mein Vater. Außerdem hat natürlich meine Mutter, wie fast jedes Jahr, einen Erdbeerkuchen für mich gemacht, den ich doch so gern mochte.

Die Geschenke fielen nie groß aus, mit Ausnahme dieses Jahres. Ich bekam nämlich zu meiner großen Freude ein Auto mit Kabelfernlenkung und das hatte auch noch Licht, es war das Modell eines Wartburg. Ich glaube sogar, es war ein Cabrio. Jetzt fühlte ich mich endlich gleichwertig gegenüber meinen Freunden, die fast alle solche Fahrzeuge besaßen und ich konnte mit ihnen zusammen spielen, mit meinem eigenen Auto.

Die Sommerferien fingen also schon mal gut an. Die meiste Zeit verbrachte ich draußen, entweder auf unserem Hof oder in der Umgebung, bei anderen Kindern in unserer Straße. Wie ich schon erwähnte, waren in unserem Haus jede Menge Kinder und da war natürlich immer etwas los. Irgendjemand war immer da, mit dem man spielen konnte. Uns war es auch ganz selten langweilig, wir hatten stets etwas zu tun. Wenn viele Kinder da waren haben wir Spiele gemacht, Ballspiele, Fangspiele oder wir haben Federball gespielt oder Fußball. Wir sind Roller gefahren oder Fahrrad. Allerdings hatte ich weder einen Roller noch ein Fahrrad, ich war immer auf die Gutmütigkeit meiner Altersgenossen angewiesen, die mich ab und zu ihre Fahrzeuge benutzen ließen.

Fast jeden Tag während der warmen Jahreszeit fuhr durch unser Viertel der Eiswagen, anfangs noch von Pferden gezogen, später als kleiner Lieferwagen. Allerdings brachten diese kein Speiseeis, sondern Eis in Stangen für die Eisschränke. Das waren die Vorgänger von unseren heutigen Kühlschränken. Es waren Schränke, ungefähr einen Meter hoch, mit einer dicken Tür, innen mit Aluminium ausgelegt und isoliert. oben war ein Kasten, in den kam von der Stange gehacktes Eis hinein und so konnten wir verderbliche Lebensmittel in den Schrank legen. Wenn der Eiswagen kam, machte sich der Fahrer mit einer Glocke bemerkbar und die Leute strömten auf die Straße mit Eimern in die man sich für 30 bis 50

Pfennige Eis abhacken ließ. Das machte der Eisfahrer mit einem Pickel. In unsere Straße kam eine Frau mit einem blauen Opel Blitz. Es war ein sogenanntes Dreirad, vorn ein Rad und hinten zwei. Einmal - es war in den Ferien und ich hatte gerade das Eis nach Hause getragen und in den Eisschrank gelegt - gab es einen großen Knall draußen auf der Straße. Ich rannte zum Fenster und ich sah, wie das Dreirad auf der Seite lag. Ein anderes Auto hat die Vorfahrt nicht beachtet und ist voll dagegengefahren. Es gab einen großen Auflauf, Krankenwagen, Polizei, Feuerwehr, aber zum Glück war niemand schwer verletzt und nach einigen Tagen kam der alte Opel wieder dahergefahren und hat weiterhin das Eis gebracht.

Im Sommer war auch immer Erntezeit. Es wurden Vorräte für den Winter angeschafft. Mit unserem Vater sind wir manchen Sonntag mit 10 Liter-Wassereimern ausgerüstet in den Wald gefahren, um Heidelbeeren zu sammeln, den ganzen Tag auf den Knien rumgerutscht und Beere für Beere gepflückt, zunächst in eine Schüssel. Wenn die Schüssel voll war, durften wir diese in den großen Eimer entleeren, solange, bis wir zwei große Eimer voll hatten. Erst dann - und das war immer später Nachmittag - sind wir wieder nach Hause gefahren. Das war sehr anstrengend und ich habe es gehasst. Den ganzen Tag von Fliegen, Wespen, Mücken und diversen anderen Flugobjekten umgeben, zerschunden und zerstochen, Rückenschmerzen - so vergingen diese

Sonntage. Für unsere Mutter ging es dann erst los, wenn wir wieder daheim waren. Sie musste die Beeren waschen und putzen und dann hat sie eingekocht oder Marmelade gemacht. Auf jeden Fall sind einige Gläser gefüllt worden und wir hatten wieder für ein Jahr Heidelbeerkompot. Es wurden auch Birnen und Äpfel eingekocht, die Gläser in den Keller gebracht und dort in einem Regal gelagert. Einmal in der Woche, am Sonntag, gab es einen Braten und nach dem Essen wurde ein Glas Kompott aufgemacht.

Wir gingen auch zur Sauerkirschenernte. Mein Vater hat aus den Sauerkirschen Wein gemacht. Das war zwar nicht so anstrengend, aber auch das mochte ich nicht, mir haben die Sauerkirschen nicht geschmeckt, einfach, weil sie sauer waren. Von einem Teil wurde auch Kompott gemacht, der andere Teil wurde für die Herstellung von Sauerkirschwein verwendet. Den machte mein Vater selbst. Dazu wurden die Kirschen entkernt und zerdrückt und durch den Fleischwolf gedreht, sodass ein Brei entstand. Der ausgepresste Saft wurde sofort verwendet.Den entstandenen Brei hat mein Vater nochmal aufgekocht, durchgesiebt und mit Zucker versetzt. Irgendwann blubberten bei uns im Wohnzimmer drei bis vier Glasballons von enormer Grösse. Im Hals dieser Glasballons steckte ein großer Korken durch den ein Glasröhrchen führte, in dessen Kolben sich Wasser befand. Irgendwann gärte die Flüssigkeit in den Ballons und die ausströmenden Gase ließen die Röhrchen blubbern. Ich weiß nicht das Rezept, wie der Vater den Wein machte, ich weiß auch nicht, wie lange die Flüssigkeit in den Behältern war. Aber ich kann mich erinnern, dass der Vater immer mal von der Flüssigkeit probierte und irgendwann damit begann, den Wein aus den Behältern mit einem roten Gummischlauch, an dem er ansog in Flaschen zu füllen, diese mit einem Korken versah und anschließend mit einer roten Kappe dichtmachte.

Fast jedes Jahr in den Ferien war ich für ein bis zwei Wochen bei Verwandten in Neukirch bei Bischofswerda oder in Wiednitz bei Hoyerswerda. Nach Neukirch fuhren wir mit dem Autobus. An diesen war in den 60er Jahren noch ein Anhänger angekuppelt. In Neukirch wohnte der Bruder meines Vaters, Onkel Werner mit seiner Frau Hilde und der Tochter Heidrun. Sie ist etwas älter als meine große Schwester. Sie hatten Kaninchen. Und manchmal, wenn wir kamen, wurde eins geschlachtet. Ich empfand das damals immer als ein Festessen. Onkel und Tante haben mit mir oft Ausflüge gemacht in die Umgebung. Das heißt, wir sind zu Fuss gegangen oft zu einem See der in der Nähe war. Dort sind wir Boot gefahren und eingekehrt auf eine Limo und eine Bockwurst.

Im Nachbarhaus wohnte eine Familie mit zwei Mädchen, eins dieser Mädchen, Sonja, war in meinem

Alter. Mit ihr habe ich oft zusammen gespielt. Der Vater dieser Mädchen hatte damals schon ein Auto - wie sollte es anders sein - einen Trabbi, 500er Modell. Da durfte ich manchmal mitfahren. Das war das erste Mal, dass ich in einem Auto mitgefahren bin. Mein Onkel hatte auch einen Fernseher, und so durfte ich verschiedene Kinderfilme anschauen und manchmal am Abend, auf der Couch liegend, auch.

Nach Wiednitz fuhr man mit dem Zug. Das war für mich ein ganz besonderes Ereignis, wenn wir zum Neustädter Bahnhof gingen und auf den Zug warteten. Am Bahnsteig stehend sah ich von weitem den Zug kommen, rauchend und zischend wurde er immer größer und bedrohlicher, wenn die Dampflok an mir vorüber fuhr und langsam zum Stehen kam. Die Waggons waren grün und hatten viele Türen. Die Bänke waren noch aus Holz. Erst ein paar Jahre später waren die Wagen etwas moderner und bequemer mit gepolsterten Sitzen. In Wiednitz wohnte die Schwester meiner Mutter mit Ihrem Mann Kurt, der sehr bald starb, und mein Cousin Frank. Frank war Kunstmaler und er hatte überall Bilder hängen und Gefäße, in denen Pinsel steckten. In einem großen Kasten waren hunderte verschiedene Tuben mit Ölfarben, nach denen es im ganzen Haus roch.

Sie hatten ein Haus ganz aus Holz und ein riesiges Grundstück, mitten im Wald. In Wiednitz war ich lieber als in Neukirch, konnte ich doch den ganzen Tag draußen sein, im Wald spielen oder auf dem Grundstück, und dort gab es stets etwas zu tun. Mein Cousin hat alles selbst gemacht und irgendwo gab es immer eine Baustelle, wo ich dann dabeisein durfte. In Wiednitz war eine große Brikettfabrik und es roch nach Kohle. Am äußeren Grundstück entlang führten Gleise. Da fuhren E-Loks mit vielen Hängern, die die Braunkohle aus einem nahegelegenen Tagebau holten und in die Brikettfabrik brachten. Jede Stunde fuhr so ein Zug und fast jede Stunde war ich auf dem Zaun gestanden oder auf einer der vielen Birken die entlang der Strecke standen, gesessen und ich habe den Lokführern gewinkt. Die Waggons haben so klingelnde Geräusche gemacht, was ich ganz toll fand. Somit konnte man immer hören, wenn sich ein Zug näherte.

Mein Cousin Frank hatte ein Moped und er nahm mich oft mit, wenn er Besorgungen machte. Manchmal ist er auch nur einfach so mit mir gefahren, oder wir sind abends an einen See gefahren zum Baden oder zum Pilze suchen in den Wald. In der Gegend gab es sehr viel Wald.

Frank hatte zur damaligen Zeit (für meine kindlichen Begriffe) eine sehr schöne Frau, namens Christel. Sie hat für uns Frühstück gemacht und gekocht und sie hat uns versorgt. Meistens nahm sie mich mit zum Einkaufen oder Besorgungen zu machen. In Ihrer Nähe fühlte ich mich sehr wohl, weil sie einfach immer nett zu mir war. Wenn ich von Wiednitz wieder heimfahren musste war ich sehr traurig. Christel hat mich in die Arme genommen, getröstet und gesagt, in den nächsten Ferien könne ich wiederkommen. Sie hat mich in den Zug gesetzt und mir noch zugewinkt und dann bin ich allein zurück nach Dresden gefahren, und wenn es niemand gesehen hat, habe ich für mich geweint.

Der Sommer verging und somit auch die Ferien. Im September 1964 kam ich in die zweite Klasse. Immer wenn die Schule wieder losging sehnte ich mich nach den nächsten Ferien. Der Weg in die Schule am ersten Schultag fiel mir jedes Jahr schwer. Alles ging nun wieder von vorn los, früh aufstehen, in die Schule gehen, nach dem Unterricht nach Hause, essen, Hausaufgaben machen. Das war damals keine große Herausforderung für mich, kam ich doch gut mit in der Schule. So war ich meistens schnell fertig mit den Aufgaben und konnte raus zum spielen. Das war das schönste am ganzen Tag.

Ende September begann auf dem Land rund um Dresden die Kartoffelernte. Da unsere Familie ganz gute Verwerter dieser Frucht war, ließ mein Vater fast jedes Jahr, soweit genügend Geld vorhanden war, fünf bis sechs Zentner Kartoffeln bringen. Die wurden im Hof auf einen Haufen geschüttet und anschließend ausgelesen. Angeschlagene Kartoffeln wurden zur Seite gelegt und bald verwertet. Die, an denen nichts fehlte, wurden in Eimer gelesen und anschließend in den Keller in eine Kartoffelhorde geschüttet. Das war für mich damals schwere Arbeit, musste ich doch genauso mit helfen, wie meine Geschwister, die Kartoffeln in den Keller zu tragen. Manchmal saßen dann sechs bis acht Familien im Hof und alle taten über Stunden das gleiche, bis die Kartoffeln eingekellert waren.

Mit meinen Freunden war ich oft im Großen Garten. Von der Dresdner Neustadt zum Großen Garten gab es eine Straßenbahnverbindung, aber da wir immer Geldmangel hatten, haben wir die Strecke dorthin zu Fuß zurückgelegt, die meisten Strecken in der Stadt haben wir im Dauerlauf bewältigt.

Der Große Garten in Dresden ist ein Park barocken Ursprungs. Die heutige größte Parkanlage der Stadt wurde ab 1676 auf Geheiß des Kurfürsten Johann Georg III. angelegt und im Laufe seiner Geschichte mehrfach erweitert, so dass er heute einen annähernd rechteckigen Grundriss auf einer Fläche von circa 1,8 Quadratkilometern aufweist. Seine Längsausdehnung beträgt etwa 1900 Meter, die Breite erreicht maximal 950 Meter. Im Zentrum des Parks befindet sich als bedeutendstes Bauwerk das nach einem Entwurf Johann Georg Starckes um 1680 errichtete Palais. Der Große Garten ist mit seinen Wiesen, Blumenrabatten, Springbrunnen, Freilichtbühnen und der Dresdner Parkeisenbahn einer der beliebtesten Erholungsorte und die grüne Lunge der Stadt Dresden.

Durch den Park führt eine Parkbahn. Zu meiner Zeit nannte man diese die Pioniereisenbahn. Sie wurde von Kindern und Jugendlichen zusammen mit Erwachsenen betreut. Die Jugendlichen waren Schaffner, Zugbegleiter, saßen in den Haltepunkten und in den Stellwerken. Erwachsene steuerten die Eisenbahn im Mini-Format.

Einmal an einem wunderschönen Herbsttag verbrachte ich mit Freunden den Sonnabendnachmittag in dem Park. Wir sammelten Kastanien und Eicheln, suhlten uns in den Laubbergen und wir verstellten die Weichen der Pioniereisenbahn und meinten, dann fahren die Züge anders. Wir versteckten uns und beobachteten den ankommenden Zug. Aber vor der Weiche hielt der Zugführer an. Er hatte den Falschstand bemerkt und unser Streich war misslungen.

Anfang Oktober 1964 wurde in der Schule ein Wandertag angesetzt. Darauf habe ich mich sehr gefreut, war ich doch schon damals ein naturliebender Mensch. Ich bin gern in den Wald gegangen. Das hat unser Vater oft mit uns und einer befreundeten Familie gemacht. Dadurch kannte ich einige Touren und Wanderwege.

Der Wandertag sollte am Freitag sein. Frau Ulbricht, unsere Lehrerin, sagte zu uns: „Wenn das Wetter schön ist am Freitag, treffen wir uns um 8 Uhr auf dem Schulhof. Dann nehmt ihr einen Rucksack mit und etwas zu essen und zu trinken. Wenn das Wetter nicht schön sein sollte, dann kommt ihr mit dem Schulranzen und wir machen Unterricht und der Wandertag wird nachgeholt."

Eigentlich eine klare Ansage, aber wann ist das Wetter schön und wann nicht? Der Freitag brach an, es war trüb und leicht regnerisch. Ich fand das Wetter nicht schlecht, vor allem weil es bei Regen im Wald immer so gut riecht. Also kam ich mit dem Rucksack zur Schule. Und das Empfinden von schönem Wetter hatten noch sieben weitere Mitschüler. Hm, nun war ein Teil mit Rucksack erschienen, der andere mit Schulranzen. Was tun? Ich war klein und schmächtig, aber ich übernahm das Kommando und habe zu den sieben Klassenkameraden gesagt: „Das Wetter ist nicht so schlecht, wir gehen wandern." Und so taten wir es auch. Wir acht Kinder gingen gemeinsam zur Straßenbahnhaltestelle und fuhren mit der Linie 11 bis zur Endstation nach Bühlau. Von dort aus gingen wir in den Wald, eine Strecke die wir mit der Familie schon einmal gegangen waren. Alles war prima, wir sind gelaufen, haben Rast gemacht, unsere Brote gegessen, dann sind wir wieder zurückgegangen und mit der Straßenbahn nach Hause gefahren. Alles verlief ohne Zwischenfälle.

Auf der Heimfahrt wurde uns bewusst, dass wir etwas Unglaubliches gemacht haben. Darüber haben wir uns auch unterhalten. Alle meine Wanderkameraden waren sich einig, wir müssen uns dem Fehlverhalten stellen und uns am nächsten Tag unsere Bestrafung abholen. Ich hatte die Hosen voll. Damals hatten wir am Sonnabend noch Schule und weil ich Angst hatte vor den Konsequenzen, spielte ich am nächsten morgen meiner Mutter Unwohlsein vor und blieb der Schule fern.

Im Laufe dieses Sonnabend ging es mir besser und besser. Weil Wochenende war, durfte ich am Nachmittag auch wieder raus. Natürlich ging ich gleich zu meinem Schulfreund Frank und habe gefragt, was in der Schule gelaufen ist. Frank hat mir Schlimmes berichtet. Jeder der Wanderteilnehmer ist bestraft worden mit Strafarbeit und Nachsitzen. Alle, die am Samstag in der Schule waren, erhielten als Strafarbeit fünf Seiten vorgegebenen Text zu schreiben und acht Unterrichtsstunden nachzusitzen.

So musste ich am Montag früh den Weg in die Schule antreten. Und das erste Mal in meinem Leben war das ein sehr schwerer Weg, der mich hätte am liebsten im Erdboden versinken lassen. Der Kopf wurde mir nicht runtergerissen, ich habe meine Bestrafung persönlich von unserer Lehrerin entgegengenommen. Meine Strafarbeit waren zehn Seiten und Sechzehn Stunden nachsitzen und der nächste

Wandertag sollte ohne mich stattfinden, ich sollte in eine andere Klasse gehen und Unterricht nehmen. Und die Lehrerin machte in mir armen, kleinen, unschuldigen Jungen den Rädelsführer aus.

Die Seiten mit dem Text zu schreiben, war kein Problem. Aber jeden Tag eine Stunde länger in der Schule zu bleiben, war eine ganz harte Strafe. Mein Freund Frank hatte mit dem Schreiben seine Mühe. Damit er nach der Schule raus durfte, übernahm ich diese Aufgabe für ihn. Später schrieb ich oft die Strafarbeiten meiner Freunde, gegen Vergütung in Form von Kuchen oder Süßigkeiten oder einfach nur, damit wir zusammen draußen sein konnten.

Der Herbst verging schnell in diesem Jahr. Ich saß meine Strafe ab, jeden Tag ein bis zwei Stunden, immer in einer anderen Klasse und stets unter der Aufsicht meiner Lehrerin. Ich habe es geschafft, irgendwann war es überstanden.

Im November fuhr ich mit meiner Mutter nach Wiednitz. Am Totensonntag wurden die Gräber meiner Großeltern winterfest gemacht. Das war in jedem Jahr so.

Es war kurz vor Weihnachten. Wie so oft, war ich mit einem Freund in der Stadt unterwegs. An diesem Tag war ich mit Knut, genannt Bumbi, am Altmarkt. Dort befand sich das Centrum-Warenhaus. Natürlich war um diese Jahreszeit die Stadt weihnachtlich geschmückt und alles deutete auf das bevorstehende Fest. Wir wussten, dass es in diesem Warenhause eine Abteilung mit Spielsachen gab. Das war natürlich unser Revier. Mit dem Aufzug fuhren wir nach oben und sahen uns die vielen Spielsachen an. Ganz faszinierend fanden wir Modellautos aus Metall, alte Autos (Oldtimer). Diese waren in tollen Schachteln, auf denen Matchbox yesteryear stand, und sie waren teuer. Wir haben uns diese Autos immer wieder angeschaut und die haben uns so gut gefallen, bis irgendwer auf die Idee kam, wir stecken uns jeder so ein Auto ein.

Also schlichen wir um das Regal und als wir meinten, niemand sieht uns, hatten wir jeder solch ein Auto in der Jackentasche. Und als wir uns gerade davonmachen wollten, hatte uns auch schon ein Mann am Kragen.

Dann ging alles sehr schnell. Wir wurden in einen Raum gebracht in dem mehrere Leute waren. Wir wurden nach unserem Namen und unserer Adresse gefragt und wer unsere Eltern sind. Es blieb uns nichts weiter übrig, als Auskunft zu geben. Irgendwie sind wir dann nach Hause gekommen und binnen kurzer Zeit hatte ich wieder einen schweren Weg vor mir, musste ich doch meinem Vater erklären, dass ich ein Dieb bin. Dazu bin ich allerdings gar nicht selbst gekommen. Als ich noch dabei war mir irgendwelche Erklärungen einfallen zu lassen, klingelte es an der Tür. Ein Mann in Polizeiuniform stand draußen, mit offener Jacke und Pantoffeln. Es war Bumbis Vater, er war Polizist und überbrachte meinem Vater die Nachricht, dass sein Sohn und ich im Centrum-Warenhaus am Altmarkt geklaut hatten. Bumbi wohnte im gleichen Haus in der ersten Etage.

Mein Vater konnte es gar nicht begreifen und er war böse auf mich und hat geschimpft. Aber er hat mich nicht geschlagen, überhaupt niemals bekam ich Schläge, mit einer Ausnahme, aber das passierte sehr viel später. Ich konnte mich selbst nicht begreifen nach der Tat. Die beiden Väter handelten aus, dass wir zur Strafe nichts zu Weihnachten bekommen sollten. Nun, ich bekam tatsächlich nichts an diesem Weihnachtsfest 1964. Bumbi, meinem Freund ging es besser, er bekam eine elektrische Eisenbahn geschenkt. Unsere Freundschaft starb an diesem Tag und ich habe ihn sehr lange Zeit ignoriert. Was sich wohl sein Vater, der Polizist, gedacht hat? Schlimmer konnte es nicht kommen. Ein Dieb, nichts zu Weihnachten und einen Freund weniger. Damit musste meine Kinderseele erst einmal fertig werden. Ich habe es weggesteckt. Die erzieherische Maßnahme hat Wirkung gezeigt.

Der Jahreswechsel war vollzogen, wir schrieben das Jahr 1965. Die Schule machte ich mit Leichtigkeit.

Im Februar waren wieder Ferien - Winterferien. Bevor diese begannen, erhielten wir das Halbjahreszeugnis, vier Zweier, alles andere Einser, also alles bestens, auch keine Notiz über den von mir selbst gestalteten Wandertag im Herbst.

Es gab in diesem Jahr sehr viel Schnee in Dresden und es war sehr kalt. Das hatte zur Folge, dass in der Schule die Heizung ausfiel und kaum Unterricht stattfand. Wir bekamen Aufgaben, die wir zu Hause machen mussten, bis die Heizung wieder intakt war und der Unterricht wieder normal abgehalten werden konnte. An weitere Höhepunkte in diesem ersten Halbjahr 1965 erinnere ich mich nicht. Erst kurz vor den Sommerferien tat sich etwas erwähnenswertes. Meine Eltern bekamen einen Brief von der Schule und eine Vorladung zu einem Elterngespräch. Mir stand die Angst ins Gesicht geschrieben, als ich meinem Vater den Brief überbringen musste. Dachte ich doch, es wäre wegen meines rowdyhaften Verhaltens vor einigen Tagen in der Schule, als ich einem Mitschüler, nachdem er mich mehrfach geärgert hatte und mir beim schreiben immer gegen den Arm stieß, mitten ins Gesicht boxte, worauf ihm das Blut aus der Nase schoss. Das konnte es allerdings nicht gewesen sein, denn als mein Vater den Brief las, erhellten sich seine Gesichtszüge und er wurde zunehmend freundlicher. Dann begann mein Vater mich über den Inhalt des Briefes zu informieren. Auf Grund meiner guten schulischen Leistungen und

Zensuren schlug meine Lehrerin und das Direktorat der Schule vor, mich auf eine andere Schule zu schicken, auf eine Schule, in der ab der 3. Klasse Russisch unterrichtet wird, eine sogenannte Russisch Schule. Das kam einer Auszeichnung gleich und als mein Vater mir das so erklärte, empfand ich das erste Mal bewussten Stolz. Aber das war nur von kurzer Dauer, hatte ich doch Freunde in meiner Klasse, die ich dann verlassen müsste. Und eine andere Schule, ich konnte es mir nicht vorstellen.

Mein Vater sprach mit mir wie mit einem Erwachsenem. Er erklärte mir das Für und Wider, wenn man die Möglichkeit erhält, eine Sprache zu lernen, dass ich besonders gefördert werde usw. Er war kein Freund der Russen und weniger noch deren Sprache, aber er war dafür und überließ mir, als eigentlich noch kleines Kind mit acht Jahren, die Entscheidung. Er sagte mir, dass ich zwei Jahre mehr Russisch lernen könne und auch zwei Jahre mehr Englisch, was in der fünften Klasse hinzukommt. Ich glaube, ich entschied mich für diese Schule, mehr um meinem Vater einen Gefallen zu tun.

Bisher musste ich nicht viel lernen. Was ich in der Schule mitbekam, machte ich mit links und locker, ich hatte dadurch viel Freizeit. Ich machte nach der Schule meine Hausaufgaben und mehr nicht.

In den sechziger bis in die frühen siebziger Jahre

lief einer der blutigsten Kriege der Menschheit. Der Vietnamkrieg.

Die offene Intervention der USA begann mit der Bombardierung Nordvietnams am 2. März 1965. Am 8. März 1965 landeten die ersten regulären US-Kampftruppen im Land. Zuvor war das südvietnamesische Regime bereits mit einem kontinuierlich verstärkten Kontingent von „Militärberatern" gegen die Guerilla der kommunistisch dominierten Nationalen Front für die Befreiung Südvietnams (im Folgenden FNL – Front National de Libération –, auch NFL, im allgemeinen Sprachgebrauch Vietcong genannt) unterstützt worden. Die Grundlage für den offenen Kriegseintritt der USA bildete der gefälschte Tonkin-Zwischenfall vom August 1964, welcher der Regierung Johnson den Anlass gab, den US-Kongress davon zu überzeugen, ein offenes Eingreifen zu legitimieren.

Die Sowjetunion und die Volksrepublik China stellten Nord-   vietnam militärische Hilfe zur Verfügung. Ab 1970 weiteten die Vereinigten Staaten ihre militärischen Aktionen, insbesondere die verheerenden Bombardierungen, auf die Nachbarstaaten Kambodscha und Laos aus. Die USA konnten ihr Ziel – Stabilisierung des Südens – allerdings nicht erreichen, sodass ab 1969 bis zum März 1973 die US-Truppen wieder aus Südvietnam abgezogen wurden. Der Krieg endete mit der Einnahme

Sàigòns am 30. April 1975 durch nordvietname-
sische Truppen und hatte die Wiedervereinigung
des Landes zur Folge. Seit 1961 sind rund zwei
Millionen Vietnamesen getötet worden, 300.000
werden vermisst, auch Hunderttausende Kambod-
schaner und Laoten sind ums Leben gekommen; in
Nordvietnam wurden allen sechs Industriezentren
schwerste Schäden zugefügt, in Südvietnam 9.000
der 15.000 Dörfer vernichtet; Bomben, Minen und
Pflanzengifte haben Millionen Hektar Land zerstört
und verseucht; im Süden des Landes sind eine Mil-
lion Witwen, 900.000 Waisen, eine halbe Million
Krüppel und 200.000 Prostituierte hinterblieben –
Tribut eines der blutigsten Kriege der Menschheits-
geschichte.

Die Sommerferien rückten näher und es gab das
Übertrittszeugnis, - fünf mal Zwei, alles andere Eins.
Die Entscheidung war gefallen für die Russisch
Schule, für einen neuen Lebensabschnitt.

Die großen Ferien begannen und sie liefen so ab wie
im letzten Jahr. Wiednitz, Neukirch, baden, Heidel-
beer- , Kirschenernte.

Die neue Schule hätte ich in den Ferien beinahe vergessen, aber sie stand bevor, im September.

Kapitel 5

1965 - Klasse 3R1

Der 1. September 1965, ein Mittwoch, war angebrochen und ich machte mich auf den Weg in eine neue Schule, eine neue Klasse, einen neuen Lebensabschnitt. Die neue Schule war auf der Louisenstraße, die 22. Oberschule. Der Weg dorthin war gleich lang wie zur alten Schule, ich musste nur einmal die Straße überqueren. Alles lag sehr eng beieinander in der Dresdner Neustadt. Das Schulhaus war alt und dunkel, die Zimmer ebenso und es roch nach Ölspänen, mit denen die Parkettböden in den Klassenzimmern gepflegt und gereinigt wurden.

Auf dem Schulhof erfolgte die Klasseneinteilung, ich kam in die Klasse 3R1. Das R stand für Russisch. Es gab noch eine weitere 3. Russischklasse und eine normale Hauptschulklasse, die Klasse 3a.

Am Schulhof bemerkte ich ein paar bekannte Gesichter, Ronald, ein Mitstreiter aus meinen Kindergartentagen war auch dabei und wir kamen zusammen in eine Klasse. Von diesem Tag an waren wir bis zum 10. Schuljahr fast unzertrennlich. Ich war schüchtern und sensibel. Ronald neben mir zu wissen machte mich selbstsicherer und den Wechsel in die neue Schule leichter. Als Klassenlehrerin bekamen wir eine Frau namens Am(eise) - *Name geändert, d. Autor* - Frau Ameise war mir überhaupt nicht sympathisch, sie hatte Froschaugen und einen großen Mund und ich hatte das Gefühl, sie mag mich nicht. Ich kann es allerdings weder widerlegen noch bestätigen. Es war ein Bauchgefühl, welches sich damals langsam in mir zu prägen begann. Neben dem Fach Russisch kamen in der dritten Klasse noch ein paar weitere Fächer hinzu. Ich kann heute nicht mehr genau sagen welche, aber es war nun so, dass ich plötzlich einiges mehr in mich aufnehmen musste. Und das fiel mir schwer. Dazu noch die Lehrerin, die ich nicht mochte. So war es fast eine Gesetzmäßigkeit, dass ich von Tag zu Tag schlechter wurde in der Schule. Zu Hause ist das keinem aufgefallen, da hat niemand nachgesehen, ob Hausaufgaben zu machen sind, oder ob ich mich vielleicht hätte hinsetzen müssen, um zu lernen. Eigentlich war ich als Schüler ganz auf mich allein gestellt. Meine Schwestern gingen auch noch in die Schule und hatten mit sich zu tun. Abgerechnet wurde nur am Tag an dem es Zeugnisse gab. Die mussten wir unserem Vater vorlegen und dann unsere Zensuren erklären, wenn sie schlechter als eine Drei waren. So war es bis dahin bei meinen Schwestern. Bei mir gab es bis zum Ende der zweiten Klasse keine Veranlassung, doch das sollte sich ändern.

Ich war der Meinung, ich kann einfach so weiter machen wie bisher und deshalb ging es mit mir sehr schnell bergab. Unserer Mutter konnten wir sonst etwas erzählen, sie hat uns alles geglaubt und hat uns gewähren lassen. Und der Vater war den ganzen Tag auf Arbeit und wenn er abends nach Hause kam, ging er oftmals noch schwarz arbeiten. Er hat Wohnungen gestrichen und tapeziert und da war er teilweise gut im Geschäft. Also gab es keine Kontrolle.

Mir ging es nicht gut in dieser Zeit. Ich wollte zurück in meine alte Schule, das war jedoch nicht möglich. Je schlechter meine Aufgaben benotet wurden, desto mehr verlor ich die Lust am lernen. Ich hatte keine Lust mehr auf diese Schule. Ich begann zu simulieren. Bauchweh, Durchfall, Unwohlsein, Kopfschmerzen, ungefähr in dieser Reihenfolge. Ein paar mal ging das gut, denn meine Mutter konnte ich leicht täuschen und sie glaubte mir meine „Krankheiten". Aber auch nicht lang. Nach ein paar Tagen sagte sie dann zu mir, ich könne nicht immer zu Hause bleiben, ich müsse in die Schule gehen und mir würde doch gar nichts fehlen. Das hat mich getroffen. Ich merkte, dass mich meine Mutter durchschaut hatte. Auch meinen Schwestern ist es aufgefallen, dass ich krank mache und der Schule fern blieb, sie wollten es meinem Vater sagen, wenn ich nicht sofort wieder zum Unterricht gehe. Ich versprach es. Mutter schrieb mir die Entschuldigung, die schrieb sie immer, und ich ging wieder zur Schule. Ich fühlte mich elend, ich musste mich meinen Mitschülern erklären und auch Frau Ameise. Ein paar Tage ging ich zur Schule und ich fand es so anstrengend und schwer. Was sollte ich machen? Wieder etwas vorgaukeln und eine Krankheit vorschieben? Das ging nicht, hatte ich es doch meinen Schwestern versprochen und im Wiederholungsfall wollten sie es meinem Vater sagen. Und vor dem hatte ich ganz großen Respekt. Ein paar Tage quälte ich mich in die Schule, es war schlimm. Mich störte alles, das Schulgebäude, die Lehrerin, die Mitschüler, selbst Ronald war mir egal. Und so kam ich auf eine Idee, die ich im Moment für genial hielt.

Wir wohnten im Erdgeschoss. Die Fenster vom Schlafzimmer und vom Zimmer meiner Schwestern waren auf der Rückseite des Hauses und mündeten in den Innenhof. Ich stand morgens auf, wusch mich, frühstückte, nahm meine Schultasche und verließ das Haus, um in die Schule zu gehen. Aber ich tat es nicht. Bevor ich aus der Wohnung ging, öffnete ich in einem unbeobachteten Moment den Fensterriegel vom Zimmer meiner Schwestern oder vom Schlafzimmer und dann machte ich mich mit meinem Ranzen auf dem Rücken auf den Weg, aber eben nicht zur Schule, sondern ich ging spazieren. Einmal dahin, einmal dorthin. Ich trieb mich in der Neustadt herum, jeden Tag woanders. Nach ein bis zwei Stunden ging ich zurück zu unserem Haus, stieß das vorher entriegelte Fenster auf und kletterte in die Wohnung. Wusste ich doch, dass meine Schwestern in der Schule sind und Vater und Mutter auf Arbeit. Wieder daheim, habe ich meine Schulbrote gegessen, wenn ich das nicht schon unterwegs gemacht hatte und dann habe ich gespielt. Meine Mutter hörte um 12 Uhr zu arbeiten auf, kurz vorher verriegelte ich das Fenster, durch das ich eingestiegen war, verließ die Wohnung durch die Tür und kam dann später ganz normal nach Hause - von der Schule. . .

Einmal, es war an einem Freitag, zog ich mir meine Sonntagskleidung an, ein weinrotes Sakko mit goldenen Knöpfen, eine graue Stoffhose und ein weißes Hemd. Es war schon kalt, aber ich ging in diesem Aufzug los und besuchte meine ehemaligen Mitschüler in der alten Schule. Ich wusste, dass sie an diesem Tag früher Schluss hatten und empfing sie vor dem Schulgebäude. Jeder fragte mich, wieso ich so fein angezogen bin und ich erzählte eine Geschichte, dass ich die nächsten Tage schulfrei hätte und verreise, in einem Hotel wohnen werde usw. Ich wollte Eindruck schinden und mich wichtig machen, was mir auch gelungen ist.

Alles ging eine Weile gut. Eines Tages, ich war gerade von meinem „Spaziergang" zurück und durch das Fenster im Hof wieder in die Wohnung gestiegen, klingelte es an der Wohnungstür. Ich lief in den Flur und schaute durchs Schlüsselloch. Und wer stand draußen? Es war eine Abordnung meiner Klasse und sie wollten wissen, was mit mir los ist. Ich war geschockt und ließ mir die nächste Lügengeschichte einfallen indem ich durch die geschlossene Tür erzählte, ich sei erst heute morgen aus dem Krankenhaus gekommen und meine Mutter hat mich eingeschlossen und die Tür kann ich nicht öffnen. Sie haben mir das geglaubt und sind unverrichteter Dinge wieder abgezogen. Diese Situation machte meine Lage nicht besser und mir wurde langsam bewusst, so kann es nicht weitergehen und alles wird ans Licht kommen. Ich hatte panische Angst. Stundenlang habe ich mich im Wäscheschrank im Schlafzimmer versteckt, ich hörte, wie ich gerufen wurde, aber ich reagierte nicht. Ich spürte, dass meine Mutter, meine Geschwister Angst hatten. Meine Schwestern haben bei meinen Freunden geklingelt, sind in der Nachbarschaft umhergelaufen und haben mich gesucht. Ich harrte aus im Kleiderschrank, hart, ganz hart. Bis ich meine Mutter hörte, sie hat geweint und gesagt: ,,Der Saulümmel, wo er nur ist?". Plötzlich kam in mir ein Gefühl von Selbstmitleid auf und ich wollte vor allem nicht, dass sich meine Mutter und meine Schwestern Sorgen machen, also stieg ich aus dem Schrank und tat so, als wäre nichts gewesen.

Nun musste ich mir natürlich etwas anhören, wo ich war, was ich gemacht habe und was ich mir denke. Und da bin ich zusammengebrochen und habe alles gebeichtet. Meine Geschwister waren sauer auf mich und sie drohten damit, es unserem Vater zu sagen, der in dem Glauben war, welch fleißigen, netten Jungen er hat. Einige Tage konnte ich alle noch beschwichtigen mit dem Versprechen, wieder in die Schule zu gehen, was ich dann auch tat. Eine Entschuldigung für die fehlenden Tage erhielt ich nicht. Meine Mutter war das erste und wohl einzige Mal ganz konsequent.

Ich ging also wieder in die Schule, das, was ich versäumt hatte, drückte sich umgehend in den Noten aus. Vier, fünf war an der Tagesordnung. Sechzehn Fehler in einem Diktat, unglaublich, noch vor einem Jahr schrieb ich diese fehlerfrei! Meine Schwestern konnten mit dem, was sie von mir wussten, auch nicht mehr umgehen und so erfuhr mein Vater von diesem ganzen Drama.

An einem Sonnabend im Januar 1966, mein Vater war den ganzen Tag arbeiten, war wieder Badetag. Ich saß in der Badewanne in der Küche und mein Vater kam herein und baute sich vor mir auf. Er sagte: „Was habe ich gehört, du gehst nicht in die Schule, du schwänzt den Unterricht? Erkläre mir das!" Ich begann zu heulen und das konnte mein Vater gar nicht leiden. Ich erzählte ihm, was mich bewog, dass mir die Schule nicht gefällt, die Lehrerin usw. Plötzlich wurde er ganz still und nach einer Pause begann mein Vater zu sprechen, immer noch ganz ruhig - ich hatte erwartet, dass er schreit und tobt, er sagte zu mir fast andächtig und er nannte mich nicht „Gleenor", wie sonst immer, sondern er sprach meinen vollständigen Namen aus. Und wenn das so war, dann war es immer etwas ganz bedeutendes: „Erhard, du kannst der Schule fern bleiben und schwänzen, aber dir ist auch die Möglichkeit gegeben in die Schule zu gehen und zu lernen. Du musst noch viel lernen und egal, in welche Schule du gehst und welchen Lehrer du hast, du lernst nicht für die Schule, nicht für deinen Lehrer und du lernst auch nicht für mich. Du lernst allein, ganz allein für dich und für dein Leben. Und ich war überzeugt, du willst es mal besser haben als ich und weiterkommen, einen ordentlichen Beruf erlernen." Das hatte gesessen .

Nun begriff ich auch den Spruch, der in großen Lettern an der Giebelseite eines Nebengebäudes unserer Schule stand und von einem Mann namens Lenin unterzeichnet war: „Nicht für die Schule, für das Leben lernen wir."

Ich war dankbar für diese Worte, ich war froh, dass es ohne Geschrei abging und ohne Prügel, was ich heute meinem Vater nicht mal übelnehmen könnte. Er hat sich mir gegenüber so souverän verhalten und genau die richtigen Worte gefunden. Er sagte mir, dass was ich versäumt habe, kann ich nachholen, meine Schwestern werden mir Hilfe geben, sie werden mit mir lernen. Ich versprach die Hilfe anzunehmen und mich hinzusetzen und zu pauken. Gleich am nächsten Tag, dem Sonntag, begann ich, mich intensiv mit meinen Aufzeichnungen und meinen Schulbüchern zu befassen. Ich holte die Diktate hervor mit den vielen Fehlern. Meine Schwester Erika hat sich mit mir hingesetzt, hat mir die Groß- und Kleinschreibung erklärt, die Zeichensetzung, die Schreibweise von Wörtern. Die fehlerhaften Absätze ist sie mit mir durchgegangen und hat sie mir diktiert, bis ich fehlerfrei geschrieben habe. Als ich am Montag die Schule wieder besuchte, ging es jeden Tag bergauf. Das war kurz vor den Winterferien und da war ja bekanntlich wieder ein Zeugnis fällig, welches verheerend schlecht war. Versetzungsgefährdet! Eine fünf, vierer und dreier, außerdem 10 Tage entschuldigtes Fehlen und 35 Tage unentschuldigt!

Noch vor den Winterferien hat mein Vater mit Frau Ameise gesprochen und er muss ihr auch passende Worte gesagt haben. Welche weiß ich nicht, aber Frau Ameise war ganz anders zu mir und ich fand sie auch von Tag zu Tag sympathischer und hatte mit ihr kein Problem mehr. Im Gegenteil, sie hat mich sehr viel mehr in das Unterrichtsgeschehen mit eingebunden und hat sich mit mir gefreut, dass meine Diktate nun wieder mit zwei und eins benotet werden konnten. Auch in den anderen Fächern konnte ich den Anschluss gewinnen und somit sprach nichts dagegen, in der Russisch Schule zu bleiben. Nach den Winterferien, in denen ich daheim viel gelernt habe mit meinen Schwestern, war ich kein Außenseiter mehr in der Klasse, ich war Mitschüler. Die ganze Misere des ersten halben Jahres in der neuen Schule war vergessen, daß Gespräch an jenem Samstagabend mit meinem Vater, als ich in der Badewanne saß, war fruchtbar und gab mir einen Schub in die richtige Richtung. Über die Reaktion meines Vaters bin ich heute noch sehr glücklich, weil es auch meinen Willen gestärkt hat, etwas erreichen zu wollen und im Leben voran zu kommen. Dazu gehört eine gehörige Portion Disziplin. Meine heutige Erkenntnis gibt ihm Recht, er hat sich damals auf eine Ebene mit seinem kleinen Sohn gestellt und pädagogisch wertvoll gehandelt und kindgerecht erklärt, obwohl ihm das so bestimmt nicht bewusst war.

Somit lief alles wieder seinen gewohnten Gang, der Alltag war wieder in Ordnung und ich brachte die dritte Klasse zu einem guten Ende. Weil ich wieder gut mit kam in der Schule, hatte ich natürlich auch wieder mehr Freizeit nach der Schule und die nutzte ich, um mit meinen Freunden unterwegs zu sein, etwas zu unternehmen und neue Erfahrungen zu sammeln. Die dritte Klasse war geschafft und wir wurden in die Sommerferien entlassen. Ich hatte neue Freunde gewonnen und es gab neue Erlebnisse.

Kapitel 6

Fluchtvorbereitung

Einer meiner neuen Freunde war Ralf. Er war mit seiner Familie irgendwann zugezogen und er hatte noch zwei oder drei Geschwister. Ralf wohnte im Hinterhaus und hinter diesem Hinterhaus gab es noch einen weiteren Hinterhof. Dorthin verlagerte sich nun oft unser Spiel. Seine Mutter war eine kleine, dunkelhaarige Frau mit einer, wie ich damals empfand, tollen Figur. Sie hatte immer die Lippen angemalt und trug sehr kurze Röcke oder Kleider mit schwarzen Strümpfen die ihre schönen Beine zur Geltung brachten. Im Gegensatz zu meiner Mutter war sie noch sehr jung. Der Mann, mit dem die Mutter von Ralf zusammen lebte, war nicht sein Vater. Das konnte ich im ersten Moment nicht verstehen, weil ich bis dahin noch nie etwas von Stiefvater oder -mutter gehört hatte. Ralf hatte auch einen anderen Nachnahmen, als die Familie, die da wohnte. Sein Stiefvater war ein gutaussehender junger Mann. Er hatte ein Motorrad, eine 350er Jawa. Das war damals, so glaube ich, in der DDR eine sehr begehrte Maschine aus tschechischer Produktion, die unter den 20 bis 40jährigen sehr beliebt war. Sie hatte auch einen ganz besonderen Klang, den man von anderen Motorrädern sofort heraushörte und unterscheiden konnte. Wegen der Maschine war der

Stiefvater von Ralf auch ein begehrter Typ unter den jungen Mädchen in der Dresdner Neustadt.

In diesem Hinterhof war noch eine Reihe von Schuppen, und mitten im Hof stand ein Birnenbaum. Das war unser Revier. Der Baum reichte bis in die zweite Etage von vier, und wenn man da bis in den Wipfel stieg, hatte man schon irgendwie ein Gefühl von Freiheit. Wir haben oft in diesem Baum gesessen und haben alle Möglichkeiten ausgeschöpft, so hoch wie möglich zu klettern.

Ich hatte in diesem Sommer meinen 10. Geburtstag. An Einzelheiten dieses Tages erinnere ich mich nicht, aber ich weiß noch, dass in unserer Familie im Radio immer der Deutschlandfunk gehört wurde. Wie schon erwähnt, durfte das nicht nach draußen dringen, aber schon als relativ junger Mensch entwickelte sich ein Gefühl, mit wem man über politische Dinge sprechen konnte und mit wem nicht.

Es war Mitte der sechziger Jahre so, dass viele Menschen versucht haben, die DDR zu verlassen. Und der Deutschlandfunk brachte das dann in den Nachrichten. Wieder war es jemandem gelungen, auf diesem oder jenem Weg über die Demarkationslinie in die Bundesrepublik zu flüchten.

- Demarkationsliene ist eine vorläufige Grenzziehung (Grenzlinie) zwischen verschiedenen Ho-

heitsgebieten. Durch gegenseitige völkerrechtliche Anerkennung zwischen den Grenzländern werden Demarkationslinien zu Staatsgrenzen erhoben.

Und solche Hiobsbotschaften gab es zur damaligen Zeit fast täglich. Wenn eine derartige Meldung in den Nachrichten kam, forderte unser Vater immer absolute Ruhe und danach gab er seiner Freude darüber Ausdruck, dass es wieder Einer geschafft hat in den Westen zu flüchten und diesem totalitären Staat den Rücken gekehrt hat. Diese Aussagen haben sich mir als kleines Kind sehr eingeprägt und weil ich natürlich die Freude des Vaters teilen wollte, versuchte ich beim Spielen, derartige Situationen zu kopieren und umzusetzen, mit meinem Freund Ralf. Wir haben uns im Hinterhof Seile geflochten, haben diese über die Teppichstange geschleudert und haben gespielt, die Mauer zu überqueren und in den „Westen" zu flüchten, im Kugelhagel der Grenzsoldaten. Unverletzt haben wir es geschafft, in unserer Phantasie.

Unter strengster Geheimhaltung, dass wir mit niemandem ein Wort darüber sprechen. Und Ralf hat dicht gehalten! Unglaublich, im Nachhinein! Aber wir haben uns damals auch schon Gedanken gemacht, wie wir dann ohne Vater und Mutter und ohne Geschwister auskommen und wie wir diese nachholen können. Das war ganz konzentrieres Spiel und wir haben Pläne entwickelt und verworfen, aber wir waren fest entschlossen, im Alter von 10 Jahren! Diese Art von Spiel hat sich in mir verinnerlicht und seit diesem Lebensjahr war dies immer ein Teil meiner Gedanken über die ich jahrelang mit niemandem gesprochen habe, außer damals mit Ralf.

Das war ein einschneidendes Erlebnis in diesem Sommer, der ansonsten ablief wie die vorherigen. Für uns war die Welt 1966 noch in Ordnung, soweit.

Wir stromerten durch die Gegend. Im Priesnitzgrund bauten wir Murmelbahnen (Murmeln waren kleine Kugeln aus Ton in verschiedenen Farben, teilweise auch aus Glas, die waren schneller, weil schwerer), indem wir einen steilen Sandberg auf dem Hinterteil mit den Lederhosen in Schlangenform runterrutschten, die geformte Bahn mit Wasser aus der Priesnitz beträufelten, Brücken, Tunnel und Steilkurven bauten und anschließend Rennen veranstalteten. Damit waren wir tagelang beschäftigt oder wir liehen uns die Wäscheleinen von den Müttern mit denen wir steile Wände hoch und runtergingen und uns damit gegenseitig gegen abstürzten sicherten. Das machten wir an der Priesnitzgrundbrücke, deren 60 Grad steiler Hang mit Steinen befestigt war, auf dem wir diese Unternehmungen durchführten. Uns war nichts zu schwer, nichts unerreichbar, nichts zu hoch und nichts zu steil. Teilweise haben wir uns total überschätzt, aber wir sind aus jeder

Situation gesund, fast gesund, bis auf kleinere Abschürfungen oder Verstauchungen, herausgekommen.

Auch in diesen Ferien war ich wieder in Neukirch, zusammen mit meinem Vater, der seinem Bruder Werner dabei half, einen Schuppen zu bauen und Dächer neu zu decken. Ich durfte dabei sein und helfen und das war für mich was ganz großes. In diesem Jahr war auch die Fußballweltmeisterschaft in England. Wir haben die Spiele im Fernsehen angesehen und da kamen auch Leute aus der Nachbarschaft zu meinem Onkel ins Haus, die keinen Fernseher hatten. Ich war praktisch Augenzeug des berühmten Wembley-Tores im Finale England gegen Deutschland.

Mein Freundeskreis hatte sich verändert. In der Schule war ich immer mit Ronald zusammen, wir haben nebeneinander in der Schulbank gesessen und manchmal haben wir uns auch in der Freizeit getroffen. Wir haben Drachen gebaut und diese im Herbst steigen lassen, wir haben Gewehre und Pistolen aus Holz gesägt und damit Räuber und Gendarm gespielt. Später sind wir zusammen in eine Arbeitsgemeinschaft für Flugmodellbau gegangen, einmal in der Woche und wir haben gelernt mit der Laubsäge umzugehen und milimetergenau zu arbeiten. Und wir haben große Modellflugzeuge gebaut. Aber ich hatte auch Freunde in der Nachbarschaft und nachdem ich mit „Bumbi" nach der Diebestour gebrochen hatte, war ich jetzt in der Freizeit mit Frank und Uwe zusammen. Frank hatte ich schon vorgestellt, er ging mit mir die ersten zwei Jahre zur Schule. Er hatte eine größere Schwester und einen kleinen Bruder. Anfangs war ich jedoch mehr mit Uwe befreundet. Uwe wohnte zwei Häuser neben mir, auch er hatte Geschwister, eine ältere und eine jüngere Schwester. Uwe hatte auch eine elektrische Eisenbahn und da haben wir oft stundenlang gespielt. Zum Weihnachtsfest 1966 bekam er zwei neue Lokomotiven, Anhänger und Gleismaterial und wir begannen damit, seine Anlage neu zu gestalten. In diesem Jahr zum Fest hatten Uwes Eltern Besuch aus dem Westen. Die Mutter seines Vaters, also Uwes Oma und der Onkel mit seiner Frau, waren gekommen. Und sie hatten viele feine Sachen im Gepäck. Neben Süßigkeiten und Spielsachen für Uwe hatten sie auch Sachen für die Kinder mitgebracht. Unter anderem drei gleichaussehende Rollkragenpullover, für jedes Kind einen. Uwe und seiner kleinen Schwester passten die Pullover, für die große Schwester war der Pullover zu klein, sie war schon etwas größer und kräftiger. Daraufhin entschieden die Eltern von Uwe, dass ich einen Pullover bekomme. Uwe nahm den, der für die große Schwester vorgesehen war, und ich bekam seinen. Ich freute mich wahnsinnig darüber und habe mich hundertmal bedankt. Der Pullover war weiß, die Ecken schwarz und diese waren nochmals von roten Zacken umrandet. Am liebsten hätte ich den Pullover nie ausgezogen, wenn meine Mutter ihn wusch, war ich persönlich anwesend, damit an dem Stück nichts passierte. Er war so weich und leicht, solch ein Material hatte ich vorher noch nie in den Händen gehalten. Und er roch so gut, ganz ein besonderer Geruch, den ich heute nicht mehr beschreiben kann. Für mich war es der Geruch des Westens. Von dem Tag an war Uwe auch bei uns gern gesehen. Mein Vater mochte ihn Anfangs nicht so gern, weil er immer den Rotz hochzog und das aller paar Sekunden und das hat meinen Vater genervt. Aber als mein Vater dann sah, dass wir uns richtig gut verstehen, hat er Uwe akzeptiert.

Kapitel 7

Persönlichkeitsentwicklung

Wie jedes Jahr im September, begann ein neues Schuljahr, ich kam in die vierte Klasse. Wir bekamen einen neuen Lehrer und neue Fächer an der Schule. Unser neuer Lehrer, Herr M. war klasse. Von der ersten Minute an machte es Spaß an seinem Unterricht teilzunehmen. Von diesem Lehrer habe ich für mein späteres Leben sehr viel gelernt.

Bei ihm hatten wir Deutsch und Heimatkunde. Vor allem Heimatkunde hat mir wahnsinnig gut gefallen. Wir haben damals die Geschichte der Stadt Dresden durchgenommen von der Gründung im Jahre 1206 bis zur Gegenwart. Es war sehr interessant, wie sich die Stadt entwickelt hat, wie die Baumeister nach Dresden kamen und diese tollen Gebäude, Schlösser und Kirchen entstanden. Wie, vor allem unter August dem Starken, Reichtümer angehäuft wurden und Raritäten, wie der Alchemist Johann Friedrich Böttger eingesperrt wurde, um aus wertlosen Materialien Gold zu machen und dabei 1708 das europäische Porzellan erfand aus dem das berühmte Meißner Porzellan hervorging. Diese ganzen Geschichten habe ich mit einer wahren Gier in mich hineingesogen. Und sie haben die Liebe zu meiner Stadt geprägt.

Einmal machten wir mit Herrn M. einen Klassenausflug in die Gemäldegalerie Alte Meister. Meine Aufgabe war es bei diesem Besuch, eine Reportage zu schreiben über die Galerie, die Gemälde. Während des Zweiten Weltkriegs wurden die Gemälde ausgelagert u.a. im Kalkwerk Lengefeld, Cottaer Tunnel und blieben trotz weitgehender Zerstörung des Galeriegebäudes durch die Luftangriffe auf Dresden erhalten. Ich fühlte mich wie ein rasender Reporter und war stolz, dass mir die Aufgabe anvertraut wurde, die mich absolut forderte. Ich konnte eine gute Arbeit abliefern und allen hat der Stil, wie ich damals meine Reportage geschrieben habe, gefallen. Von den Kunstwerken in der Galerie war ich unheimlich beeindruckt. Ob Rembrandt, Rubens, Dürer, Raffael, Vermeer oder Tizian und andere große Künstler dieser Zeit, ich habe mir die Nase plattgedrückt an allen diesen wunderbaren Gemälden und mein Wunsch war es, auch so malen zu können, wobei ich zum damaligen Zeitpunkt gemalt habe wie jeder in meiner Altersgruppe.

Wenn wir im Unterricht bei Herrn M. unser Pensum geschafft hatten, erzählte er uns immer irgendwelche Lebensgeschichten und die waren sehr prägnant. Manchmal philosophierte er über das Leben, dass es nie eine gerade Linie gibt. Wenn man mal oben ist, dann geht es wieder abwärts und wenn man unten ist wird es auch wieder aufwärts gehen. Damals konnte ich damit nichts anfangen, obwohl sich diese Theorie in meinem, noch jungen Leben doch schon genauso abgespielt hat. Ich hatte es nur nicht erkannt. Aber diese Worte sind mir nie aus dem Sinn gegangen. Und genauso läuft es ab, diese Erfahrung konnte ich in meinem späteren Leben oft beobachten. Herr M. erzählte uns auch mal eine Geschichte von einem Drogenabhängigen der irgendwann erkannt hat, dass er sein Leben ruiniert, wenn er so weiter macht. Er machte einen Entzug und genau diesen hat uns der Lehrer beschrieben und bis in alle Einzelheiten geschildert. Das war damals für mich sehr grausam und das hat mich so beeindruckt, dass ich sehr großen Respekt vor Drogen hatte und niemals auf den Gedanken gekommen bin, derartiges Zeug irgendwann zu probieren. Herr M. hat das so gut rüber gebracht, dass das eine immer bestehende Warnung für mich war. Heute würde ich sagen, er war ein hervorragender Pädagoge. Er hat uns sehr viel über das Leben beigebracht. Leider hatten wir ihn nur in der vierten Klasse. Unser Stundenplan war in diesem Schuljahr so gestaltet, dass wir auch Nachmittagsunterricht hatten, das war zur damaligen Zeit noch sehr selten. Dienstags hatten wir von 16.00 - 17.45 Uhr Werken und Freitags von 14.00 - 15.45 Sport. Im Werkunterricht haben wir richtig gute Sachen gemacht. Wir haben einen Zeitungsständer aus Holz gebaut, haben gelernt mit einer Säge, Feile und Bohrmaschine umzugehen. Und auch da hatten wir einen tollen Lehrer, der ein Handwerker war. Es gab einen Werkraum in dem alles Werkzeug vorhanden war. Und irgendetwas zu basteln und zu bauen hat mir damals schon viel Spaß gemacht. Wir haben auch in unserer Freizeit viel gebastelt und das meistens mit meinem Klassenkameraden Ronald.

Nach dem Werkunterricht habe ich mich oftmals mit Ronald verabredet und wir sind dann durch die Neustadt spaziert. Es war schon Herbst und es wurde früh dunkel. Bevor wir losgegangen sind, bin ich in den Tabakwarenladen von Herrn Barth auf der Louisenstraße. Dort habe ich sechs Zigaretten gekauft, Marke „Stambul", für meinen Vater, versteht sich. Nur mein Vater rauchte gar keine Stambul. Die waren für uns, Ronald hat in der Zeit Maggiwürfel besorgt, das Stück für 6 Pfennige. Die Schwierigkeit war immer, Feuer zu bekommen. Feuerzeuge gab es damals noch nicht in der Form wie heute, und Streichhölzer bekamen wir als Kinder im Geschäft nicht. Und daheim waren diese unter Verschluß. Also was tun? Wir marschierten los und sind Männern hinterher gegangen, die rauchten. Wir haben solange gewartet, bis diese ihre „Kippe" wegschmissen, die haben wir dann unbeobachtet aufgehoben und damit unsere Zigarette angezündet. Manchmal hatten wir auch Pech, nämlich dann, wenn die Männer die Zigarettenkippe austraten. Im Schutz der Dunkelheit sind wir durch die Straßen gezogen, haben eine nach der anderen geraucht und Pläne geschmiedet, für die Zukunft. Wenn wir fertig geraucht hatten, nahmen wir den Maggiwürfel zu uns, hauchten uns gegenseitig an, ob wir noch nach Rauch rochen und dann ging jeder nach Hause. Das haben wir ein paar Mal gemacht, immer dienstags. Bemerkt hat es niemand und es war unser Geheimnis. Wir fühlten uns mit der Zigarette in der Hand groß und stark. Was für ein Blödsinn. Irgendwann haben wir das dann sein lassen.

So kam der Winter. Wir hatten daheim in der Wohnung zwei Räume, die geheizt werden konnten. Das war die Küche, mit einem sehr alten Küchenofen

und das Wohnzimmer in dem stand ein großer
Kachelofen. Beide wurden vorwiegend mit Kohle
beheizt. Überhaupt hatten alle Wohnungen zur damaligen Zeit Kachelöfen die mit Holz oder Kohle betrieben wurden. Die meisten Familien ließen auch
im Herbst den Kohlenhändler kommen der ihnen
dann 30 bis 50 Zentner Kohlen in die Keller schüttete. Ich kann mich an einen Herbst erinnern, als
wir 25 Zentner Kohlen bekamen, das war einmal
in all den Jahren. Es war ja viel Geld auf einmal,
wenn man 50 Zentner Kohle einlagerte, ich glaube
das ein Zentnersack damals zwischen vier und fünf
Mark kostete und das war für unsere Eltern sehr
viel Geld. Da war es gar nicht möglich, in Vorleis-
tung zu gehen. Mein Vater verdiente zur damaligen
Zeit im Monat ungefähr 500 Mark, davon musste
die Miete bezahlt werden und Strom und für fünf
Mäuler das Essen und die Dinge des täglichen Be-
darfs, Kaffee war sehr teuer und Butter konnten wir
uns auch nicht leisten, bei uns gab es vorwiegend
Margarine „Marina" für 75 Pfennige der Würfel mit
125 Gramm. Es gab auch noch Margarine der Marke „Sonja", die kostete nur 50 Pfennige.

Wir besaßen einen kleinen Handwagen, wir nannten diesen Rollfix. Den hatte mein Vater, der handwerklich sehr geschickt war, irgendwann einmal gebaut. Vier Räder mit Hartgummireifen, der Boden
mit Holzstreben und rundherum Seitenwände, ungefähr 15 cm hoch und eine Deichsel, an der links

und rechts angefaßt werden konnte. Rotbraun lackiert. Mit diesem Wagen mussten wir Kinder einmal pro Woche einen Sack Kohlen holen.

Die Kohlenhandlung war auf der Louisenstraße. Dort waren auf dem Hof riesige Kohlenberge. Auf dem Hof arbeiteten zwei Männer, die den ganzen Tag nichts anderes taten, als mit einer großen Gabel die Kohlen in eine Mulde aus Metall, die kippbar war und gleichzeitig als Waage diente, zu schaufeln und wenn 50 kg erreicht waren, diese in Säcke zu füllen. Diese Säcke wurden dann auf einen großen Wagen gestapelt und in die Haushalte geliefert. Zwischendurch wurden dann die Kleinabnehmer wie wir bedient. Das Geld reichte meistens nur für einen Sack Kohlen, und dieser reichte im Winter für eine Woche. Wenn die wirtschaftliche Lage besser war, konnten wir auch manchmal zwei Säcke kaufen. Meistens gingen wir drei Geschwister zusammen. Meine Schwestern haben den Rollfix, wenn er beladen war, zusammen gezogen und ich musste hinten schieben, 50 oder 100 kg.

Der Transport war Schwerstarbeit. Wenn man von der Louisenstraße in die Kamenzer Staße einbog, gab es eine kleine Steigung, die die ganze Sache erschwerte. Noch anstrengender war es im Winter, wenn Schnee lag und teilweise die Gehwege nicht geräumt waren, dann haben wir manchmal für den Weg, den man mit dem Wagen normal in 10 Minuten gegangen ist, fast eine Stunde gebraucht. Und oft halfen uns fremde Leute, den Wagen zu ziehen.

Irgendwann Mitte der sechziger Jahre fand unser Vater eine Anstellung in einer Firma, die Einlegesohlen für Schuhe herstellte. Die Firma hieß Schreiber & Wolf und befand sich auf der Altenberger Straße in Dresden-Striessen. Der Vater war dort als Betriebshandwerker angestellt, dass heißt, er war Mädchen für alles. Er war Heizer, Produktionsarbeiter, Handwerker. Er hat sich in diesem Betrieb um alles gekümmert. Im Winter, wenn Schnee lag, ist er mit der Straßenbahn auf Arbeit gefahren. Wenn es das Wetter zuließ, fuhr er mit dem Fahrrad. Er hatte immer eine Aktentasche dabei, in die er das Essen packte, das ihm unsere Mutter frühmorgens herrichtete. Die Tasche schnallte er dann auf seinen Gepäckträger und dann fuhr er los. Wenn er abends nach der Arbeit heimkam, nahmen wir seine Tasche in Beschlag und schauten in seiner Brotbüchse nach, ob er tagsüber alles aufgegessen hatte. Wenn noch etwas übrig war, durften wir das aufessen. Das war immer etwas besonderes. Die Brote schmeckten am Abend richtig gut.

Manchmal kam unser Vater abends nach Hause und seine Tasche war ziemlich schwer. Dann hatte er ein Paket, dass in festes Packpapier eingewickelt war, in seiner Aktentasche. Und in diesem Paket waren Briketts, die er aus der Heizung seiner

Firma mitbrachte. Fein säuberlich nebeneinander liegend. Zwischen acht bis zehn Stück waren es in der Regel. Also eigentlich waren die Kohlen gestohlen, aber keiner von uns hat das so empfunden. Konnten wir doch dadurch ein bis zwei Tage heizen, bevor wir wieder in die Kohlenhandlung mussten, um Nachschub zu holen. Oft brachte er auch mal ein Stück Holz oder eine einzelne Kohle mit nach Hause, die er auf seinem Weg zur Arbeit oder von der Arbeit irgendwo von der Straße aufgesammelt hat. Überhaupt ist unser Vater immer mit offenen Augen durch die Gegend gegangen. Er brachte aus der Firma auch Zeitungen mit. Die wurden als Toilettenpapier verwertet. Papier auf Rollen, wie wir es heute kennen, gab es damals noch nicht so verbreitet und wenn es welches gab, dann war das teuer. Also wurde aus den gesammelten Zeitungen Papier für die Toilette zurechtgerissen, zirka 10 x 15 cm. In der Toilette hing ein Holzkasten an der Wand, auch den hatte der Vater selbst gebaut, wo das Format genau hinein passte. Wenn man sein Geschäft erledigt hatte, nahm man ein Blatt des Papieres, rollte und knetete es zwischen den Händen, damit es weich wurde und dann konnte man es benutzen.

Unser Vater musste damals noch an den Sonnabenden arbeiten, bis Mittag. Wenn er dann am Nachmittag daheim war, machte er eine kurze Pause und ging wieder. An den Wochenenden verdiente er zusätzlich Geld. Er malerte und tapezierte. Dies machte er nebenbei. Heute würde man sagen, er arbeitete schwarz. Seine Arbeit bot er recht billig an, deshalb hatte er auch immer viel zu tun. Wir Kinder wurden in diese Arbeit mit einbezogen. Freitags nach seiner Arbeit schrieb er einen Zettel, da stand drauf, was er alles braucht. Die Farben, die verstrichen wurden, rührte mein Vater noch selbst an aus Schlemmkreide und Kleister sowie Farbpigment, das er je nach Farbton in die Flüssigkeit schüttete. Das mussten wir aus einem Farbengeschäft besorgen. Wir hatten drei davon in unserer Nähe. Bulander auf der Kamenzer Straße, das Farbengeschäft Kießler war auf der Louisenstraße und dann gab es noch Farben Voigt auf der Görlitzer Straße. Entweder mussten die Sachen meine Schwestern besorgen oder ich. Das mussten wir dann jeweils zu den Leuten hinbringen. Auch das Material, Farbeimer, -bürsten und Pinsel mussten wir ihm zu den Kunden bringen, und seine Malerleiter. Unser Vater war im ganzen Stadtgebiet unterwegs. Und so sind wir mit den sperrigen Sachen auch oft mit der Strassenbahn gefahren. Je größer und älter ich wurde, desto mehr wurde ich eingespannt. Ich habe diese Fahrten gehasst und manchmal habe ich mich geschämt, vor allem wenn ich Kindern in meinem Alter begegnet bin, die fein angezogen waren und mit ihren Eltern oder Großeltern in der Straßenbahn fuhren. Manchmal haben mir auch Freunde geholfen, die Sachen zu transportieren, das allerdings sah mein Vater nicht so gern. Ich wurde ziemlich bemitleidet, wenn ich kleiner Kerl mit der Malerleiter auf der Schulter und dem Eimer, der immer zwischen 10 bis 15 Kilogramm wog, unterwegs war.

Irgendwann wurde es modern, Tapeten an die Wand zu kleben. Auch das beherrschte mein Vater und da musste ich ihm sehr oft am Sonnabend oder Sonntag helfen. Und dabei habe ich viel gelernt. Ab und an gab es auch kleine Unfälle. Einmal, mein Vater stand auf der Leiter und wollte mit der Schere am Ansatz die Tapete beschneiden, rutschte ihm die Schere aus der Hand und fiel runter. Ich stand unter der Leiter und bekam die Schere ab, glücklicherweise nicht auf den Kopf, sondern sie traf mich am Innenarm und spießte hinein. Das gab ein kleines Loch und es hat kaum geblutet, der Vater wäre beinahe vor Schreck von der Leiter gefallen und es tat ihm sehr leid, er hat mich getröstet und in den Arm genommen, was sehr selten vorkam. Ich biss die Zähne zusammen und es ging weiter. Die Narbe von diesem Missgeschick habe ich heute noch. Ein anderes Mal stand ich zwischen der Malerleiter und habe die Tapetenbahn an einer vorher ausgeloteten Linie angehalten, dabei habe ich den Kopf leicht durch die Sprossen der Leiter geneigt. Vater hat die Bahn von oben nach unten ausgestrichen und stieg dabei die Leiter hinunter und er stieg mir direkt auf mein Ohr, auch das war ziemlich schmerzhaft. Ein anderes Mal war ich dabei, als mein Vater einen Korridor strich. An der Decke dieses Raumes befand sich eine etwa 30 cm lange Leitung in einem Kabelrohr. Die wurde von den Vorgängern immer nur überstrichen. Weil die Leitung nur so herumhing und keinen Nutzen hatte, machte Vater dem Kunden den Vorschlag, die Leitung abzuzwicken und dann das Loch in der Decke zu verspachteln. Er sagte zu dem Herrn, er solle die Sicherung für den Strom herausdrehen, was dieser auch tat. Es wurde dunkel in dem Korridor und ich sah meinen Vater auf der Leiter stehen. Er hatte eine Kneifzange in der Hand mit der er das Kabel wegschneiden wollte. Plötzlich ein heller Blitz, ein Schrei, die Leiter fiel um und mein Vater auf den Boden. Er wirkte benommen. Wie durch ein Wunder hat er sich keine Verletzungen durch den Sturz zugezogen und sein Glück war, dass er von der Leiter gefallen ist. Er war mit der Zange, die ganz aus Eisen war und nicht isoliert, an dem Kabel gehangen und hat einen mächtigen Stromschlag bekommen. Der Herr hatte nur eine Sicherung rausgedreht und so war eine Phase noch mit Strom versorgt. An dem Tag war sofort Feierabend, da ging es dem Vater gar nicht gut und er hatte Lähmungserscheinungen im ganzen Körper.

Ich hatte Angst um meinen Vater und war sehr froh, dass es ihm am nächsten Morgen besser ging.

Kapitel 8

Russischlager

Kurz vor den Winterferien 1967 veranstaltete die Schule einen Landheimaufenthalt in Zinnwald im Erzgebirge. Die beiden Russischklassen der vierten Jahrgangsstufe fuhren für eine Woche zusammen mit russischen Schülern aus einer Dresdner Kaserne dorthin. Gern hätte ich mich vor dieser Reise gedrückt, weil diese Fahrt nicht nach meinem Geschmack war. Aber ich musste mit.

Wir trafen uns an einem Sonnabend auf dem Schulhof, da wussten wir noch nicht, wie wir in das Schullandheim fahren würden. Uns Schülern war nur bekannt, dass wir mit einem Bus fahren. So warteten wir auf dem Schulhof, bis es nach langer Zeit hieß, die Busse sind da. Als wir dann unser Gepäck aufnahmen und durch den Flur des Schulhauses auf die Straße traten, erlitt ich einen leichten Schock. Am Straßenrand standen hintereinander vier russische Busse, grün, stinkend und mit einem weißen Punkt auf der Rückseite, aus dem Bestand der sowjetischen Armee, die in einigen Kasernen in Dresden stationiert war. Ich wäre am liebsten im Erdboden versunken. Ich habe mich so geschämt, in diesen Bus zu steigen und mitfahren zu müssen. Aber es half nichts. Eine andere Möglichkeit war nicht gegeben. Durch den Umgang mit den russischen Kindern sollten wir unsere Sprachkenntnisse verbessern und vertiefen. Wenn ich sonst auf Ausflügen in einen Bus stieg, habe ich immer einen Fensterplatz beansprucht. Das war dieses Mal anders. Ich setzte mich freiwillig in die Mitte. Als wir durch Dresden stadtauswärts fuhren, wurden einige Straßenbahnen überholt und ich wollte keinesfalls, dass mich vielleicht Bekannte, die zufällig in der Straßenbahn fuhren, erkennen. Es war mir peinlich, dass die Menschen auf der Straße, die in den Bus hinein sahen meinen würden, ich bin ein russisches Kind. Das wollte ich absolut nicht sein.

Im Landheim hatten wir zweimal zusammen mit den russischen Kindern Unterricht, verständigen konnten wir uns nur wenig, dennoch haben wir zusammen Spiele gemacht und uns die Aufgaben geteilt, wie zum Beispiel Tische abräumen, abspülen, Kartoffeln schälen, Küchendienst oder morgens Semmeln holen zum Frühstück. Die Kinder waren nicht anders als wir, sie unterhielten sich in ihrer Sprache, wir in unserer. Nur manchmal versuchten wir mit den wenigen Vokabeln, die wir in einem Jahr gelernt hatten, mit ihnen zu kommunizieren.

Wir machten ansonsten alles gemeinsam mit den russischen Kindern, wir schliefen auch mit den Jungs in einem Zimmer. Die Russen hatten einen Lehrer dabei, der sehr nett war - Anatoli war sein

Name. Er war mit uns früh und abends im Waschraum und ich war sehr verwundert, wie er seine Zähne putzte. Er nahm nur Wasser und seinen Zeigefinger und rieb über seine Zähne. Das fand ich schon sehr eigenartig. Das ist mir bis zum heutigen Tag in Erinnerung geblieben.

Noch eine Begebenheit von diesem Landheimaufenthalt ist mir im Gedächtnis. Es war an einem Nachmittag, als wir gemeinsam spielten. Ich weiß nicht mehr genau was es war, aber irgend etwas hartes, schweres traf mich am Kopf und es tat ziemlich weh. Der Schmerz trieb mir die Tränen in die Augen und ich weinte leise vor mich hin. Bei den Russen waren auch einige Mädchen dabei, die etwas älter waren als wir und eine von ihnen war eigentlich ganz hübsch und vor allem hatte sie eine richtig gute Figur und für ihr Alter schon einen ziemlich großen Busen. Ihr Name war Swetlana und dieses Mädchen kam her zu mir, nahm mich in die Arme, drückte meinen Kopf an eben diesen großen Busen, redete auf mich ein und tröstete mich. Das empfand ich als sehr angenehm, weniger die Worte, aber das Gefühl in ihren Armen zu liegen. Einige meiner Klassenkameraden haben mich darum beneidet und immer wieder gefragt, was das für ein Gefühl war. Ich habe später noch davon geträumt.

Die Woche ging zu Ende und wir fuhren wieder zurück nach Dresden. Große Freundschaften haben sich nicht entwickelt. Wir gingen noch einen Tag in die Schule und dann begannen die ersehnten Winterferien, drei Wochen lang von Anfang Februar bis zum Ende des Monats. In diesem Jahr hatten wir einen sehr milden Februar und es war teilweise fast schon frühlingshaft.

Mit meinem Freund Uwe habe ich in diesem Februar fast jeden Tag etwas unternommen. Ähnlich wie damals am Wandertag mit meinen Schulkameraden waren wir fast jeden Tag unterwegs, auf Wanderschaft sozusagen. Wir fuhren mit der Straßenbahn bis zu den Endhaltepunkten und dann liefen wir los. Ausgerüstet mit Broten und Tee aus einer Wanderflasche erkundeten wir die Dresdner Umgebung. Wir fuhren ins Schloß Pillnitz, nach Moritzburg, wir machten eine Tour durch die Dresdner Heide mit dem Ausflugsziel Heidemühle. An einem Samstag fuhren wir nach Zschachwitz, fuhren mit der Fähre über die Elbe nach Pillnitz und schlugen den Weg zum Borsberg ein. Dort war ein Aussichtsturm, den wir erklommen. Aber wir setzten uns auch eine zeitlang unter die Treppen, die auf die Aussichtsplattform führten und schauten Frauen unter die Röcke. An einem Tag fuhren wir nach Freital und gingen von dort aus auf den Windberg, auch ein bekannter Ort. Dort befand sich ebenfalls eine Aussicht. Aber an diesem Tag tobte über der Region ein starker Orkan und eigentlich kam auch im Radio die Warnung, dass Kinder an diesem Tag zu Hause bleiben sollten. Uns hielt das nicht ab. Wir gingen trotzdem los. Auf dem Windberg angekommen war der Sturm so heftig, dass wir uns mit Mühe und Not an einem Blitzableiter festhielten, um vom Sturm nicht erfasst zu werden. Ich verwendete für solche Touren das Geld, welches ich durch Flaschen und Gläser sammeln verdient hatte, manchmal gab mir auch meine Mutter Geld, aber niemals mehr als fünf Mark. Und die mussten für die ganzen Ferien reichen. Also war ich immer irgendwie auf meine Freunde angewiesen. Da war es bei Uwe schon besser. Seine Mutter lebte immer irgendwie in Angst, wenn wir unterwegs waren, deshalb gab sie ihm auch einen größeren Betrag an Geld mit, für den Notfall und auch sonst waren die Eltern vom Uwe sehr großzügig. Er hatte Geld, auch um mich einzuladen, in einer Wirtschaft etwas zu essen. Das haben wir auch getan. Mit 10 Jahren sind wir in Gaststätten gegangen, haben Gulaschsuppe oder auch mal ein Schnitzel gegessen und Limonade getrunken. Die Wirtsleute haben uns zwar manchmal komisch angeschaut und gefragt, ob wir auch zahlen können, aber sie haben uns bedient.

Weil es in diesem Februar schon sehr frühlingshaft war, haben wir uns auch auf eine Radtour begeben. Vorher haben wir uns die Strecke auf der Landkarte angesehen und uns hingesetzt und die Route geplant. Ich hatte kein Fahrrad, aber Uwes Schwester hatte eins und das richteten wir so her, dass ich zumindest nicht die ganze Zeit im Stehen fahren musste. Der Sattel wurde bis zum Anschlag heruntergeschraubt und das hat dann einigermaßen gepasst. In unser Vorhaben bezogen wir auch unseren gemeinsamen Freund Frank mit ein, wir überlegten zusammen, was wir alles brauchen für diese Tour, um auch für den Notfall gerüstet zu sein, also auch Werkzeug, Flickzeug, Luftpumpe, Ventile usw. Der Plan stand, die Utensilien waren besorgt und so starteten wir unsere Tour. Wir hatten uns sehr viel vorgenommen für einen Tag. Erwähnen möchte ich noch, dass wir zur damaligen Zeit noch nicht über Gangschaltungen an Fahrrädern verfügten, dass hatten nur Rennräder und ein solches besaß niemand von uns. Also strampelten wir los, zunächst die Radeberger Straße raus, um durch die Dresdner Heide nach Radeberg zu kommen.

Das war die erste Etappe, die wir gut meisterten, von da aus fuhren wir in Richtung Bischofswerda. Das war schon in der Nähe meines Onkel aus Neukirch. Kurz vor Bischofswerda haben wir Rast gemacht und sind eingekehrt. Wir haben gegessen und uns den Bauch mit Limonade gefüllt, was uns natürlich träge machte. Wir fuhren weiter an Bischofswerda vorbei in Richtung Rossendorf. Wer das Dresdner Umland kennt, weiß, dass es sehr hügelig ist und teilweise schon mit sehr großen Gefällen bzw. Steigungen bestückt ist. Keine Gangschaltung, teilweise im Stehen fahrend, das war schon anstrengend und wir ermüdeten zusehends. Wir waren zwar am Morgen früh gestartet, dennoch war die Mittagszeit schon weit vorbei und wir hatten noch gut 40 km vor uns. Die Bein(ch)e(n) wurden immer schwerer, der Hals trocken. Aber da sahen wir ein Hinweisschild vor uns - Bühlau, 5 km - wir freuten uns und jubelten, wussten wir doch, in Bühlau ist die Endhaltestelle der Linie 11 und von dort aus geht es nur nach bergab bis in die Stadt hinein. Also entlockten wir uns nochmals alle Kraftreserven und „düsten" in Richtung Bühlau. Plötzlich standen wir an der Landstraße 6, die von Dresden nach Bautzen führt und auf dem Hinweisschild stand, Straße überqueren, geradeaus fahren 2 km - Bühlau. Nun waren wir frustriert, wir zogen unsere Landkarte heraus und sahen genau nach und wir mußten feststellen, dass war ein anderes Bühlau. Von dem Punkt aus wo wir waren, mußten wir, um nach Dresden zu kommen noch über 30 km zurücklegen. Uns blieb nur die Möglichkeit, die Landstraße zu nehmen und in Richtung Dresden zu fahren. Die Essensration war aufgebraucht, ebenso die Getränke, die wir uns noch brüderlich teilten. Wir gaben nicht auf und fuhren weiter. Einige Kilometer haben wir noch geschafft, dann war auch das letzte Stück gute Laune dahin. Kurz vor Rossendorf, mitten im Wald hielten wir an und beratschlagten uns. Wir hatten eine Idee, die uns allen gefiel. Da ich der kleinste und schwächste in der Gruppe war, beschlossen wir aus meinem Hinterrad die Luft rauszulassen und einen Plattfuß vorzutäuschen, um Mitleid zu erzeugen und dann per Anhalter mit nach Dresden genommen zu werden. Gesagt, getan! Ich ließ die Luft raus und wir stellten uns an die Straße mit erhobenem Arm, in Fahrtrichtung Dresden deutend. Pkw's das war uns klar, brauchten wir nicht stoppen, aber Kleintransporter oder LKW's konnten auch unsere Fahrräder mit aufnehmen.

Es dauerte nicht lang und das erste Auto hielt an. Es war ein weißer Kleintransporter. Wir sprangen zur Tür und sahen in das Auto hinein. Der Fahrer bewegte kaum seinen Kopf und der Beifahrer hatte eine finstere Miene und sah furchterregend aus. Aber er sagte, „Räder rein, zwei Mann hinten rein, einer zu mir". Uwe und ich, wir hatten etwas Angst und wollten nicht mitfahren. Frank war furchtlos und er stieg in das Auto und fuhr mit. Wir machten uns noch Gedanken, ob das nicht Kidnapper waren und dass sie Frank nun entführt haben, da hielt ein LkW neben uns. Der Fahrer war lustig und freundlich, er wollte wissen, wie er uns helfen kann und wir erzählten die Geschichte von unserer Radtour und das nun einer einen „Platten" hat und wir kein Flickzeug dabei haben und dringend nach Dresden müssen, weil sich unsere Eltern bestimmt Sorgen machen. Der Mann sagte, wir haben Glück, dass er gerade Ware ausgeladen hat und alles leer ist. Er half uns, die Räder auf den LKW zu heben und nahm uns mit bis Bühlau zur Endhaltestelle der

Straßenbahn. Als wir dort ankamen, sahen wir den weißen Transporter und Frank am Straßenrand stehen. Da waren wir froh. Wir bedankten uns bei dem Lastwagenfahrer fürs Mitnehmen und ließen ihn wegfahren, dann holte Uwe die Luftpumpe aus dem Rucksack, wir pumpten meinen Hinterreifen auf, schwangen uns in die Sättel und fuhren von Bühlau hinunter in die Stadt, die meißte Zeit, ohne auch nur einmal zu treten, weil es nur bergab ging.

Über diese Tour haben wir später noch oft gesprochen. Und wir haben uns darüber lustig gemacht, wie ängstlich wir waren, aber dennoch erfinderisch.

In diesen Ferien begannen auch meine ersten Mädchengeschichten, sehr prickelnd und wie ich heute finde, sehr weitreichend für mein damaliges Alter, wo ich doch immer noch klein, zierlich und unbedarft war. Also, ich habe mich direkt gleich einmal verlobt. Und das kam so: Mein Freund Uwe hatte eine Schwester, die ein Jahr jünger war als wir. Viola, welch schöner Name. Wir nannten sie „Püppi".

An einem Sonnabend Nachmittag, Uwe und ich spielten am Boden in seinem Zimmer, tauchte sie auf und wollte bei uns dabei sein. Wir bezogen sie in unser Spiel mit ein. Püppi verströmte einen angenehmen Geruch. So schüchtern wie ich war, sagte ich ihr, dass sie gut riecht. Offenbar gefiel ihr das. Sie ging aus dem Zimmer und kam nach einiger Zeit wieder und nun roch sie nicht nur gut, sondern sie sah auch gut aus. Sie hatte sich ihre Lippen angemalt und die Augen und dadurch wirkte sie älter. Eigentlich ging es ganz schnell, dass wir uns anfassten und küssten, zunächst auf die Wangen, später auf den Mund. Sie sagte mir anschließend lauter nette Sachen und sie ging wieder aus dem Zimmer und kam zurück und gab mir einen Ring und sie sagte, sie möchte sich jetzt mit mir verloben. Nun, ich nahm dieses Angebot an und fühlte mich ausgezeichnet. Die Verlobung vollzogen wir sitzend unter dem Tisch, Uwe war Zeuge. Er fand es gut. Den Ring trug ich in der Schule und beim Spielen, wenn ich draußen war. Sobald ich nach Hause kam, zog ich ihn ab und steckte ihn in die Hosentasche, um lästigen Fragen aus dem Weg zu gehen. Irgendwann verschwand der Ring in einer Schublade von meinem Schrank, in dem ich lauter Krimskrams aufbewahrte.

In der Schule hatte ich mich gefangen, meine Zensuren waren wieder besser und auch in Russisch kam ich gut mit. So verging das vierte Schuljahr ohne weitere nennenswerte Höhepunkte. Ich war in meiner Freizeit täglich mit Uwe zusammen, manchmal war auch Frank dabei und wir hatten immer irgendetwas zu tun. Langweilig war uns nie. Einmal in der Woche ging ich in die Arbeitsgemeinschaft und baute meinen Segelflieger fertig. Mehr und mehr beschäftigten wir uns mit Fußball spielen. Wir trafen uns fast jeden Nachmittag auf der Talstraße. Auf der einen Seite war eine Häuserlücke und dort war ein Spielplatz angelegt, gegenüber war ebenfalls eine Lücke, dort spielten wir fast täglich bis zum Einbruch der Dunkelheit Fußball.

Uwes Vater hatte zur damaligen Zeit schon einen PKW der russischen Marke „Moskwitsch". Sonntags machte die Familie sehr oft Ausflüge mit dem Auto und Uwe bettelte dann immer seine Eltern, dass ich mitfahren durfte. Meistens willigten sie ein und ich lernte dadurch die nähere Umgebung von Dresden kennen. Seine Eltern gingen immer zum Kaffeetrinken und Kuchenessen und für uns Kinder gab es meistens Eis, was für mich bezahlt wurde. Wenn Sonntags keine Ausflüge gemacht wurden, dann habe ich mit Uwe etwas unternommen. Einmal waren wir an der Elbe unterwegs und unter der Marienbrücke. Als wir durch das hochgewachsene Unkraut liefen, entdeckte ich plötzlich ein Fahrrad, schräg an den Brückenpfeiler gelehnt. Wir gingen hin und untersuchten es. Der Rahmen des Fahrrades sah aus wie neu, Marke „Diamant" mit Gangschaltung. Das Rad hatte keine Kette, keinen Lenker und keinen Sattel mehr. Es hatte schmale, fast neue Reifen in denen keine Luft war, weil die Ventile fehlten. Das Hinterrad war blockiert durch ein Ringschloß, welches durch die Speichen den Hinterrades über den Gepäckträger führte. An der Stelle wo der Lenker fehlte hatte schon Rost angesetzt, der sich jedoch wegwischen ließ. Wir sahen in der Umgebung der Brücke nach, ob da jemand ist, dem das Rad gehören könnte. Da war niemand. Wir beratschlagten, was wir mit dem fast neuen Rad machen sollten und wir beschlossen, es mit nach Hause zu nehmen. Schieben konnten wir es nicht, weil das Schloss blockierte, also nahmen wir es abwechselnd auf die Schulter und trugen es nach Hause. Uwe hatte ein Fahrrad und ich war sehr froh, als er sagte, das Rad solle ich nehmen, wir können es wieder herrichten und dann können wir zusammen Radtouren machen.

Daheim angekommen, wollte uns zunächst niemand glauben, dass wir das Fahrrad gefunden haben. Unterschwellig klang heraus, dass wir es eventuell gestohlen hätten. Aber als wir den Fundort und die Umstände erklärten, wurden diese Gedanken verworfen.

Wir machten uns sofort daran, die Teile zusammen zu suchen, die fehlten. Jeder hatte daheim irgendwo eine Kiste, wo Fahrradsachen drin waren und so ging es recht schnell, dass wir einen Lenker, eine Kette und einen Sattel hatten. Wir bauten die Sachen alle hin, stellten die Bremsen ein und brachten die Schaltung in Gang. Ich putzte das Rad und der Chrom glänzte in der Sonne. Ich war so glücklich, dass ich nun ein eigenes, fast nagelneues Fahrrad hatte.

Von dem Tag an waren wir natürlich um einiges beweglicher. Gleich am nächsten Sonnabend nach der Schule machten wir eine Tour. Uwe fuhr mit seinen Eltern und Geschwistern manchmal nach Bärnsdorf zum baden. Dort war ein See der zu den Moritzburger Seen gehört und von dem erzählte Uwe mir oft. Also beschlossen wir, dorthin zu fahren. Wir fuhren die Königsbrücker Landstraße raus bis kurz vor Klotzsche, über Hellerau, Wilschdorf, Volkersdorf erreichten wir das Ziel. Die Gegend gefiel mir, auch der See war schön gelegen. Wir einigten uns, dass wir dorthin zum Zelten fahren. Das wollten wir in dem kommenden Sommer 1967 (Sommer der Liebe) machen, der schon kurz bevorstand.

Der Ausdruck Summer of Love (Sommer der Liebe) bezeichnet den Sommer 1967, als die sogenannte Hippiebewegung auf ihrem Höhepunkt angelangt war. Der Ausdruck versucht, das Lebensgefühl zu beschreiben, welches im Sommer 1967 im kalifornischen San Francisco herrschte. Als Beispiel dafür gilt der Song San Francisco, gesungen von Scott McKenzie, geschrieben von John Phillips, Sänger von „The Mamas and the Papas":

Zunächst hatte ich meinen 11. Geburtstag. Ich erinnere mich, dass ich in diesem Jahr neu eingekleidet wurde. Ich bekam eine neue Lederhose, ein kariertes Hemd und neue Sandalen. Drei Sachen auf einmal und alles neu, dass hatte es bisher noch

nie gegeben. Ich vermute, dass unsere Tante Hildegard (der ich in diesem Buch noch ganz speziell
ein Kapitel widmen möchte), dazu beigesteuert hat.
Wahrscheinlich brauchte ich diese neuen Sachen

auch, weil ich mit dem Wachstum zulegte. Es war auf jeden Fall Anlaß genug, diesen Umstand fotografisch festzuhalten.

Wie jedes Jahr, freute ich mich natürlich sehr auf die Sommerferien. Urlaub mit der Familie gab es damals nicht. Wir hatten zwar im Haus einige Familien, die in den Sommerferien wegfuhren, jedoch war das zu jener Zeit noch selten. Viele Kinder fuhren in Ferienlager, zwei bis drei Wochen. Solche Lager gab es für Kinder, deren Eltern in großen Betrieben arbeiteten. Uwe fuhr auch in solche Ferienlager und war dann drei Wochen nicht da. In dieser Zeit musste ich mich mit anderen Freunden beschäftigen, oder ich war selbst weg, eben in Neukirch oder in Wiednitz. Ich selbst hatte keine Lust auf solche Ferienlager. Meine Schwestern waren zwei oder dreimal in einem Ferienlager. Unser Onkel Walter, der Mann von unserer Tante Hildegard - die Schwester meiner Mutter - arbeitete im Sachsenwerk in Dresden Niedersedlitz. Dieser Betrieb hatte auch Ferienlager in denen der Onkel meine Schwestern unterbringen konnte.

Unser Plan sah vor, dass wir in diesem Sommer zusammen zum Zelten nach Bärnsdorf fahren, wie wir es einige Wochen vorher besprochen hatten. Schwierig war es nur, die Eltern davon zu überzeugen. Aber dann war es soweit. Uwe kam an einem Sonnabendnachmittag zu mir. Er erzählte mir, dass er seinen Vater gefragt hat, ob wir nach Bärnsdorf zelten dürfen. Der Vater stimmte zu, nachdem ihn Uwe lange genug gebettelt hatte. Bedingung war, dass Uwe auch von seiner Mutter noch die Genehmigung einholen musste. Und die ließ sich immer vom Uwe um den Finger wickeln. Nun musste ich noch meinen Vater überzeugen, der zum Glück schon zu Hause war. Erst wollte er mich nicht mitfahren lassen. Aber als dann Uwe sagte, sein Vater fährt uns mit dem Auto hin und hilft uns auch beim Zeltaufbau und er kommt am nächsten Tag mit der Familie zu uns an den Platz, willigte er ein.

Ich war sehr aufgeregt, war es doch das erste Mal, dass ich allein mit einem Freund, weg von zu Hause und dann auch noch in einem Zelt, übernachten durfte. Uwes Eltern hatten eine komplette Campingausrüstung. Schlafsäcke, Luftmatratzen, ein großes Zelt mit Vorzelt und ein kleineres Zelt. Das kleine Zelt und die Sachen, die wir sonst noch brauchten, wurden eingeladen und verstaut. Es war ein wunderschöner, warmer Sonnabend. Als ich zur verabredeten Zeit zum Uwe kam, standen sie mit dem Auto schon vor dem Haus. Ich durfte einsteigen und es ging los. Viola, seine kleine Schwester und eigentlich meine Verlobte, saß mit im Auto und ich musste erfahren, dass sie dabei sein wird. Im ersten Moment war ich etwas enttäuscht, wollte ich doch mit Uwe ganz allein zelten.

Die Fahrt fand ich toll, wir durften die Autofenster runterkurbeln und uns den warmen Fahrtwind um die Nase wehen lassen. Als wir am See ankamen, waren wir dort ganz allein. Wir packten alles aus und begannen das Zelt aufzubauen. Uwe's Vater half uns dabei. Die Luftmatratzen wurden aufgeblasen und dann mit den Schlafsäcken ins Zelt gerichtet. Nach einem kurzen „Machd keen bleedsinn und benämt eich", verließ uns Uwes Vater. Nun waren wir ganz allein. Wir gingen baden und anschließend haben wir das mitgenommene Essen verzehrt. Vor dem Zelt haben wir Spiele gemacht und als es dunkel wurde haben wir uns ins Gras gelegt und in die Sterne geschaut, bevor wir uns dann im Zelt eingerichtet haben und schlafen legten. Uwe auf einer Seite, in der Mitte seine Schwester, ich auf der anderen Seite. Wir haben uns Witze erzählt und Geschichten und wir haben rumgetobt. Es war niemand da, der uns kontrollierte. Dann wurde es ruhig, Uwe war eingeschlafen und ich lag ganz eng neben seiner Schwester. Plötzlich spürte ich ihre Hand unter meiner Decke. Erst war ich ein wenig erschrocken, aber dann gab ich ihr meine Hand und ich begann sie zu streicheln und anzufassen. Ich rückte näher an sie heran und umarmte sie, ich fasste an ihre Brust, die schon ein klein wenig hügelig war und ich glaube, ich ließ sie die ganze Nacht nicht mehr los.

So hatte ich im Sommer der Liebe, im Alter von elf Jahren das erste Mal mit einem Mädchen in einem

Bett geschlafen, anfassend, streichelnd und umar-
mend. Das war eine neue Erfahrung.

Die meiste Zeit der Ferien war ich daheim, aber es
war immer etwas los und wir haben viel unternommen. Wir sind mit dem Fahrrad unterwegs gewesen
und haben unsere Stadt und die Umgebung erkundet.

Zu Beginn der Ferien dachte ich, oh wie schön, acht
Wochen keine Schule, nichts tun, einfach nur das,
wozu man Lust hat! Aber dann waren die Ferien vorbei und der September näherte sich, was ja bedeutete, dass wieder ein neues Schuljahr beginnt. Und
nun kam ich schon in die fünfte Klasse.

Irgendwie war nun die schöne Zeit vorbei. In der
Schule kam es geballt. Wir hatten Englisch, Biolo-
gie, Geographie und Geschichte und ich glaube,
es kamen auch noch Physik und Chemie als neue
Fächer hinzu und das bedeutete, weniger Freizeit
und lernen, lernen, lernen. Am Anfang eines jeden
Schuljahres hatte ich immer gute Vorsätze. Da wurden die Einträge in die Schulhefte noch in Schönschrift vorgenommen und alles war ordentlich und
akurat. Nur irgendwann ließ sich das so nicht mehr
machen. Das fünfte Schuljahr war schwierig und
der Unterricht war lang. Jeden Tag bis 14.00 Uhr
und Nachmittagsunterricht und am Sonnabend bis
12.45 Uhr Unterricht, was bedeutete, dass auch

das Wochenende kürzer wurde. Ich habe mich durchgebissen und kam im Unterricht mit. Das war die Hauptsache. Und das noch irgendwie Zeit war für die Freunde.

Wenn es dann auf den Winter zuging, die Tage kürzer wurden und die Nächte länger - was für uns in den Straßenschluchten der Dresdner Neustadt bedeutete, ab 16 Uhr ist es dunkel und wir bleiben unerkannt und anonym - haben wir diese Abendstunden ausgenutzt. Wir haben verstecken gespielt, Räuber und Gendarm, haben uns gegenseitig gefangengenommen und manchen Leuten einen Streich gespielt. Zum Beispiel aus der dritten Etage, wo Uwe wohnte, gezielt vorbeigehenden Menschen auf den Kopf gespuckt oder kleine Gegenstände runtergeschmissen. Uns ist auch immer irgendwelcher Blödsinn eingefallen. Aber wir blieben unentdeckt. Wir haben Lineale zerbrochen, die waren damals noch mit Zelluloid versetzt, haben diese in Silberpapier eingewickelt und angezündet, was eine unheimliche Rauchentwicklung erzeugte, und der Gestank dieses Zelluloids, das waren unsere Stinkbomben. Das ging auch hervorragend mit zerbrochenen Tischtennisbällen. Von den Russen stammende, kleine Patronenhülsen haben wir mit abgeschabten Streichholzkuppen befüllt, die Hülsen mit einer Zange zugedrückt und auf die Straßenbahnschienen gelegt. Und wenn diese darüberfuhr gab es einen explosionsartigen Knall, der die Passagiere der Verkehrsmittel gleichermaßen erschreckte wie den Fahrer. Einmal tat ich das an einem Sonnabendnachmittag. Ich legte solch eine Hülse auf die Schienen der Linie 13 in der Kurve von der Görlitzer Straße zum Bischofsweg. Die Bahn kam, es krachte, als ich schon einige Meter weg war. Plötzlich rannte ein Mann auf mich zu, packte mich an den Ohren und schrie mich an, was ich gemacht hätte und ob ich verrückt wäre und was da passieren kann. Vor Schreck habe ich geheult, vor allem auch wegen der Konsequenzen, aber ich habe dem Mann immer wieder gesagt, ich war das nicht, ich habe gar nichts gemacht, ich habe mich gebückt, weil ich einen plattgedrückten Pfennig gesehen habe. Der Mann glaubte mir nicht und fragte, wo ich wohne und ich solle ihn zu meinem Vater bringen. Die ganze Strecke habe ich geheult und hatte die Hosen voll. Ich beteuerte immer wieder meine Unschuld bis wir daheim ankamen. Mein Vater war zu Hause und der Mann erzählte ihm die Geschichte was ich gemacht habe und wie er das beobachtet hat. Ich behauptete nach wie vor, dass ich das nicht war und das ich nur den zerdrückten Pfennig aufgehoben habe und einen solchen hatte ich zu meinem Glück auch in meinem Hosensack von einer früheren Aktion. Nun hatte der Mann Zweifel, weil ich so vehement behauptete, die Patrone nicht auf die Schienen gelegt zu haben. Und nachdem mein Vater mich eindringlich fragte, was da los war und ich auch ihm gegenüber die Geschichte aufrecht erhielt, glaubten mir beide. Dem Mann tat es leid und er hat sich noch entschuldigt, dass er mich so scharf angeredet und an den Ohren gezogen hat. So hatte ich zwei Menschen mit meiner Hartnäckigkeit von meiner Unschuld überzeugt, obwohl ich schuldig war! Mein Vater hat mir geglaubt und er war überzeugt, dass ich solche Sachen nicht mache. Er hat es nie erfahren, dass ich so ein Lümmel war.

Ein anderes Mal waren wir abends unterwegs, es war kurz vor Ladenschluß, also 18.00 Uhr. An einem Spirituosengeschäft am Martin-Luther-Platz war der Geschäftsinhaber gerade damit beschäftigt, seinen Laden zu schließen. Er ließ die große Holzjalousie von einem Schaufenster herunter. Wir sahen das, einer rief: „Mir nach" und wir folgten ihm blind über die Straße. Wir waren zu dritt. Nun drückten wir alle drei von unten kräftig gegen die Jalousie, was zur Folge hatte, dass sie nicht weiter runter ging. Wahrscheinlich war der Ladeninhaber sehr erstaunt. Wir merkten, dass die Jalousie entlastet war und nicht weiter runtergelassen wurde. Wir liefen sofort weg und versteckten uns im nächsten Hauseingang. Der Herr kam aus seinem Laden und untersuchte das Fenster . . . , aber er konnte nichts feststellen. Er ging wieder hinein und wir veranstalteten das gleiche Spiel. Wahrscheinlich hat er nun im Geschäft das ganze Jalousieband rausgelassen, als wir losliesen, krachte das Rollo mit

Getöse herunter. Der Herr kam aus seinem Laden gestürzt, hat geschrien und getobt, aber wir konnten entkommen, unerkannt!

So ging es in die kalte Jahreszeit über. Der Winter stand vor der Tür und wir hielten uns wieder mehr in den Wohnungen auf, spielten mit der Eisenbahn, schmiedeten Pläne, vor allem für neue Unternehmungen.

Verpflichtungen zu Hause hatte ich kaum. Die einzige Aufgabe, die mir zustand war, meine Sachen aufzuräumen. Wenn ich es nicht gemacht habe, hat es schimpfend meine Mutter erledigt. Sie sagte dann immer zu mir: „Du bissd so rischdisch liedorlisch." Ich war durch das Nebenbeiarbeiten meines Vaters ziemlich eingespannt, musste ich doch für ihn immer zur Verfügung stehen.

Kapitel 9

1968 - ein turbulentes Jahr

Im ersten Halbjahr des Jahres 1968 gab es in der Schule keine besonderen Vorkommnisse. Ich erledigte alle Aufgaben so gut es ging, lernte und wurde von Woche zu Woche klüger. Einzig an Fasching in diesem Jahr kann ich mich noch gut erinnern, weil ich kein Freund dieser „Jahreszeit" war. Unsere Klasse hatte eine Faschingsfeier. Diese fand statt auf der Böhmischen Straße im Speisesaal der dort ansässigen Lederwarenfabrik. Da ich kein Faschingskostüm besaß, war wieder einmal Improvisation angesagt. Nur, wie sollte ich mich verkleiden?

Mein Schulfreund Ronald ging als Musketier, andere meiner Mitschüler als Cowboy oder Indianer. Solche Kostüme konnte man auch kaufen, nur bei uns war das Problem, für solche Sachen gab es kein Geld. Also beratschlagte ich mit meinen Freunden. Jeder hatte irgendeinen Vorschlag, aber mir gefiel keiner, bis Uwe auf die Idee kam, ich soll mich als Beatle verkleiden. Diesen Einfall fand ich toll. Nur wie verkleidet man sich als Beatle, vor allem, woher die langen Haare nehmen? Aber das Kostüm war ganz schnell zusammengestellt. Vom Uwe bekam ich ein Sakko, leicht meliert, ähnlich wie es die Beatles damals trugen. Ein weißes Hemd hatte ich selbst, eine Krawatte besorgte ich mir, eine enge schwarze Hose auch. Irgendwer brachte eine Perücke mit langen schwarzen Haaren und Uwes Schwester hatte eine Gitarre auf der zwar zwei Saiten fehlten, die aber für dieses Vorhaben den Zweck erfüllte. Ich setzte noch eine Mütze auf und eine große Sonnenbrille und nun war ich ein Beatle.

Auf der Faschingsfeier sollte jeder etwas lustges vortragen. Es gab damals einen Schlager von Peggy March „Wir, wir beide sind nicht Romeo und Julia". Von diesem wiederum gab es eine sächsische Abwandlung die ich mit Ronald, meinem Schulfreund einstudierte. „Wir, wir beede sin nich Romeo und Julia, sähn mir mit unsre Loden (Haare) och so aus, mir zwee sin seid e baar wochng bei de Hibbies und draun uns beede gar ni mehr nach Haus". Der Refrain ging so: „De Leude in unsrer Schdraße, die globm mir ham en Knall, die denkng mir kommen grad vom Karneval". Das schlug ein, wir bekamen tosenden Applaus. Das Lied hatte mehrere Strophen, an die ich mich allerdings nicht mehr erinnern kann.

Es war an der Zeit, dass wir uns Gedanken machten, wie wir an Geld kommen. Ferien standen wieder an und wir hatten einige Vorhaben, die wir in die Tat umsetzen wollten. Dazu benötigten wir allerdings Geld. Von den Eltern war nichts zu erwarten. Es gab damals noch kein Taschengeld und für besondere Unternehmungen mussten wir uns eben Geld verdienen. Fast alle Kinder meines Alters gingen Flaschen sammeln. Das war sehr mühselig, vor allem, weil die Häuser immer schon abgegrast waren. Somit mussten wir uns etwas anderes einfallen lassen. Auf der Kamenzer Straße, Ecke Louisenstraße war das Hotel Stadt Rendsburg. Dieses Hotel verfügte auch über eine Kegelbahn. Und auf dieser Bahn war jeden Abend etwas los. Dort trafen sich Vereine und Arbeitskollegen, um zu kegeln. Die Kegel wurden damals noch mit der Hand aufgestellt. Und dafür wurden manchmal Kinder und Jugendliche gesucht. Es war schwer da reinzukommen, weil es eine begehrte Arbeit war bei der in relativ kurzer Zeit viel Geld verdient war. Ein paar Mal hatten wir das Glück, dass wir genommen wurden. Die Kegelbrüder legten dann alle zusammen und bezahlten uns die Stunde fünf Mark. Das war sehr viel Geld, wenn man bedenkt, dass mein Vater zu dieser Zeit einen Stundenlohn von 3,10 Mark hatte. Mein Vater durfte das auch nicht wissen, dass ich da unten arbeite. Als ich ihn das erste Mal fragte, ob ich das machen darf, lehnte er es ab mit der Begründung ich muss mich als 12jähriger nicht in Kneipen rumdrücken! Und wenn mein Vater einmal Nein sagte, dann war es ein Nein. Davon ließ er sich nicht abbringen. Meine Freunde haben es immer solange bei ihren Eltern probiert, etwas durch zu setzen, bis diese dann doch immer irgendwie einwilligten. Aber ich hatte da bei meinem Vater keine Chance. Also musste ich es illegal machen und mir etwas überlegen, weil ich doch spätestens um 19 Uhr zu Hause zu sein hatte, im Winter schon um 18 Uhr. Gekegelt wurde aber immer ab 18 Uhr bis in die Nacht. Ich brauchte also wieder einmal eine Notlüge und ich war nie verlegen darin, spontan eine Geschichte zu erfinden. Ich erzählte meinem Vater, dass es mit Russisch etwas hängt und das uns Ronalds Bruder Nachhilfe in Russisch gibt. Da er aber immer spät kommt, können wir erst um 19 Uhr anfangen und ich kann gegen 21 Uhr daheim sein. Ronald hatte zwar einen Bruder, aber der fuhr damals schon zur See und war immer drei bis vier Monate unterwegs.

Wenn es darum ging zu lernen, hatte mein Vater nichts dagegen. So ging ich Kegel aufsetzen. Es war richtig harte Arbeit, musste man doch schnell sein und präzise. Präzise deshalb, weil man die im Boden eingelassenen Blechscheiben mit einer Vertiefung mit der Stahlkugel, die am Boden der Kegel eingelassen war, genau aufsetzen musste, sonst fielen die Kegel wieder um. Man kam also richtig ins Schwitzen. Wir hatten das ein paar Abende gemacht und ich habe 55 Mark verdient, richtig viel Geld für unsere Verhältnisse. Und damit ließ sich schon etwas anfangen, für die Ferien und unsere Pläne.

In den Winterferien haben wir wieder das Dresdner Umland erkundet. Wir fuhren nach Meißen und besichtigten die Albrechtsburg, ein anderes Mal ging es in die Sächsische Schweiz, mit dem Zug und wir erklommen die Festung Königstein. Wir waren immer unterwegs und haben fast täglich etwas unternommen. Hilfreich war besonders der Heimatkundeunterricht, in dem ich in der vierten Klasse sehr viel über unsere Stadt und die Geschichte erfahren habe und was uns dazu getrieben hat, die Stätten der Geschichte zu besichtigen und zu erkunden. Wenn die Ferien zu Ende gingen, zählten wir die Wochen bis zu den nächsten Ferien und wir begannen uns auf diese vorzubereiten. So auch in diesem Jahr. Ich schrieb meinem Cousin in Wiednitz, ob wir ihn in den Osterferien besuchen dürfen. Er hatte nichts dagegen. So planten wir unsere Fahrt nach Wiednitz mit dem Fahrrad. Von Dresden nach Wiednitz sind es 55 Kilometer. Solch eine Strecke haben wir erst einmal bewältigt, wir wussten also, dass wir gut trainiert sein müssen vor allem, weil die Strecke im Profil sehr hügelig ist. Also machten wir uns daran, unsere Beinmuskulatur zu trainieren. Das taten wir vorwiegend mit Bergfahrten, dabei versuchten wir, im Sattel sitzen zu bleiben. Außerdem spielten wir Fußball und wir machten Übungen mit Gewichten.

So gingen wir gut vorbereitet auf Fahrt. Wir besorgten uns Gepäckträgertaschen und beluden die Räder mit unseren Sachen die wir für eine Woche benötigten. Wir packten Proviant ein und starteten sehr früh. Die Strecke hatten wir uns vorher auf der Landkarte mehrmals genau angesehen. Wir haben sehr früh gelernt, mit einer solchen Karte umzugehen. So fuhren wir die Königsbrücker Straße hinaus nach Weixdorf, weiter nach Ottendorf-Okrilla, Königsbrück, Schwepnitz und Bernsdorf. Nach über drei Stunden Fahrt erreichten wir unser Ziel in Wiednitz. Wir waren stolz auf uns.

Unsere Eltern wussten, dass wir diese Fahrt zur Verwandtschaft machten und sie gaben uns mit auf den Weg, gut aufzupassen. Es gab damals kaum eine Möglichkeit daheim Bescheid zu sagen, dass wir angekommen sind. Wer hatte schon ein Telefon in dieser Zeit? Wir schrieben Post- oder Ansichtskarten auf denen wir mitteilten, wie die Fahrt verlaufen ist und wann wir zurückkommen. Manchmal waren wir eher wieder daheim, als unsere Karten ankamen. Meinem Freund Uwe hat es in Wiednitz immer gefallen und wir sind später noch einige Male dort hingefahren.

Uwes Eltern hatten einen Wohnwagen. Sein Vater war handwerklich sehr geschickt und er baute dieses Wohnmobil monatelang nach Feierabend in seiner Garage. Als es fertig war, fuhren sie damit in den Urlaub und danach wurde es nach Radeburg gefahren. Dort hatten seine Eltern einen Dauercampingplatz auf dem schon ein größeres Hauszelt stand. Fast an jedem Wochenende im Sommer ist die Familie dorthin gefahren, um ihre freie Zeit zu verbringen, am Wasser, in der Natur. Da ich mittlerweile fast zur Familie gehörte, durfte ich manchmal am Samstag nach der Schule mitfahren, vorausgesetzt ich musste nicht meinem Vater helfen. Wir Kinder wohnten und übernachteten in dem Hauszelt.

Meine großen Schwestern waren in diesem Sommer 1968 siebzehn und sechzehn Jahre alt. Dagmar, die ältere, hatte die Schule beendet und fing im September an zu lernen. Irgendwie hatten die beiden zwei Männer kennen gelernt. Manfred und Heiner, die wiederum miteinander befreundet waren. Heiner hatte einen himmelblauen Trabant Kombi. Meine Schwestern erzählten mir davon und sie sagten mir, dass das unser Vater nicht erfahren dürfe und wenn ich den Mund halte, würden sie mich mitnehmen in den Urlaub an die Ostsee, den sie mit den beiden Freunden geplant haben. Unser Vater war sehr streng und er hat immer auf die Mädchen gesehen und wollte keinesfalls, dass sie in diesem Alter mit Männern unterwegs sind. Daran erinnere ich mich sehr genau. Wenn meine Schwestern nicht zur vorgegebenen Zeit zu Hause waren, ist mein Vater total ausgerastet. Er ist dann immer sehr laut geworden und hat auch auf meine Schwestern eingeprügelt. In diesen Situationen wäre ich am liebsten nicht anwesend gewesen. Jedoch, das Angebot war für mich verlockend, bin ich doch bis dahin nicht weiter als nach Wiednitz oder Neukirch gekommen. Aber wie sollten wir das unserem Vater beibringen? Meine Schwestern sagten, wir müssen uns etwas einfallen lassen. Nun, es war noch eine Weile Zeit. Der Urlaub sollte Ende Juli beginnen.

An einem Tag im Juni sagte meine große Schwester zu mir, ihre Lehrfirma macht einen Betriebsausflug und sie könne mich und meine andere Schwester mitnehmen. Das fand ich toll. Sie sagte es meinem Vater und fragte, ob sie uns mitnehmen kann. Er hatte nichts dagegen. An einem wunderschönen Sonntag, sehr früh, war der Treffpunkt. Als wir losgingen, weihte mich meine Schwester ein, dass wir keinen Ausflug mit der Firma machen, sondern mit den beiden jungen Männern. Zuerst war ich überrascht und dachte mir, wenn das der Vater erfährt! Doch wie sollte er. Meine Schwester hatte ihm eine Geschichte erzählt und er hat es ihr abgekauft.

Also lernte ich die beiden jungen Männer kennen, Heiner und Manfred. Und sie lernten mich kennen. Das Ausflugsziel an diesem Sonntag hieß Spreewald. Es war ein wunderschöner Tag und für mich ein tolles Erlebnis. Es gab zu essen und zu trinken, wir sind mit einem Boot durch den Spreewald gefahren und Heiner hat alles bezahlt. Wir brauchten also gar kein Geld. Und genauso, erklärten mir meine Schwestern später, wird es sein, wenn wir mit den beiden an die Ostsee fahren. Das fand ich gut. Und ich hatte auch kein schlechtes Gewissen, weil wir unseren Vater belogen hatten, zwar nicht ich selbst, aber ich war Mitwisser. Jedoch fiel es mir schwer, nicht darüber sprechen zu dürfen, was ich an diesem Tag erlebte.

Worüber ich besonders erstaunt war auf diesem Ausflug, als Heiner, der Freund meiner Schwester Erika, auf einen Parkplatz fuhr, ausstieg und zu ihr sagte, sie solle fahren. Und dann fuhr Erika los, auf die Autobahn, und sie fuhr bis in den Spreewald. Sie wurde erst sechzehn in diesem Sommer und hatte doch noch gar keine Fahrerlaubnis! Sie erzählte mir später, dass sie schon einige Male gefahren ist.

Der Tag rückte näher, an dem unsere Reise an die Ostsee beginnen sollte. Ich erfuhr von meinen Geschwistern auch das Ziel: die Insel Usedom. Das Problem war allerdings immer noch, was sagen wir unserem Vater? Zu dritt beratschlagten wir und wieder entstand eine Idee, die wir für gut hielten. Wieder musste die Firma meiner Schwester herhalten. Meine große Schwester erzählte meinem Vater, es gibt Ferienplätze von ihrem Betrieb auf einem Campingplatz am Knappensee. (Dieser liegt südöstlich von Hoyerswerda in Sachsen, ca. 70 km von Dresden entfernt). Und sie könne uns mitnehmen für einen Urlaub von 10 Tagen. Unser Vater glaubte die Geschichte und willigte ein.

Der Urlaub begann am 3. August, einem Sonntag. Mit unserem Gepäck machten wir uns auf den Weg. Meine Schwestern hatten sich mit Ihren Freunden an der Bautzner Straße verabredet. Zur vereinbarten Zeit stiegen wir dort in den himmelblauen Trabant, und das Abenteuer Ostsee begann. Das Auto war voll beladen. Heiner und Manfred hatten ein Zelt dabei, ihre Sachen und nun kamen noch unsere Taschen und Koffer dazu. Der gesamte Kofferraum war voll bis unters Dach. Damit war auch die Sicht über den Innenrückspiegel nicht mehr gegeben. Einen rechten Außenspiegel gab es damals noch nicht, genauso wenig wie Sicherheitsgurte. Anfangs fuhr Heiner, rechts neben ihm als Beifahrer saß Manfred. Hinten links meine Schwester Erika, in der Mitte ich und neben mir rechts meine Schwester Dagmar. Es war schon etwas eng, aber es ging. So fuhren wir los, auf die Autobahn Richtung Berlin. Wir waren noch gar nicht weit gekommen, fuhr Heiner einen Parkplatz an und wechselte mit Erika den

Platz. Nun fuhr also wieder meine Schwester. Beifahrer war nun Heiner und Manfred hat neben mir Platz genommen. Und meine Schwester fuhr und fuhr und fuhr, nach Berlin, weiter nach Eberswalde, Prenzlau, Anklam von dort nach Murchin, Pinnow und über eine große Brücke auf die Insel Usedom. Weiter bis in den östlichsten Teil, direkt an der polnischen Grenze nach Kamminke, ein kleiner Ort am Haff. Vierhundertfünfzig Kilometer, mit 16 Jahren und ohne Fahrerlaubnis! Erika war so selbstsicher, dass sie kurz vor unserem Ziel neben einem Polizisten anhielt, die Scheibe runterkurbelte und nach dem Weg zum Campingplatz fragte.

Angekommen auf dem Campingplatz, wurde das Zelt aufgebaut von Heiner und Manfred, anschließend ging es ans Wasser. Es führte ein schmaler, feinsandiger Weg steil bergab durch einen lichten Wald und wir kamen an einen See. Es sah aus wie ein großer See und ich dachte das ist die Ostsee. Mir wurde erklärt, dass ist das Oderhaff. Wir hielten uns nur kurz dort auf und es wurde beschlossen, jetzt fahren wir an die Ostsee. Ich war sehr gespannt. Von Kamminke fuhren wir in Es wurde beschlossen, jetzt fahren wir an die Ostsee. Ich war sehr gespannt. Von Kamminke fuhren wir in nördliche Richtung. Ziel sollte das Seebad Ahlbeck sein. Wir erreichten die Ortschaft und einen Parkplatz, von dort gingen wir eine ganze Weile zu Fuß und dann sah ich einen Damm. Mir wurde erklärt, da müssen wir hoch und dahinter ist die Ostsee. Immer noch nicht konnte ich mir das vorstellen, bis wir auf dem obersten Punkt ankamen und ich plötzlich ein gewaltiges Rauschen hörte und . . . eine riesige Wasserfläche, schäumend, tosend in einem herrlichen Grünton und von einem unbekanntem Geruch.

Mir nahm es bei dem Anblick im ersten Moment die Luft, ich war überwältigt und erlebte ein einzigartiges Gefühl, ich war begeistert von dem Anblick, so weit ich sehen konnte nur Wasser. Ich war das erste Mal in meinem Leben an der Ostsee. Es war sehr windig an diesem Tag, deshalb auch der Wellengang und die schäumende, tosende See. Wir gingen an den Strand und ließen uns von den Wellen die Füße umspülen. Ich spürte auf meinen Lippen einen leichten salzigen Geschmack und das Wasser war salzig. Das waren viele Eindrücke auf einmal.

Wir fuhren an der Küste entlang nach Heringsdorf und Bansin und ich sah immer nur Wasser. Das war für mich etwas ganz großes. Irgendwo gingen wir zum Abendessen und danach fuhren wir zurück auf den Zeltplatz. Schon am ersten Abend stellte sich heraus, dass meine Geschwister mit den Männern nicht so konnten (oder wollten). Die Lager wurden getrennt und so schliefen die beiden Männer im Zelt und meine Schwestern mit mir im Trabbi. Heiner und Manfred gefiel das, glaube ich, nicht so gut.

Wir unternahmen jeden Tag Ausflüge und fuhren auf der Insel herum. Wir sahen uns die Seebäder an, fuhren auch nach Rostock, gingen in die Ostsee baden und sonnten uns. Manchmal sah ich am Horizont große Passagierschiffe und ich erfuhr, dass das die Fähren sind, die von Rostock nach Schweden fahren. Ich wusste, dass Schweden ein Land war, was wir als Menschen der DDR niemals besuchen können und so kam in mir ein Gefühl von Fernweh hoch und ich fragte mich, wieso kann ich nicht auf solch einem Schiff sein und nach Schweden fahren.

So verging die Zeit, jeder Tag mit neuen Erlebnissen und Eindrücken. Eins konnten wir allerdings nicht machen, nämlich wie sonst üblich, Urlaubskarten schreiben. Es gab wohl dieses ungeschriebene Gesetz, sofort wenn man am Urlaubsort angekommen ist, per Ansichtskarte die Eltern zu informieren, nur die Ostsee war ja nicht der Knappensee und wo sollten wir dann eine entsprechende Karte hernehmen? Also wurde nicht geschrieben.

Es begann der 13. August, es war der Tag an dem wir zurückfahren sollten. Nach dem Frühstück wurde das Zelt abgebaut und zusammengepackt und alles wurde in den Trabant geschichtet. Wir gingen noch einmal ans Wasser und nach dem Mittagessen starteten wir, um die Heimreise anzutreten. Die beiden Männer gingen meinen Schwestern von Tag zu Tag mehr auf den Geist, das bekam ich so mit und deshalb war die Stimmung entsprechend. Heiner fuhr uns mit seinem Trabbi das erste Stück des Weges, Manfred auf dem Beifahrersitz, zwischen seinen Beinen stand ein Eimer in dem ein paar Flaschen Bier waren. Und Manfred trank eine Flasche nach der anderen und redete dummes Zeug. Irgendwann wurde ein Fahrerwechsel beschlossen. Nun fuhr Manfred, obwohl schon alkoholisiert. Das Wetter war trüb und es hatte ganz ein eigenartiges gelbliches, gleisendes Licht an diesem Nachmittag. So erreichten wir Prenzlau und wenn alles gut lief nach einer Stunde Berlin. Verkehr gab es damals kaum auf den Autobahnen, deshalb fuhr Manfred auch ziemlich zügig, das heißt, was der Trabbi hergab, wenn man das Gaspedal bis zum Boden durchdrückte, immerhin voll beladen, fünf Personen mit Gepäck, 115 Kilometer pro Stunde.

So fuhren wir dahin bis plötzlich ein Geräusch zu hören war und das Auto zu vibrieren anfing, meine Schwester Dagmar sagte noch, brems ab und fahr langsam, doch das war zu spät. Wir hatten gerade ein Fahrzeug überholt und Manfred wollte von der linken Spur wieder in die rechte wechseln, als sich das Auto nicht mehr oder nur noch schwer lenken ließ.

Wir fuhren direkt auf einen großen dicken Baum zu, der rechts neben der Autobahn stand. Um einen Einschlag zu verhindern, griff Heiner, der zu diesem Zeitpunkt der Beifahrer war, in das Lenkrad und riss es nach links, weg von dem Baum. Das war allerdings zu viel, denn es war eine Drehung von 90 Grad und das wurde uns zum Verhängnis. Die Reifen quietschten und kreischten, das Auto hob ab, knallte auf die rechte Seite, durch den Aufprall riss es auf der linken Seite das Dach ab und dann ging alles ganz schnell, jedoch habe ich jede Zehntelsekunde dieses Unfalls bei vollem Bewußtsein miterlebt. Durch die Fliehkraft beim Aufprall rechts wurde ich durch das teils geöffnete Dach aus dem Auto katapultiert, nachdem ich mit dem Kopf dagegengestoßen war und es begann ein einsamer, langer ewig langer Flug durch die Luft. Dabei sah ich, wie auf der Gegenseite zuerst ein mit russischen Soldaten besetzter Mannschaftswagen anhielt und die Menschen über die Autobahn gerannt kamen, um uns zu helfen und dahinter noch weitere Fahrzeuge anhielten. Und irgendwann spürte ich den Aufschlag, gerade, mit dem Gesicht nach unten und ich rutschte noch einige Meter über den Asphalt. Getrieben von absoluter Panik und Angst und in einem Schockzustand kam ich auf die Beine, drehte mich um und sah, wie meine Schwester Erika durch die Luft geflogen kam und knapp neben mir aufschlug. Ich schrie und weinte in meiner Verzweiflung und sah, wie das Auto auf uns zurollte. Ich war sofort bei meiner Schwester, sie war ohne Bewußtsein. Plötzlich waren viele Leute da, irgendwer half meiner Schwester Dagmar aus dem Auto, das auf der Seite liegengeblieben war. Manfred rannte wie ein geistesgestörter auf der Autobahn hin und her und Heiner hab ich nicht gesehen. Ich hatte wahnsinnige Schmerzen in meinem Kopf und mein erster Gedanke war, ob ich noch zurechnungsfähig und ganz klar bin. Der erste, der mir über den Weg lief, war ein russischer Soldat und den sprach ich in seiner Sprache an und fragte nach einem Arzt. Es ging auch ganz schnell, dass ein Krankenwagen und Ärzte da waren. Ich hatte das Gefühl, wir werden gut versorgt. Erika hatte das Bewußtsein wiedererlangt, aber sie hatte Schmerzen in der Hüfte, mit der sie aufgeprallt war. Meiner anderen Schwester ging es den Umständen entsprechend gut. Kurz bevor ich in den Krankenwagen verladen wurde, stand ich neben dem auf der Seite liegenden Trabant von dem nur noch Teile des Rahmens zu sehen waren, das Dach war abgerissen, alle Scheiben waren geborsten und die ganze Karosserie lag in hunderttausend Plastiksplittern auf der Autobahn verstreut, einzig die Hecktür war unbeschadet.

Der Unfall passierte um 16.50 Uhr bei Kilometer 52 zwischen Prenzlau und Eberswalde. Der Krankenwagen nahm uns alle auf und fuhr uns ins Krankenhaus nach Eberswalde. Ich lag oben und hatte bei jeder Kurvenfahrt das Gefühl, alles dreht sich. Im Krankenhaus angekommen wurden wir getrennt, jeder bekam seine Wunden und Verletzungen versorgt. Ich hatte eine riesige Beule auf der rechten Stirnhälfte und einen Bluterguß, der später meine ganze Gesichtshälfte grün und blau färbte. Knie und Knöchel waren fast ohne Haut und einige Glassplitter hatte ich im Oberschenkel und am Hintern, die wurden mir rausgeschält. Dann kam ich irgendwann in ein Krankenzimmer und bekam ein Bett. Ich weinte vor mich hin, weil ich nicht wusste, wie es meinen Schwestern geht, ob sie es überleben. Und ich hatte große Angst, Angst vor dem Moment, wo ich vor meinem Vater Rechenschaft ablegen sollte.

Irgendwann ging die Tür zu meinem Zimmer auf und Erika kam herein, hinkend, aber lachend und wenig später kam auch Dagmar in mein Zimmer. Ich glaube wir waren uns in diesem Moment so nah, wie lange vorher und lange Zeit danach nicht. In diesem Augenblick waren wir alle drei glücklich. Wir hatten einen schlimmen Unfall, bei dem wir hätten alle drei sterben können. Aber wir haben an diesem Tag auch unsere Schutzengel gehörig in Anspruch genommen.

Am nächsten Tag wurden wir aus dem Krankenhaus entlassen. Ein Krankentransport brachte uns zum Bahnhof nach Eberswalde und wir fuhren mit dem Zug nach Dresden. Unser Gepäck aus dem Auto wurde noch in der Nacht gebracht und war unversehrt.

Manfred hatte auch nur leichte Verletzungen und trat die Heimreise mit uns an. Heiner hatte es schlimmer erwischt. Er hatte eine Halswirbelverletzung und war sechs Wochen im Krankenhaus in Eberswalde.

Das Problem für uns bestand jetzt darin, was sagen wir unserem Vater. Sollten wir die Wahrheit erzählen? Meine Schwestern waren absolut dagegen - also mussten wir wieder Geschichten erfinden. Rein äußerlich war eigentlich nur mir etwas anzusehen, die Beule, die blaugrüne Gesichtshälfte, die zerschundenen Beine. Dagmar hatte äußerlich nur ein paar Kratzer und bei Erika hat man nichts gesehen, sie konnte zwar nicht richtig laufen, aber die Hüfte war ja verdeckt, doch die war schon dunkelblau. Und vor allem mussten wir auch noch erklären, wieso haben wir uns nicht gemeldet und keine Karte geschrieben. Nun, wir haben das alles in den Griff bekommen. Ich habe meine Blessuren als Sportverletzungen erklärt, er, mein Vater, hat zwar geschimpft und mir Vorwürfe gemacht dass ich nicht vorsichtig war, aber das war schnell vergessen. Mit der Post haben wir erzählt, dass da am Campingplatz kein Briefkasten war. Ich glaube, unserem Vater war es nur wichtig, das wir wieder daheim waren. Und so kehrte recht bald ganz normaler Alltag ein. Unser Vater hat von diesem Ereignis nie etwas erfahren. Ich hatte mir vorgenommen, wenn ich erwachsen bin, werde ich ihm die Geschichte eines

Tages erzählen. Leider kam es nicht mehr dazu. Fünf Jahre nach diesem Unfall starb unser Vater und ich war noch ein Kind.

Als ich nach diesem Ostseeurlaub das erste Mal wieder auf meine Freunde traf, wurde ich natürlich mit Fragen überhäuft. Wie siehst du denn aus, was ist passiert, wo hast du die Verletzungen her. Nun, ich erzählte unsere Geschichte und alle waren schockiert und gleichzeitig beeindruckt, ich wurde dadurch respektvoller behandelt und das machte mich irgendwie stolz. Ich durfte gleich am nächsten Wochenende mit nach Radeburg fahren mit Uwe und seiner Familie, und immer wieder musste ich die Geschichte erzählen, die einer Sensation glich. Und die Erwachsenen haben sich Szenarien zusammengesponnen, projiziert auf ihre Kinder. Und ich musste immer sagen, mein Vater weiß das nicht und er darf das auch nicht von irgend jemandem zugetragen bekommen. Mit meinem Erlebnis stand ich überall im Mittelpunkt, was mir gefallen hat.

Aus dem Polizeibericht haben wir etwas später die Ursache des Unfalls erfahren. Es war schlicht ein Materialfehler des Reifenherstellers, das Gewebe hatte eine Schwachstelle, die zu einem Reifenplatzer führte. Heiner bekam einen nagelneuen Trabant. Die Rekonstruktion ergab einen dreieinhalbfachen Überschlag.

Dieser 13. August 1968 hat sich tief in meinem Gedächtnis verinnerlicht und ich glaube, es hat bisher kein einziges Jahr in meinem Leben gegeben, wo ich an diesem Tag nicht der Ereignisse von damals gedachte. Mauerbau, Unfall und einige Jahre später kam noch ein sehr bedeutendes Ereignis hinzu. Der 13. August wird also mein Leben lang ein Gedenktag bleiben .

In diesem August gab es noch einen sehr traurigen Höhepunkt, die militärische Niederschlagung der Reformbewegung in der Tschechoslowakei (Prager Frühling) durch die damalige Sowjetunion und ihrer sogenannten sozialistischen Bruderstaaten.

Mit dem Ausdruck „Prager Frühling" verbindet man vor allem eins: sein gewaltsames Ende. Die Reformbewegung in der damaligen Tschechoslowakei, die einen „Sozialismus mit menschlichem Antlitz" zum Ziel hatte, wurde von breiten Teilen der Bevölkerung unterstützt. Dass sie von den Panzern und Truppen der „sozialistischen Bruderstaaten" unterbunden wurde, wurde weltweit mit Entsetzen verfolgt. Der Reformkurs wurde von großen Teilen der tschechoslowakischen Bevölkerung befürwortet und erfuhr auch aus dem Ausland Unterstützung. Breite öffentliche Zustimmung erhielt auch das im Juni 1968 veröffentlichte „Manifest der 2000 Worte". In dem von Intellektuellen und Künstlern unterzeichneten Text wurden die Jahre der KSČ-Herrschaft kritisiert und eine Beschleunigung des Demokratisierungsprozesses gefordert. In den anderen Ostblock-Staaten, besonders in der DDR, wurde das Manifest wenig euphorisch aufgenommen.

Im „Warschauer Brief" vom 15. Juli 1968 forderten fünf Mitglieder des Warschauer Paktes (Sowjetunion, Bulgarien, Ungarn, Polen und DDR) von Dubček eine Kursänderung. Tatsächlich hatte sich die Mehrheit der Brief-Unterzeichner bereits für ein Militärmanöver in der Tschechoslowakei ausgesprochen. In der offiziellen Version hieß es, dass man das Land „nicht aufgeben" und vor den „feindlichen Kräften", die es vom Weg des Sozialismus abbringen wollten, beschützen wolle. Nachdem mit Leonid Breschnew, dem Parteiführer der Kommunistischen Partei der Sowjetunion (KPdSU), der letzte Befürworter einer gemäßigten Lösung sich auch für eine militärische Lösung ausgesprochen hatte, war der Weg für den Einmarsch frei.

In der Nacht vom 20. auf den 21. August 1968 marschierten Truppen des Warschauer Paktes in die Tschechoslowakei ein. Die Invasion traf die Reformer in der KSČ-Führung unvorbereitet. Sie hatten die Wirkung ihrer Reformen auf die Regierungen der sozialistischen Nachbarländer unterschätzt. Die Führungsriege verurteilte den Einmarsch, verbot aber den eigenen Truppen, Widerstand zu leisten. Besonders die junge Bevölkerung protestierte ge-

gen die Besatzung. Knapp 100 Menschen wurden bei Demonstrationen erschossen. Im In- und Ausland wurde das Geschehen mit Entsetzen verfolgt.

Gerechtfertigt wurde der Einsatz im Nachhinein mit der im November 1968 verkündeten Breschnew-Doktrin. Diese schränkte die nationale Souveränität der sozialistischen Staaten ein. Die Sowjetunion hatte zu entscheiden, welche Entwicklungen in einem Staat akzeptabel waren und welche den Sozialismus bedrohten.

Ich erinnere mich sehr genau an jenen Morgen dieses 21. August, als ich gerade auf dem Weg zu meinem Freund Uwe war. Es waren Geräusche von nahenden Flugzeugen zu hören, die sich in kürzester Zeit zu einem ohrenbetäubenden Lärm entwickelten und plötzlich donnerten Jagdflieger im Tiefflug über unsere Häuser hinweg, die Erde bebte, die Ohren dröhnten. In Panik rannte ich so schnell ich konnte zurück in unser Haus. Es folgten, ebenfalls im Tiefflug, eine ganze Reihe von Hubschraubern. Riesige Angst machte sich in mir breit, dachte ich doch, es gibt einen neuen Krieg. Die Menschen gingen anschließend aus ihren Wohnungen und Häusern auf die Straße und überall bildeten sich Menschengruppen und es wurde diskutiert und gestikuliert. Es wurde erzählt, es gab eine Mobilmachung und die wehrfähigen Männer aus der ganzen Umgebung wurden in der Nacht geholt und zum Militärdienst eingezogen. Jeder hatte irgendeinen Bekannten, Freund oder Verwandten, der eingezogen wurde. Panzer rollten durch unsere Straßen, wurde erzählt. Die Angst breitete sich auch unter den Erwachsenen aus und es war eine betrübliche Stimmung. Aller paar Minuten gab es neue Nachrichten und Meldungen, am Abend, als unser Vater von der Arbeit kam, erzählte er, überall in der Stadt sind Kampfgruppen und Armee unterwegs. Im Radio hörten wir, dass russische Panzer auf dem Wenzelsplatz in Prag stehen und das es viele Tote unter der tschechischen Zivilbevölkerung gegeben hat. So schnell der Spuk begann, so schnell war er eigentlich auch wieder vorbei, zumindest in unserer Dresdner Neustadt. Viele waren Befürworter dieser Reformen, die damals in unserem Nachbarland angestrebt und blutig niedergeschlagen wurden.

Der September begann und damit auch die Schule. Ich kam in die sechste Klasse. An diesem ersten Schultag des Jahres 1968 hatten wir jede Menge Gesprächsstoff.

Wieder einmal bekamen wir eine neue Lehrerin, Frau M. Gleich in der ersten Schulwoche schrieben wir einen Aufsatz. Das Thema lautete: Unser schönstes Ferienerlebnis. Ich nahm den Urlaub an der Ostsee zum Anlass und schrieb den Aufsatz darüber. Ich schrieb nichts über die Hintergründe, aber ich schilderte den Unfallhergang und schlussfolgerte daraus, weil in einem sozialistischen Großbetrieb Ausschuss produziert wurde und dieser in Umlauf kam wären fast fünf Menschen gestorben. Ich prangerte die Schlamperei in dem Betrieb an und die wahrscheinlich nicht stattgefundenen Qualitätskontrollen. Ich schrieb also nichts weiter als die Wahrheit. Die wollte allerdings niemand wissen, weil sie nicht angenehm war. Als wir den Aufsatz zurückbekamen, hat jeder einen Teil vorlesen dürfen, nur ich nicht. Und nachdem ich bei unserer neuen Lehrerin direkt nachgefragt habe, warum ich aus meinem Aufsatz nicht einen Teil zitieren darf, sagte sie mir, ich hätte das Thema verfehlt. Der Grund aber war, mein Aufsatz passte nicht ins Bild, ich kritisierte den sozialistischen Arbeiter- und Bauernstaat und das war eine Sache der Unmöglichkeit. Das wurde mir damals zum ersten Mal richtig bewusst.

Kapitel 10

Erster Staasi-Kontakt

Im Herbst des Jahres 1968 begann ich mich für Musik zu interessieren. Für das, was aktuell war und jeden Tag im Radio zu hören war, im Westradio, versteht sich. Wir empfingen den Deutschlandfunk, den deutschen Soldatensender und Radio

Luxemburg, natürlich illegal. Dennoch kannten die meisten meiner Freunde die aktuellen Titel. Die Beatles sangen „Hey Jude" und „Lady Madonna". Die BeeGees mit „Words", Tom Jones mit „Delilah" waren in den Charts ebenso wie Udo Jürgens, Heintje oder Dorthe mit dem Titel „Sind sie der Graf von Luxemburg". Und fast jeder Titel war ein Ohrwurm in dieser Zeit. Jeden Montagabend um 20 Uhr kam auf dem Deutschlandfunk die Hitparade. Um diese Zeit allerdings, musste ich schon im Bett sein. Es war auch die Zeit, wo die Transistorempfänger aufkamen und es gab ein kleines Radio, ich glaube es nannte sich Cosmos, das einige meiner Freunde besaßen. Irgendwie bekam ich solch ein Gerät und über Mittelwelle waren die Sender zu empfangen. Und so lag ich immer am Montagabend im Bett und hörte unter meiner Bettdecke die Hitparade. Und nebenbei las ich „Mohr und die Raben von London", ein Buch über die Londoner Zeit von Karl Marx. In der DDR war das Buch Schulliteratur der sechsten Klasse und musste gelesen werden.

In der Musikszene war ich also auf dem Laufenden. Deshalb war es für mich auch überhaupt kein Problem, als mich eines abends in diesem Herbst ein Junge aus unserer Straße ansprach und mir und meinen Freunden erzählte, er sammelt Unterschriften für einen Titel, der in der Hitparade im Deutschlandfunk läuft. Und wenn wir unterschreiben und er viele Unterschriften sammelt, kommt der Song vielleicht auf den ersten Platz und wir werden im Radio vorgelesen. Ich weiß nicht mehr um welchen Titel es sich handelte, aber wir fanden es gut und haben unterschrieben. Christian M. schickte den Brief dann an den Deutschlandfunk nach Köln.

Es war Mitte der Woche. Ich ging morgens ganz normal zur Schule und der Unterricht begann. Ich erinnere mich, dass wir nach einer Doppelstunde das Klassenzimmer wechselten und nach der Pause der Unterricht weiterging, als plötzlich die Zimmertür aufgerissen wurde, der Direktor in sehr angespannter Haltung im Türrahmen stand und hinter ihm ein Mann mit Anzug und Krawatte. Es war üblich, wenn der Direktor in eine Klasse kam, dass alle aufstanden, dass hatte noch mit Respekt zu tun. Es war eine unheimliche Stille. Der Direktor, Herr S., trat vor die Klasse mit einer ganz ernsten Mine. Es herrschte knisternde Stille. Herr S. sah der Reihe nach jeden Schüler an. Dann sagte er, Erhard Sünder, Ronald P., mitkommen! Als ich meinen Namen hörte, merkte ich sofort einen unangenehmen Druck in meinem Darm. Ich hatte Angst, richtig Angst und ich musste meinen Hintern zusammenkneifen, um etwas sehr unangenehmes zu vermeiden. Es war immer noch der Respekt vor der Person des Direktors. Ich wusste nicht, worum es geht, warum er meinen Namen nannte, ich war mir auch keiner Schuld bewusst. Er sagte „Setzen und die beiden mitkommen". Also gingen wir hinter ihm her, der Direktor, der Mann mit dem Anzug, Ronald und ich. Sie führten uns ins Direktionszimmer, dort saßen noch zwei Männer an einem Tisch. Wir mussten uns dazusetzen. Und dann ging es los. Direktor S. eröffnete seine Ansprache, was uns einfällt, was wir uns dabei gedacht haben, einen Brief zu unterschreiben, der in den Westen geschickt werden sollte. Imperialisten, Klassenfeind und, und, und. Jetzt wurde mir bewusst, worum es ging. Die Unterschrift für die Auswahl eines Musiktitels. Herr S. eröffnete uns, dass es nicht tragbar sei, solche Schüler in den Reihen seiner Schule zu haben, die sich den Feinden zuwenden.

Die Männer, die noch anwesend waren stellten Fragen, unangenehme Fragen. Wer ist Christian M., woher kennen wir ihn, wie stehen wir zu ihm und so weiter. Was machen die Eltern, was wird im Radio gehört. Ich musste sofort an meinen Vater denken, wie er uns immer eingebläut hat, vorsichtig zu sein. Wir haben gesagt, dass wir nicht gewusst haben, was wir unterschreiben, dass es uns leid tut. Und wir haben uns entschuldigt, um das Gesicht zu wahren und nicht von der Schule zu fliegen. Das erste Mal in meinem Leben kam ich mir richtig elend vor. Um nicht bestraft zu werden habe ich versucht meine Haut zu retten und habe alles schöngeredet und das gesagt, was die Herren hören wollten. Und sie faselten von Bewährung und Beobachtung. All das konnte ich damals in dem Alter noch nicht realisieren und zuordnen, aber einige Monate später wusste ich, es war ein Verhör von Mitarbeitern der Staatssicherheit.

Die Männer sagten, dass die Firmen unserer Eltern über den Vorfall informiert werden. Als ich weiter nachdachte, kam ich zu dem Schluss, der Brief wurde zwar irgendwo in einen Briefkasten geworfen mit der Anschrift Köln, aber schon das allein reichte aus, den Brief zu beschlagnahmen und zu öffnen. Welche Verletzungen der Privatsphäre, der Menschenrechte lagen hier eigentlich vor!

Von dem Tag an kristallisierte sich heraus, mit wem kann man reden, bei wem muss man vorsichtig sein, mit wem spricht man überhaupt nicht über politische Themen mit Schülern aus der Klasse. Ich konnte nie sagen, dem kann man vertrauen und dem nicht. Ich habe damals gelernt zu zuhören. Was sind die Eltern, welchen Beruf haben sie. Ich konnte ganz früh ein Gefühl entwickeln, wem kann ich trauen und wem nicht. Das Bauchgefühl - und eigentlich war ich damit immer richtig gelegen, obwohl manchmal Zweifel aufkamen und ich nach dem Guten im Menschen suchte und ich auch meine Erfahrungen machen musste und belogen und betrogen wurde, hätte ich mich immer auf dieses erste Gefühl verlassen, wäre ich grundsätzlich richtig gelegen. Wir konnten an der Schule bleiben. Alles lief weiter wie bisher. Die Aufregung hatte sich irgendwann gelegt, dennoch fühlte ich mich immer beobachtet.

Als ich diese Geschichte meinem Vater erzählte, hörte er mir aufmerksam zu. Er hörte sich auch meine Meinung an und er gab mir recht, ermahnte mich aber gleichzeitig, vorsichtig zu sein. Er sagte zu mir, wenn ich etwas erreichen möchte, muss ich mich bis zu einem gewissen Grad anpassen, in diesem Land.

Ich tat mein Möglichstes. Der Alltag war wieder eingekehrt und ich widmete mich anderen Themen, Dingen die mir gefielen und Spaß machten. Dazu gehörte in erster Linie der Kontakt zu meinen Freunden. Wir trafen uns und verbrachten viel Zeit zusammen. Wir schmiedeten Pläne und wir versuchten auch, irgendetwas zu tun, für das wir bezahlt wurden, konnten wir Geld doch immer gut gebrauchen.

Das 68ger Jahr ging zu Ende, ein Jahr voller Ereignisse. Der Jahreswechsel stand bevor.

Im Jahr 1969 kann ich mich an keine größeren Höhepunkte in meinem Leben erinnern. Deshalb möchte ich nur ein paar Auszüge aus der Chronik zitieren:

20.1. In Washington wird der Republikaner Richard M. Nixon (1913-1994) als Nachfolger von Lyndon B. Johnson (1908-1973) als Präsident der USA vereidigt.

9.2. Das bisher größte Verkehrsflugzeug, die Boeing 747 „Jumbo Jet", mit der 385 Passagiere befördert werden können, absolviert seinen ersten Versuchsflug.

20.7. Im Zuge des Wettlaufs im All setzt um 21.17 Uhr MEZ (Mitteleuropäische Zeit) die US-amerikanische Landefähre „Eagle" (Adler) auf dem Mond auf. Über 500 Millionen Fernsehzuschauer verfolgen weltweit live am Bildschirm, wie der US-Amerikaner Neil Armstrong (geb. 1930) mehrere Stunden später die Leiter hinabsteigt.

Es ist der 21. Juli 1969 um 3.56 Uhr MEZ, als Armstrong als erster Mensch den Fuß auf die Mondoberfläche setzt. Er begleitet diese Handlung mit den Worten „That's a small step for a man, one giant leap for mankind" (Ein kleiner Schritt für einen Menschen, aber ein gewaltiger Sprung für die Menschheit).

17.8. Im US-Staat New York geht das Woodstock-Festival zu Ende. Zu dem dreitägigen Open-Air-Konzert waren 60.000 Besucher erwartet worden und zwischen 400.000 und 500.000 Rockfans erschienen. Trotz Regen, fehlender sanitärer Einrichtungen und Mangel an Nahrungsmitteln wird das Konzert zu einem großen Erfolg und zum Inbegriff der „Flower-Power-Bewegung".

21.10. Willy Brandt wird zum Bundeskanzler gewählt. Die neue Regierung besteht aus einer sozialliberalen Koalition. Walter Scheel wird Vizekanzler.
24.10. Die neue Bundesregierung beschließt die Aufwertung der D-Mark um 8,5 Prozent.

28.10. In seiner Regierungserklärung kündigt Bundeskanzler Willy Brandt das umfangreichste Reformprogramm der deutschen Nachkriegsgeschichte an. Unter anderem zeigt er unter dem Motto „Zwei Staaten - eine Nation" Bereitschaft zu gleichberechtigten Verhandlungen mit der DDR.

10.11. Im US-amerikanischen Fernsehen hat die Vorschulserie „Sesame Street" (Sesamstraße) Premiere. Mit Hilfe von Puppen sollen der Zielgruppe der Drei- bis Fünfjährigen kognitive Fertigkeiten wie Buchstabieren oder Zählen, aber auch soziale und kreative Fähigkeiten vermittelt werden.

Außerdem:
Der Modetrend Ende der 60er Jahre schwankt zwischen „Mini und Maxi".

Kapitel 11

1970

Mittlerweile war ich in der siebenten Klasse. Das Pensum in der Schule hatte sich um einiges erhöht und es gab sehr viel zu lernen. Vor allem Physik, Mathematik und Chemie waren die Fächer, in denen meine Noten nicht die besten waren. Das lag allerdings daran, dass wir einen Lehrer hatten, dem wir auf der ,,Nase" herumtanzen konnten. Herr B., Mathematik- und Chemielehrer, trat immer im weißen Kittel auf. Er war ein kleiner Mann mit dunklen Haaren, die einem Kranz glichen, denn auf dem Kopf hatte er Glatze. Er trug einen Henriquatre-Bart, eine Kombination aus Schnauzer und Kinnbart und eine Brille. Und er roch abscheulich aus dem Mund. Eigentlich sah er aus wie ein Professor, nur haben wir bei ihm eben nichts gelernt, oder nur sehr wenig. Wir zogen es vor, irgendwelche Spielchen zu machen, anstatt dem Unterrichtsgeschehen zu folgen. Wie fatal das war, musste ich zu einem späteren Zeitpunkt erfahren. Einmal hat er mich so genervt, dass ich ihm vor Wut aus meinem Füllfederhalter Tinte an seinen weißen Kittel spritzte, als er mit dem Rücken zu mir stand. Ein anderes Mal - es war an einem Montagmorgen und ich tauschte gerade mit Ronald, meinem Banknachbarn, die Wochenenderlebnisse aus, weshalb ich nur nebenbei zuhören konnte - erklärte er an der Tafel das Koordinatensystem. Plötzlich hörte ich, wie er eine Frage stellte und meinen Namen aufrief. Er wollte von mir wissen, wiedie x-Achse des Koordinatensystems heißt. Natürlich wusste ich im ersten Moment nicht was los war, antwortete aber stotternd, nachdem mir Ronald die Lösung zuflüsterte: „Ab. . ., Ab. . ., Abszi. . ., Ab. . . , ach scheiß! ! ! Das kam nicht an. Herr B. kam, wie von einer Tarantel gestochen, zu mir hergelaufen, brüllte etwas von Zuhören und Aufpassen und zerrrte mich mit beiden Händen aus der Bankreihe. Ich glaube es war ein Reflex, als ich mit meinen Armen auf seine Arme schlug, einfach weil ich so erschrocken war. Als er mich losgelassen hatte, schubste ich ihn mit beiden Händen weg und er fiel rückwärts in die nebenstehende Bank. Das Gelächter in der Klasse war groß. Sofort habe ich mich bei Herrn B. entschuldigt und gesagt, dass ich nicht aufgepasst hatte und so sehr überrascht war, als er mich anpackte. Er sagte nur, „Jetzt aber aufpassen" und der Vorfall war für ihn erledigt. Da hatte ich Glück, es hätte für mich dümmer ausgehen können.

Durch diesen Vorfall erlangte ich in der Klasse Respekt. Obwohl ich klein und schmächtig war, hatte ich mich gegen einen Lehrer, der handgreiflich wurde, gewehrt. Das stärkte natürlich mein Selbstbewußtsein und mein Ansehen in der Klasse.

Wir hatten einen weiteren Lehrer, bei dem man sich

(fast) alles erlauben konnte. Es war unser Zeichenlehrer Herr R. Selbst die ruhigsten und diszipliniertesten Schüler machten bei ihm, was sie wollten. Der Lärmpegel während seines Unterrichts war schon extrem hoch, dennoch hatte dieser Lehrer einen enormen Einfluss auf meine künstlerische Entwicklung. Und das kam so: Es war eine normale Zeichenstunde und wir sollten irgend ein Bild malen, wozu wir aber überhaupt keine Lust hatten, denn wir spielten lieber Schiffe versenken. Mitten in der Stunde sagte Herr R., am Ende der Stunde sammelt er unsere gemalten Bilder ein und er wird Zensuren dafür vergeben. Nun gut, dachte ich mir, es ist eigentlich ein leichtes, in den so unwichtigen Fächern wenigstens gute Zensuren zu haben. Und ich legte mich ins Zeug. Wir sollten eine Landschaft malen. Von irgendeinem Mitschüler bekam ich eine Ansichtskarte aus der Lüneburger Heide. Saftige Wiesen mit herrlichen Blumen, Sträuchern und Bäumen und einem Bachlauf. Wir hatten noch 20 Minuten bis zum Ende der Stunde. Ich nahm die Karte, zog ein Blatt heraus und begann wie wild zu malen. Ich hielt mich an die wunderschöne bunte Vorlage und malte binnen kürzester Zeit eine farbenfrohe Landschaft, mit ganz lockerer Pinseführung und vielen gemischten Farbtönen. Vielleicht fünf Minuten vor dem Ende der Unterrichtsstunde stand Herr R. plötzlich neben mir, er sagte: „Stark, sehr schön", nahm mir die Zeichnung weg, hielt sie mit ausgestreckten Armen vor sein Gesicht, kniff die Augen zusammen, sah über seine Brillengläser und wiederholte, „Sehr schön". Er lies mein Blatt nicht mehr los, nahm es mit zu seinem Pult, hielt es vor die ganze Klasse und begann, meine Arbeit zu interpretieren und er konnte sich unglaublich für mein Bild begeistern. Das hat mich unheimlich stolz gemacht. Er gab mir drei Einser auf das Bild, für das Motiv, die Pinselführung und die Farbwahl. In der nächsten Unterrichtsstunde kam er direkt zu mir und sagte, ich hätte Talent und daraus sollte ich etwas machen. Von diesem Tag an verspürte ich plötzlich eine unheimliche Lust zu malen. Und ich beschäftigte mich von nun an mit Perspektiven und Formen, Beobachten und Übertragen. Herr R. gab mir viele Tipps, und manchmal kam ich mir vor wie sein Privatschüler, weil er von nun an fast in jeder Unterrichtsstunde bei mir stand. Es gab sehr interessante Themen, die wir umsetzen sollten.

Zum Beispiel gab es eine weltweite Protestaktion für die in den USA eingekerkerte Angela Yvonne Davis (* 26. Januar 1944 in Birmingham, Alabama), eine US-amerikanische Bürgerrechtlerin, Philosophin, Humanwissenschaftlerin und Schriftstellerin, die in den 1970er-Jahren zur Symbolfigur der Bewegung für die Rechte von politischen Gefangenen wurde. Sie stand auf einer Liste des FBI als eine der zehn gefährlichsten Verbrecher der USA. Sie wurde verhaftet und eingesperrt. Ihr drohte wegen des Vorwurfs der „Unterstützung des Terrorismus" *die Todesstrafe. Gegen ihre Verhaftung entwickelte sich eine über die Grenzen der Vereinigten Staaten hinausreichende Welle des öffentlichen Protests. Nach zwei Jahren wurde Davis am 4. Juni 1972 in allen Punkten der Anklage freigesprochen. Bis in die Gegenwart gilt Davis ihren Anhängern als eine der prominentesten ehemaligen politischen Gefangenen der USA.*

Das war auch ein Thema in unserem Zeichenunterricht, ein Plakat zu entwerfen und zu gestalten, welches für die Freilassung dieser Frau wirbt und als Protest gewertet wird.

Ich tat dies mit zeichnerischen Mitteln. Ich besorgte mir aus einer Zeitung ein Portrait dieser Frau. Ich malte dieses auf das untere Drittel des Blattes. Über Ihr Gesicht malte ich symbolisch einen Kerker, ihr Portrait war also hinter einem Gitter. Auf diesen Kerker malte ich die Freiheitsstatue von New York. In die Hand, in der die Statue normalerweise die Fackel hält, malte ich einen Strick nach unten mit einer offenen Schlinge. In die andere Hand anstatt des Buches eine Maschinenpistole und ich titulierte darüber: Freiheit!? Das kam an. Das Bild wurde rumgereicht und hergezeigt, im Schulhaus ausgestellt und in Austellungen gegeben. Und ich stellte fest, dass es mir total lag, kritische Themen aufzunehmen und in Bilder zu fassen. Ich wollte mein vermeintliches-Talent für meine Entwicklung nutzen und ich hatte hunderte Bilder im Kopf darzustellen, wie es uns in der DDR ergeht, nämlich ähnlich. Allerdings wusste ich, dass ich damit ganz vorsichtig umgehen muss.

Mehr und mehr spielte nun die Malerei auch in meiner Freizeit eine Rolle. Wenn ich mich nicht mit Freunden traf, nutzte ich die Zeit und malte daheim, erst am Tisch mit Papier und Stiften oder Wasserfarben. Meinen Vater bettelte ich, mir Künstlerölfarben zu kaufen, die ich auch eines Tages bekam. Später baute ich mir eine Staffelei selbst, fertigte Holzrahmen auf die ich Bettlaken spannte, die ich meiner Mutter aus dem Wäscheschrank klaute. Bespannte Leinwände waren damals schwer zu bekommen. Ich malte aber auch auf Holzplatten. Mein erstes mit Ölfarben gemaltes Bild, ein selbst arrangiertes Stillleben mit Obst, Gemüse und einer Flasche Schinkenhäger und einem Tontopf, befindet sich heute wieder in meinem Besitz.

Meinen Vater imponierte meine Malerei und eines Tages hielt er mir eine Zeitungsanzeige vor die Nase, in der stand, dass es an der Dresdner Kunstakademie einen Studienvorbereitugskurs für gegenständliche Malerei gibt, für den man sich mit entsprechenden Arbeiten bewerben könne. Er fragte mich, ob ich das machen möchte, er würde es bezahlen. Gleichzeitig betonte er allerdings, dass es wenig Sinn macht, sich beruflich auf die Malerei zu fixieren, weil es eine brotlose Kunst sei. Das nahm ich nicht so ernst. Für mich war es in diesem Augenblick wichtig, das mein Vater Geld dafür aufbringt, mich an einem solchen Kurs teilnehmen zu lassen, hatte er doch kaum die Mittel, um dergleichen zu finanzieren.

Ich stellte eine Mappe zusammen mit meinen Arbeiten und ging damit in die Kunstakademie, um mich für den Kurs zu bewerben. Ich gab meine Mappe ab und musste draußen auf dem Gang warten. Die Kunstakademie ist ein sehr altes, ehrwürdiges Gebäude und es erfüllte mich mit Stolz, dieses betreten zu dürfen. Als ich dann die Mitteilung bekam, ich bin angenommen, kannte meine Freude keine Grenzen mehr, die ich im Anschluss mit meinem Vater teilte. Von dem Tag an ging ich jede Woche 4 Stunden in die Akademie zum Unterricht - gegenständliche Malerei. Unser Lehrer war Professor S., ein gutaussehender Mann, dem der Künstler anzusehen war. In jeder Einheit wurden Arrangements zusammengestellt, die wir anhand von entsprechenden Erklärungen malten. Gläser, Flaschen, Vasen, Töpfe, Schalen, Kübel. Unterschiedlichste Formen. Ich lernte zu sehen und zu beobachten, Perspektiven, Größenverhältnisse, Techniken. Die Arbeiten von den Beteiligten wurden ausgewertet, beurteilt, bewertet. Jede Woche aufs Neue, bis zum Erbrechen".

Das Gelernte versuchte ich auch daheim umzusetzen. Ich ging raus, malte in der Natur. Ich malte Landschaften, Gebäude, Portraits. Ich versuchte mich in allen Richtungen und war immer auf Motivsuche.

Aber ich vernachlässigte auch nicht meine Freunde. Wir trafen uns regelmässig und wir hatten immer irgendwelche Vorstellungen und Pläne, die es umzusetzen galt. Für den Sommer 1970 planten wir einen Zelturlaub. Das begann schon im Winter, als wir uns zusammensetzten und beratschlagten, wo wir hinfahren, was wir alles brauchen und mitnehmen müssen. Und wir fertigten akribisch Listen an, wo wir alles aufschrieben und wenn erledigt, abhakten. Es war klar, dass wir mit dem Fahrrad fahren. Das Gebiet hatten wir uns ausgesucht und das war Bernsdorf, ein Ort in der Nähe von Wiednitz, wo mein Cousin Frank wohnte. Das war von uns bewusst so gewählt, weil wir uns dachten, wenn irgendetwas nicht passt oder nicht so rausgeht, wie wir es uns vorstellten, dann haben wir nur wenige Kilometer zum Frank und eine gewisse Sicherheit.

So saßen wir an einem Abend in den Winterferien 1970 zusammen und es stand die Frage im Raum, was nehmen wir alles mit. Wir überlegten und sagten, natürlich das Zelt in erster Linie, Luftmatratzen, Schlafsäcke. Und die erste und spontane Antwort von unserem Freund Frank war, „Off jedn fall e brod". Das kam wie aus der Pistole geschossen und hat Uwe und mich so amüsiert und erheitert, dass wir noch Jahre später darüber lachen konnten. Frank war in unserem Kreis immer am schlagfertigsten und es war stets sehr lustig, wenn er auf unseren Touren dabei war. Wir vereinbarten, dass wir die Strecke vorher abfahren und uns an dem Campingplatz umsehen und informieren. Das wollten wir direkt die nächsten Tage erledigen. Es war Februar und das Wetter war mild, also stand einer Radtour nichts im Wege.

Weil wir schon sehr früh starten wollten, setzte ich bei meinem Vater durch, dass ich bei Uwe übernachten durfte. Als wir am Morgen aufwachten, hatte es geschneit. Was nun? Wir ließen uns von den widrigen Wetterbedingungen nicht abhalten, disponierten nur ein wenig um. Wir nahmen unsere Fahrräder und fuhren zum Bahnhof. Wir dachten uns, es muss ja nicht überall geschneit haben und vielleicht ist das Wetter in Bernsdorf besser. Also lösten wir die Tickets und fuhren mit dem Zug. Unterwegs stellten wir fest, dass der Schnee nicht weniger wurde, es hatte überall geschneit. Als wir ankamen, setzten wir uns auf die Räder und fuhren zu diesem Zeltplatz. Er war öde und verlassen. Kein Mensch war da oder zu sehen. Alles war weiß, es war kalt und ungemütlich. Hier konnten wir nichts ausrichten. Wir beschlossen, zu meinem Cousin Frank zu fahren. Es waren nur 8 Kilometer. Das Fahren auf dem Schnee war beschwerlich, vor allem dort, wo es mehr Matsch als Schnee war. Wir hatten noch nicht mal Handschuhe dabei. Dennoch erreichten wir Wiednitz. Frank freute sich über unseren Besuch, gab uns allerdings zu verstehen, dass wir verrückt sind, bei diesem Wetter mit dem Fahrrad durch die Gegend zu fahren. Wir brachen die Aktion ab, am Nachmittag fuhren wir zum Bahnhof und mit dem nächsten Zug zurück nach Dresden. Trotzdem wollten wir unbedingt im Sommer auf diesen Zeltplatz. Uwes Vater hat uns später geholfen. Er war Kraftfahrer und viel unterwegs. Er ist im Frühjahr zu dem Zeltplatz gefahren, hat mit den entsprechenden Leuten gesprochen und eine Genehmigung erwirkt, dass wir dort im Sommer zelten dürfen.

Es begann die Zeit der Veränderung, der körperlichen Veränderung. Ich hatte Stimmbruch, mir wuchsen plötzlich Haare am Körper und ich hatte zeitweilig Pickel im Gesicht. Wir nahmen auch die Veränderungen bei den Mädchen wahr und interessierten uns mehr und mehr für das andere Geschlecht und natürlich für den eigenen Körper. Ein heikles Thema war dabei die Frisur. Damals noch ziemlich kurz geschoren versuchte ich, die Haare länger wachsen zu lassen, sehr zum Leidwesen meines Vaters, der immer mahnte, ich müsse zum Haareschneiden gehen. Ganz besonders schlimm war das vor den Feiertagen, Weihnachten, Ostern und Pfingsten. Kurz vor Ostern war es wieder soweit, dass ich von meinem Vater Geld bekam für den Friseur und zum Haareschneiden geschickt wurde. Ich wollte aber nicht, weil der Friseur einfach immer zuviel wegschnitt. Deshalb lies ich mir dieses Mal die Haare vom Uwe schneiden. Das sah natürlich nicht so gut aus und mein Vater merkte sofort, dass da etwas nicht stimmte. Er tobte und schrie. Weil am nächsten Tag Karfreitag war, konnte ich die „Frisur" natürlich nicht mehr korrigieren lassen. Mein Vater sagte: „So gehst Du nicht unter die Leute, du bleibst die nächsten Tage zu Hause und verlässt die Wohnung nicht, du rennst rum wie ein Beatle". Toll, und das zu Ostern! Mich durfte auch niemand besuchen, also Arrest. Ich nahm es hin. Daheim bastelte ich an meinem Modellflugzeug, malte und las. Mein Vater ignorierte mich vollständig. Am Ostermontag begann er wieder, mit mir zu sprechen, sagte mir, ich müsse die nächste Woche nochmals zum Friseur und soll mit einer ordentlichen Frisur nach Hause kommen. Und dann hob er den Arrest auf und ich hätte wieder rausgedurft. Aber ich war stur. Ich blieb daheim und ging nicht weg.

Mehr und mehr kamen Mädchen ins Spiel, Freundinnen. Ich war auf diese fixiert und wollte gefallen. Und es gab die ersten zärtlichen Berührungen. Wir Jungs unterhielten uns natürlich auch darüber, wie es ist, wenn man mit einem Mädchen zusammen ist, körperlich. Bis vor kurzem war ich ja noch der Meinung, Kinder kommen vom Küssen. Von den Freunden erfuhr ich so nach und nach, wie es wirklich ist und wie es geht, wie ein Kind entsteht, worauf man achten muss. Das war für mich sehr beeindruckend und ich hatte Sehnsucht, es auszuprobieren. Abends im Bett stellte ich mir vor, wie ich meine Freundin umarme, sie küsse, sie anfasse. Dabei hatte ich das, was die Männlichkeit ausmacht in der Hand und spielte damit. Einige Male habe ich das wiederholt, weil ich es als angenehm empfand. Eines Abends passierte dann etwas in meinem Körper, das wirklich nicht leicht ist zu beschreiben. Plötzlich begann ich zu zittern und zu zucken, ich hatte das Gefühl, mir schwinden die Sinne, ein leichter Schmerz machte sich breit und ich spürte ein Brennen. Ich bekam Panik. Noch ehe ich vor Schreck aus dem Bett kam, war es passiert. Etwas kam aus mir herausgeschossen und ergoss sich in meine Hand. Als ich mich gefasst hatte, wusste ich, nun bin ich ein Mann, wenngleich ein sehr junger, zumindest war ich jetzt reif.

Die Wochen vergingen und waren ausgefüllt mit Schule, Kunsthochschule und Fußball spielen. Dazu trafen wir uns täglich in „unserer" Häuserlücke. Und Fußball spielen erlangte immer mehr Bedeutung. Wir spielten mit Gummibällen. Lederfußbälle gab es nur in den Vereinen. Da die Gummibälle sehr leicht waren und ein anderes Springverhalten hatten, war es schwierig, diese unter Kontrolle zu kriegen. Durch das tägliche Training bekamen wir ein außerordentlich gutes Gefühl dafür, was uns einen Technikvorteil verschaffte. Die Bälle gingen ziemlich oft kaputt oder der Nachbar behielt sie ein, manchmal zerstach er sie auch. Dann legten wir alle Geld zusammen und kauften einen neuen Ball.

Während dieser Zeit lernte ich Frithjof näher kennen, ein Junge mit stahlblauen Augen und weißblonden Haaren. Er wohnte auf der Schönfelder Straße, war so groß wie ich und ein Jahr jünger. Er hatte eine ältere Schwester und seine Mutter war meine frühere Kindergärtnerin. Er lebte allein mit seiner Mutter und seiner Schwester. Für meine Begriffe war er ein toller Fußballer, und wenn es irgendwie ging, spielten wir zusammen in einer Mannschaft. Manchmal haben wir zu dritt gegen fünf oder sechs andere gespielt und wir haben trotzdem gewonnen.

Meine beiden Schwestern waren inzwischen in der Lehre. Daheim gab es in dieser Zeit immer öfter Stunk. Obwohl beide schon 18 und 19 Jahre alt waren, wollte mein Vater sie am liebsten zu Hause anbinden oder einsperren. Er war sehr misstrauisch und nahm an, dass die beiden immer nur mit Männern rummachen. Das war seine größte Sorge. Ich glaube, sie mussten spätestens 20 Uhr da sein. Aber sie blieben sehr oft länger weg und dann gab es Geschrei. Anfangs ließen sie sich dadurch noch beeindrucken. Um des lieben Friedens willen kamen sie nun pünktlich. Allerdings bedienten sie sich fortan meiner Idee. Nach dem Gute Nacht wünschen gingen beide recht früh in ihr Zimmer und dann stiegen sie im Wechsel aus dem Fenster und gingen ihrem Vergnügen nach. Eine ganze Zeit lang ging das gut und es ist nicht aufgefallen. Irgendwann ist mein Vater am späteren Abend zu meinen Schwestern ins Zimmer gegangen, weil er wohl noch etwas zu sagen hatte. Und da flog die ganze Sache auf. Er bemerkte, dass die Ältere nicht da war. Er fing an zu toben und zu schreien, fragte wo sie ist und bemerkte, dass er an der Nase herumgeführt wurde, was seine Wut noch steigerte. Kurz vor Mitternacht kam dann meine Schwester heim. Der Vater empfing sie schon im Hausflur, schrie „Wo kommst du jetzt her, wo warst du, was hast du gemacht", schlug ihr auf den Kopf. Und weil sie sich duckte, hatte er keine richtige Angriffsfläche, also trat er ihr mit dem Fuß in den Hintern. Am nächsten Tag nahm er eine Latte, die schraubte er von innen auf das Fenster und somit konnte es nicht mehr geöffnet werden. Meine Schwestern wurden mit der Zeit immer aufmüpfiger und schafften es, unseren Vater zu überzeugen, dass sie länger wegbleiben durften.

Auf der Bautzner Straße gab es ein kleines Café, die Mocca-Perle. Dort gab es außer Kaffee und Kuchen auch kleine Imbisse, Rührei mit Salami oder Schinken, Spiegelei, Würstchen. Dort gingen meine Schwestern hin. Dort trafen sie sich mit ihren Freundinnen und Bekannten. In dem Café verkehrten viele Taxifahrer und Fahrlerer mit ihren Fahrschülern, aber auch Kraftfahrer, welche die Fernstraße 6 von

Leipzig nach Bautzen befuhren und in der „Berle" - so nannten wir die Mocca-Perle - eine Pause einlegten. Auch viele Stasimitarbeiter gehörten zu den wiederkehrenden Gästen. Meine Schwestern haben mich zwei, dreimal dorthin mitgenommen und einige Jahre später war auch ich Stammgast.

Das siebente Schuljahr ging zu Ende. Es kam der Juli. In diesem Sommer verdiente ich mein erstes eigenes Geld. Ich war 14 Jahre alt geworden und da bestand die Möglichkeit, in den Ferien zu arbeiten. Drei Wochen waren erlaubt, ich versuchte es zunächst mit zwei Wochen. Ich arbeitete in Pfunds Molkerei auf der Bautzner Straße und war dem Labor unterstellt. Die Arbeit begann sechs Uhr morgens. Es fiel mir sehr schwer, schon um 5.15 Uhr aufzustehen, aber ich hatte die Arbeit angenommen, also musste ich auch hingehen. Von 6.00 bis 11.00 Uhr stand ich an einem Band, auf dem hintereinander große Milchkannen mit Rohmilch vorbeiliefen, die von Bauern aus dem Dresdner Umland jeden morgen gebracht wurden. Ich musste jede Kanne öffnen und einen Indikatorstreifen hinein halten. Daran war zu erkennen, ob die Milch in Ordnung ist. Wenn der Streifen sich hellgelb verfärbte, war die Milch sauer und musste aussortiert werden. Nach dem Mittag wurde alles geputzt, die Kannen wurden gespült und die Tanks gereinigt. Diese Arbeit war sehr monoton und trotzdem anstrengend, aber es gab ja Geld dafür und das war für mich das

Wichtigste, wollte ich doch mit meinen Freunden in die Ferien fahren.

Wie geplant und vorbereitet, fuhren wir mit den Fahrrädern nach Bernsdorf zum Zelten. Auf den Rädern nahmen wir alles mit, das Zelt, Schlafsack, Luftmatratzen, unsere persönlichen Sachen und natürlich Proviant für 2 Wochen. Wurstkonserven, Suppen und haltbare Lebensmittel. Die Fahrräder waren prall gepackt. So fuhren wir los. Mitten in einem sechs Kilometer langen Waldstück dann das erste Missgeschick. Ich hatte einen Platten. Das bedeutete, alles abladen, Hinterrad ausbauen, flicken, wieder einbauen, bepacken und weiterfahren. Nach etwas über drei Stunden erreichten wir unser Ziel. Wir bekamen einen wunderschönen Platz zugewiesen, direkt am Ufer des Sees. Das Zelt wurde aufgebaut und eingerichtet, ein Kühlschrank gebaut. Wir gruben ein etwa 40 cm tiefes Loch in den Boden. Dort kamen die Lebensmittel hinein. Jeden morgen wurden Semmeln geholt und wir frühstückten gemeinsam.Tagsüber gingen wir baden, spielten Fußball oder Tischtennis. Abends gingen wir ins Freilichtkino, welches sich auf der Anlage befand, oder wir warfen uns in Schale und gingen ins Dorf. Wir unternahmen Ausflüge mit dem Fahrrad. Wir fuhren nach Hoyerswerda und Cottbus und sahen uns die Städte an. Wir haben jeden Tag etwas unternommen und es war uns nie langweilig. Und wir hatten zwei Wochen lang tolles Wetter.

Am letzten Abend ereilte uns ein weiteres Missgeschick. Wir waren mit den Rädern im Dorf und auf der Rückfahrt, es war schon dunkel, fuhren wir durch ein Waldstück, als es plötzlich einen Hieb gab, ich ins schleudern geriet und vom Fahrrad stürtzte. Ich bin mit dem Pedal an einem Wurzelstock hängengeblieben und den Pedalarm hat es abgerissen. Was tun, es war Nacht, am nächsten Morgen sollte die Heimfahrt angetreten werden.

Wir mussten also gleich in der Früh nach einer Fahrradwerkstatt suchen. Wir fanden zwar eine, aber der Werkstattinhaber konnte oder wollte uns nicht helfen. Wir sollten das Rad bei ihm lassen und es nach zwei Tagen abholen. Aber das ging nicht, weil wir ja zurückfahren mussten. Also suchten wir nach einer anderen Lösung. Wir gingen in eine Schmiede und baten darum, den Pedalarm anzuschweißen. Der Schmied schaute uns ungläubig an. Dann erklärten wir ihm unsere Notlage. Seine Frage lautete: „Habt ihr überhaupt Geld?" Nun, wir hatten nur noch ein paar Mark, fast alles war aufgebraucht. Also mussten wir verneinen. Der Schmied riss mir wortlos das Fahrrad aus den Händen und ging damit in die Schmiede. Nach ein paar Minuten kam er zurück und der Pedalarm war angeschweißt. Griesgrämig drückte er mir das Rad in die Hand und sagte: „Das nächste Mal wenn ihr große Reisen macht, dann nehmt mehr Geld mit, damit ihr auch Reparaturen bezahlen könnt. Und nun haut ab." Ich habe mich hundertmal bedankt. Dieser Mann hatte ein gutes Herz. Oder vielleicht hatte er auch Kinder?

Wenn ich heute überlege, was wir damals schon alles auf die Beine gestellt haben, wie wir Entscheidungen getroffen, Auswege gesucht und Lösungen gefunden haben, dann denke ich, waren wir für unser Alter schon sehr weit. Wir waren oft auf uns allein gestellt, mussten uns durchkämpfen und behaupten. Aber es war eine gute Schule und wir fühlten uns eigentlich schon so erwachsen. Nach unserem Zelturlaub waren wir noch ein Stück reifer geworden.

Ich verbrachte viel Zeit mit Uwe, Frank und Frithjof. Täglich spielten wir Fußball, immer noch in unserer Häuserlücke. Wir waren noch sogenannte Straßenfußballer. Irgendwann ging ich mit Frithjof mit, der in einem Verein spielte. Ich nahm am Training teil und mir wurde sofort ein Anmeldeformular für die Vereinsmitgliedschaft unter die Nase gehalten. Schnellstmöglich ein Passbild besorgen, Spielerpass beantragen und auflaufen. Gleich in meinem ersten Spiel konnte ich zusammen mit Frithjof überzeugen. Er spielte im rechten Mittelfeld, ich auf Rechtsaußen. Wir verstanden uns fast blind und haben mit unserem Passspiel so manche Abwehr durcheinander gewirbelt. Das erste Mal habe ich auf einem Großfeld gespielt und auf so große Tore geschossen. Und gleich im ersten Spiel war ich schon Torschütze. Ein Wahnsinnsgefühl, als ich aus einem Gewühl heraus den Ball über die Linie drückte! Am ganzen Körper stellten sich meine Haare auf - Gänsehaut. Alle Spieler kamen zu mir und beglückwünschten mich. Und ich war von diesem ersten Moment direkt zum Stammspieler geworden, Ein Moment, den ich in meinem Leben nicht vergessen habe. Vor allem hatte ich nicht einmal eigene Fußballschuhe. Die, die ich trug, waren geliehen. Und es hat noch eine ganze Weile gedauert, bis ich meine eigenen Schuhe hatte.

Der Verein, für den wir spielten, hieß Dynamo Heide Dresden. Das Fatale an meiner Mitgliedschaft in diesem Verein war, dass dieser der Staatssicherheit unterstellt war. Von den meisten meiner Mannschaftskameraden haben die Eltern für die Staatssicherheit gearbeitet. Es war ein heißes Pflaster. Das bemerkte ich erst, als wir für die jährliche Spieleruntersuchung die Gebäude der Staatssicherheit auf der Bautzner Straße betraten und von einem Arzt untersucht wurden. Vom Eingang weg bis zum Zimmer des Arztes wurden wir von Wachsoldaten begleitet. Als wir über den Hof in das Gebäude des Arztes liefen, begegneten uns Männer und Frauen in Sträflingskleidung, politische Gefangene. Auf dem Gelände war eine Baustelle, ein weiteres Gebäude wurde errichtet. Frauen schoben Schubkarren und trugen Zementsäcke auf den Schultern. Ich war geschockt und ich musste meinen Unmut so gut es ging, verbergen. Diese Bilder haben sich tief eingeprägt und nachdem wir das Gebäude wieder verlassen hatten, sagte ich zu Frithjof, ich werde nicht weiter für diesen Verein spielen. Wir hatten heiße Diskussionen und kamen letztendlich zu dem Schluss, wenn man in diesem Land etwas erreichen will, dann muss man mitspielen. Und wir träumten davon, fußballerisch weiterzukommen. In einem großen Verein zu spielen und dadurch vielleicht einmal in den Westen zu kommen, um dann bei einem Spiel vom Feld zu laufen und in die Zuschauermenge zu flüchten. Das war unser Plan.

Das ich Fußball spielte, durfte mein Vater nicht wissen, vor allem überhaupt nicht, für welchen Verein. Er wollte es nicht, dass ich diesen Sport betreibe. Er selbst spielte früher vor dem Krieg sogar in einer mitteldeutschen Auswahl. Aber er hatte wohl eine für damalige Verhältnisse, ziemlich schwere Knieverletzung erlitten und war deshalb nicht gut auf Fußball zu sprechen.

Es war jetzt nicht mehr ganz einfach, alles unter einen Hut zu bringen, zweimal in der Woche Training, zweimal Kunsthochschule, Sonntag Punktspiel. ebenbei noch meinem Vater bei den Malerarbeiten helfen. Material bringen und holen und Schulaufgaben erledigen. Ich war komplett ausgelastet. Manchmal ging ich nur einmal in der Woche zum Training oder nur einmal in die Kunsthochschule, um Zeit für meine Freunde zu haben. Von Tag zu Tag erweiterten sich unsere Interessensgebiete. Motorsport wurde interessant, Formel-1-Rennen. Es war die Zeit des Jochen Rindt, der am 5. September 1970 in Monza tödlich verunglückte und schon soviel Punkte herausgefahren hatte, dass er als Toter Weltmeister wurde. Es war die Zeit des Giacomo Agostini, der erfolgreichste Motorradrennfahrer der Geschichte, der zwischen 1966 und 1975 fünfzehn Weltmeistertitel, davon sieben in der Klasse 350 cm^3 und acht in der Klasse bis 500 cm^3, davon dreizehn Titel für MV Agusta und zwei Titel für Yamaha gewann. Insgesamt fuhr er in seinen 186 Rennen 159 Mal auf Podiumsplätze und feierte 122 Grand-Prix-Siege.   Wir waren in dieser Zeit dabei, haben versucht, Material darüber zu bekommen, haben ihre Bilder an unseren Wänden aufgehängt. Sie waren unsere Idole in jener Zeit. Und wir orientierten uns immer weiter westlich. Wir sammelten Zigarettenschachteln aus dem Westen, die wir ausschnitten und an unsere Türen oder Wände klebten. Dafür gingen wir auf Tour, dort wo Touristen unterwegs waren in unserer Stadt Dresden, am Hauptbahnhof, am Flughafen. Wir suchten die Papierkörbe und Abfallbehälter ab, sammelten Flaschen, Büchsen (Bier, Cola), um diese in Regalen bei uns daheim zur Dekoration aufzustellen.

Nun war ich in der 8. Klasse, das Jahr in dem man in der DDR in den Kreis der Erwachsenen aufgenommen wurde. Im achten Schuljahr erhielt man die Jugendweihe. Außerdem sollte (musste) man der FDJ (Freie Deutsche Jugend) beitreten.

Die Freie Deutsche Jugend (FDJ) ist ein sozialistischer Jugendverband. In der DDR war sie die einzige staatlich anerkannte und geförderte Jugendorganisation. Sie war als bedeutende Massenorganisation Teil eines parallelen Erziehungssystems zur Schule. Die Organisation hatte die Aufgabe, die Jugend in den Marxismus-Leninismus einzuführen und zu „klassenbewussten Sozialisten" zu erziehen, welche die „entwickelte sozialistische Gesellschaft in der Deutschen Demokratischen Republik" mitgestalten. Sie verstand sich offiziell als Kampfreserve der SED, da die Partei keine eigene Jugendorganisation hatte, und entfaltete demgemäß ihre Aktivitäten. Die „Vertiefung der Freundschaft" zur den Kommunismus aufbauenden Sowjetunion und die Unterstützung „aller Völker der Welt" im Kampf gegen das „imperialistische System" hatte sich die FDJ als internationale Ziele gesetzt. Die Jugendlichen wurden auf entsprechenden Antrag ab dem 14. Lebensjahr in die FDJ aufgenommen. Die Mitgliedschaft war laut Statut freiwillig, doch hatten Nichtmitglieder erhebliche Nachteile bei der Zulassung zu weiterführenden Schulen sowie bei der Studien- und Berufswahl zu befürchten und waren zudem starkem Druck durch linientreue Lehrkräfte ausgesetzt, der Organisation beizutreten.

Aus Anlass der Jugendweihe gab es eine Klassenfahrt. Diese führte uns nach Weimar. In Weimar waren viele große Persönlichkeiten der Geschichte zu Hause: Johann Wolfgang von Goethe, Friedrich Schiller, Johann Gottfried von Herder, Johann Sebastian Bach, Franz Liszt, Christoph Martin Wieland, Lucas Cranach, Henry van de Velde oder Walter Gropius als Begründer des Bauhauses. Zahlreiche Museen und Gedenkstätten in Weimar erinnern an diese Namen und künden vom Ruhm vergangener Zeiten. Noch heute ist die Stadt ein Zentrum von Kunst und Kultur.

Seit Generationen lockt Weimar mit dem berühmten Bronzedenkmal von Goethe und Schiller vor dem Deutschen Nationaltheater und vielen Museen und Ausstellungen Gäste aus aller Welt an. In der Nähe von Weimar, auf dem Ettersberg, befindet sich das ehemalige KZ Buchenwald. Das Konzentrationslager Buchenwald war eines der größten Konzentrationslager auf deutschem Boden. Es wurde zwischen Juli 1937 und April 1945 auf dem Ettersberg bei Weimar als Arbeitslager betrieben. Insgesamt waren in diesem Zeitraum etwa 250.000 Menschen aus allen Ländern Europas im Konzentrationslager Buchenwald inhaftiert. Die Zahl der Todesopfer wird auf etwa 56.000 geschätzt, darunter 11.000 Juden. Während der Annäherung der 3. US-Armee übernahmen am 11. April 1945 die Häftlinge die Leitung des Lagers von der abziehenden SS; be-

reits seit dem 8. April hatten viele Häftlinge durch Boykott und Sabotage ihre „Evakuierung" verhindert und die US-Armee per Funk um Hilfe gerufen. Auf dem Gelände des ehemaligen Lagers ließ die Regierung der DDR 1958 die Nationale Mahn- und Gedenkstätte Buchenwald eröffnen.

Während der Zeit unseres Aufenthaltes in Weimar wohnten wir in einer Jugendherberge. Die Tage, die wir in Weimar und Umgebung verbrachten, waren kalt und regnerisch. Wir waren jeden Tag unterwegs auf den Spuren der Geschichte. Da ich kein gutes Schuhwerk besaß, hatte ich während des Aufenthaltes immer nasse und kalte Füße. Und ich hatte zuwenig Socken dabei. Das einzige paar Schuhe, welches ich dabei hatte, war nass und durchgeweicht. Die Socken konnte ich nicht so schnell trocknen, wie ich neue brauchte. In meiner Not öffnete ich den Koffer eines mitgereisten Lehrers und als ich sah, dass der Socken für ein halbes Jahr dabei hatte, entnahm ich mir ein Paar. Mir hat es geholfen, er hat es nicht bemerkt, trotzdem fühlte ich mich elend.

Am Tag nach der Jugendweihe wurden wir in der Schule mit Sie angesprochen. Ein Gefühl, dass man nun zu den Erwachsenen gehört.

Das Politbüro der Sozialistischen Einheitspartei Deutschlands (SED) beschließt am 14. März 1954

die Einführung der Jugendweihe. Durch die Jugendweihe werden die Jugendlichen am Ende des 8.
Schuljahres in die „Reihen der Erwachsenen aufge-

nommen". Den Kirchen soll so die Möglichkeit genommen werden, Jugendliche mittels Konfirmation oder Firmung für sich zu gewinnen. Die Jugendweihe entstand im 19. Jahrhundert als Ersatzritual für kirchliche Feiern und wurde von der Arbeiterbewegung übernommen. In der Sowjetischen Besatzungszone (SBZ) wird dieser Brauch 1946 wieder belebt und erhält in den 50er Jahren eine marxistisch-leninistische Ausrichtung. Im Mittelpunkt der Jugendweihe in der DDR steht ein öffentliches Gelöbnis. Die Jugendlichen müssen unter anderem versprechen, „als wahre Patrioten die feste Freundschaft mit der Sowjetunion weiter zu vertiefen, den Bruderbund mit den sozialistischen Ländern zu stärken, im Geiste des proletarischen Internationalismus zu kämpfen, den Frieden zu schützen und den Sozialismus gegen jeden imperialistischen Angriff zu verteidigen". Die Kirchen lehnen die Jugendweihe zunächst kategorisch ab. Weil sie jedoch eng mit dem schulischen Leben verknüpft ist, können sich die Jugendlichen ihr kaum entziehen. Verweigerer müssen mit Nachteilen rechnen. In den 70er und 80er Jahren hat sich die Jugendweihe als Familienfest etabliert. Regelmäßig nehmen nun ca. 97 Prozent der Jugendlichen, die zu diesem Anlass beschenkt werden, an den Feiern teil.

Irgendwann an einem sonnigen, schönen Sonntag im Mai fand für mich diese Jugendweihe statt. Die Vorbereitungen darauf liefen schon etwas länger.

Für diesen Tag brauchte man einen Anzug, Hemd, Krawatte, neue Schuhe. Meine Schwester Erika opferte sich, um einen Anzug zu beschaffen. Und sie war damals schon sehr kritisch, was das Material anbelangte. Sie prüfte genau, ob der Stoff von Qualität ist, ob er knittert oder minderwertig ist. Wir fanden für mich einen Anzug, was sehr schwierig war für meine Größe und Figur. Die Jugendweihe war ein Tag, der mit Ausgaben für meine Eltern verbunden war. Wie es üblich war, kamen zu diesem Fest die Verwandten und Bekannten. Viele Familien feierten dieses Ereignis mit ihren Angehörigen in einem Restaurant. Bei uns fand die Feier zu Hause statt. Ich habe eine gute Erinnerung an diesen Tag, wie ich schon erwähnte, war es sonnig und warm. Es lag ein Geruch von Freesien und Frühling in der Luftbei einem lauen Wind, der durchs offene Fenster in unser Wohnzimmer strömte. Die Jugendweihfeier fand im Saal des Hygiene Museums statt. Es war feierlich, aber eben kommunistisch. Und dann noch dieses aufgezwungene Gelöbnis. Wir wurden in Gruppen auf die Bühne gerufen und erhielten ein Buch mit dem Titel „Weltall - Erde - Mensch". Dann beglückwünschte uns der damalige Bürgermeister der Stadt Dresden, ein gewisser Herr Krolikowski, ein großer, sehr beleibter, ich will nicht sagen fetter Mann. Mir gab er mit auf den Weg, ich solle noch etwas wachsen. Anschließend fuhren wir wieder nach Hause und setzten uns zusammen für dieses Festmahl, dass meine Mutter bereitet hatte. Von allen

Verwandten und auch von verschiedenen Nachbarn bekam ich Glückwunschkarten und Geschenke, von den meisten in Form von Geld. Ich weiß nicht mehr, wieviel zusammen kam, aber ich glaube es waren drei bis vierhundert Mark. Ich weiß auch nicht mehr, was anschließend mit dem Geld passierte und wofür ich es verwendet habe. Das ist mir völlig entfallen. Ich kann mich nur erinnern, dass einige meiner männlichen Mitschüler an diesem Tag ein Moped geschenkt bekamen und das kostete damals 1200 Mark. Andere bekamen soviel Geld geschenkt, dass sie es sich letztendlich kaufen konnten. Meine Freunde Frank und Uwe bekamen zu ihrer Jugendweihe auch dieses Moped, Marke „Star". 50 ccm, 3,4 PS, Höchstgeschwindigkeit 60 km/h. Voraussetzung dafür, dieses Gefährt zu fahren, war natürlich eine Fahrerlaubnis. Aber diese war relativ schnell zu erwerben. Auch ich machte den Mopedschein. Zunächst die Theorie, die ich bestand. Da ich kein eigenes Moped hatte, musste ich die praktische Prüfung auf später verschieben.

Ich glaube, es war kurz nach meiner Jugendweihe, als ich erfuhr, meine älteste Schwester ist schwanger und ich werde Onkel. Das schlug ein wie eine Bombe und ich wusste, dass das ein richtiges Problem geben wird mit unserem Vater, zumal der Vater des Kindes ein Mann aus dem Westen war und nicht greifbar. Irgendwann konnte es meine Schwester nicht mehr verbergen, es zeichnete sich ab. Unser

Vater hat getobt und ist total ausgerastet. Er hat meine Schwester links liegen lassen, hat sie völlig ignoriert und über Monate kein Wort mit ihr gesprochen. Er hat sie alles geheißen - Hure, Schlampe, Dreckstück, das gesamte Repertoire gewöhnlichster Sprache. Ich jedoch freute mich auf das Kind und es war sehr spannend für mich. Auch die Veränderung einer Frau zu sehen, die ein Kind erwartet und austrägt. Das hatte ich so hautnah vorher nie gesehen. Das Kind sollte im September auf die Welt kommen. Meine Schwester war damals 20 Jahre.

Kurz vor Schuljahresende der achten Klasse ereilte uns eine weitere Hiobsbotschaft. Von meiner Schule erhielten wir ein Schreiben, dass ich ab dem nächsten Schuljahr in eine andere Schule versetzt werde. In die zweite Russischschule in Dresden nach Übigau, von uns aus 40 Minuten Straßenbahnfahrt. Ab der neunten Klasse sind einige meiner damaligen Mitschüler auf andere, weiterführende Schulen gegangen, sodass die Klassenstärke für eine Klasse zuviel und für zwei Klassen zu wenig gewesen wäre. Also hat man beschlossen, acht Schüler nach Übigau auszulagern, um dort, wo es zwei Klassen gab, diese aufzufüllen. Es gab enorme Proteste. Mein Vater und die Eltern der anderen Betroffenen sprachen in der Schule vor, wollten die Versetzung verhindern. Aber sie konnten sich nicht durchsetzen und so stand fest, wir mussten ab September anstatt zehn Minuten Schulweg, fast zwei Stunden in Kauf nehmen. Zunächst schob ich das ganz weit weg von mir. Ich konzentrierte mich voll und ganz auf die Gegenwart, auf den Sommer und die bevorstehenden Ferien. Meine Freunde Frank und Uwe hatten ihre Mopeds und dadurch waren sie beweglicher und oft unterwegs. Ich bin zwar ab und zu mitgefahren, doch es kamen Mädchen ins Spiel und da brauchten die Burschen den Sozius natürlich eher für die Freundin, als für den Freund. So haben wir uns weniger gesehen und getroffen. Da ich mich noch mit Malen und Fußballspielen beschäftigte, war ich seit dieser Zeit fast täglich mit Frithjof zusammen. Bei ihm zu Hause war immer etwas los. Seine Mutter, meine ehemalige Kindergartentante, war auch Schneiderin. Sie nähte für verschiedene Leute. Sie hat meinen Jugendweihanzug passend gemacht. Wenn ich zum Frithjof kam, gab es Kaffee. Und das hat mir natürlich gefallen, war ich doch schon in frühester Jugend ein Liebhaber dieses Getränks. Seine Schwester hatte oft Besuch von Freundinnen und da waren einige dabei, die mir richtig gut gefielen. Auch deshalb ging ich gern zu ihm. Allerdings waren die Mädchen alle älter als ich und somit hatte ich keine Chance auf eine Freundin aus diesem Kreis. Aber ich verstand mich recht gut mit den weiblichen Wesen.

Mittlerweile stand meine Schwester kurz vor der Entbindung. Sie war schon ziemlich dick. An einem Sonntag ordnete sie ihm Wohnzimmer die Babysachen. Ich konnte mir es nicht vorstellen, dass bald ein kleines menschliches Wesen bei uns wohnen wird. Wir unterhielten uns darüber, was es wohl werden wird. Es gab damals noch nicht die Möglichkeit, dass man das Geschlecht des Kindes schon vorher erfuhr. Also wurde es eine Überraschung. Ich jedenfalls wünschte mir einen Neffen. Meine Schwester richtete den Stubenwagen her, den sie von einer Bekannten bekommen hatte und ich half ihr dabei. Sie packte eine Tasche für das Krankenhaus und wartete auf den Tag der Entbindung.

Kapitel 12

Schulwechsel

Der 1. September 1971 fiel auf einen Mittwoch. Wir mussten jetzt jeden Tag mit der Straßenbahn in die Schule fahren. Ich traf mich mit Ronald und wir machten uns auf den Weg. Wir wussten überhaupt nicht, wo sich die Schule befand. Uns war nur bekannt, wir fahren bis zur Endhaltestelle der Linie 13 nach Übigau. Nachdem wir eine Weile durch die Straßen irrten und ein paar Leute gefragt hatten, erreichten wir nach einiger Zeit das Schulgebäude. Natürlich kamen wir viel zu spät. Wir meldeten uns im Sekretariat und ein Lehrer brachte uns in die Klasse. Wir stellten uns kurz vor und durften Platz nehmen. Der Lehrer, ein freundlicher und lustiger Mann, war Herr Langer. Er erzählte uns, dass er unser Klassenlehrer sein wird und auch der Mathematiklehrer. Und das er uns bis zum Ende der 10. Klasse begleiten wird und uns auch auf die Prüfungen vorbereiten wird. Im Gegensatz zu früher - wenn man in eine neue Klasse kam wurde man erst einmal durchgeprügelt - wurden wir von den neuen Mitschülern ganz gut aufgenommen. Wir unterhielten uns über Hobbys, über Fußball und über die Familie. Die ersten Tage im neuen Schuljahr waren immer sehr kurzweilig. Es gab viel zu tun. Das Wichtigste war der Stundenplan und der war gut ausgefüllt. Zweimal in der Woche hatten wir Nachmittagsunterricht und das bedeutete, dass wir an diesen Tagen erst am Abend zu Hause sind.

Die ersten Tage gingen noch ziemlich locker. Somit konnte ich nachmittags auch meiner Lieblingsbeschäftigung, Fußball, nachgehen. Wie so oft, waren wir in unserer Häuserlücke zum Spielen. Es war Sonnabend der 4. September. Meine schwangere Schwester war seit Freitag im Krankenhaus. Es ging schon auf den Abend zu, als meine mittlere Schwester kam und mich rief. Sie überbrachte mir die Nachricht, dass meine Schwester entbunden hat, einen Sohn. Das kleine Wesen bekam den Namen Dirk. Die Geburt war nicht einfach und nicht ganz normal, aber Mutter und Kind wohlauf. Nun war ich also Onkel. Darüber habe ich mich gefreut, vor allem auch, dass es ein Junge war. Bis ich das Baby das erste Mal sehen konnte, sollten noch ein paar Tage vergehen.

In der neuen Schule kamen wir überhaupt nicht mit. Keiner kam mit von denen, die von der Neustadt in die Schule nach Übigau gewechselt sind. Wir hatten starke Defizite in Mathematik, Chemie und Physik. Genau die Fächer, wo wir in der alten Schule diesen Herrn B. hatten, bei dem wir nichts gelernt haben. Heute weiß ich, dass es nicht an diesem Lehrer lag, sondern an uns selbst. Es stand uns ja frei, dem Unterricht zu folgen, oder allen anderen Dingen nachzugehen. Und das hat der Herr B. damals schon immer betont. Nur fanden wir es toll, dass wir bei ihm nicht zuhören mussten und eigentlich machen konnten was wir wollten. Unser neuer Lehrer Herr Langner, hat seinen Stoff durchgezogen. Wir schrieben alle ganz schlechte Arbeiten, erhielten Noten zwischen vier und fünf. Und wir begriffen keine Zusammenhänge. Herr Langner merkte das natürlich, dass uns einiges fehlt. Er nahm uns alle zusammen und wir sprachen über das Problem. Er redete sehr eindringlich auf uns ein und ermahnte uns, den Stoff schleunigst nachzuholen. Vor allem machte er uns auch den Ernst der Lage bewusst. Mussten wir uns doch mit dem Abschlusszeugnis der 9. Klasse für eine Lehrstelle bewerben. Uns fehlten schlicht und einfach die Grundlagen. Und so wie es aussah, mussten wir zwei Schuljahre nacharbeiten, ein sehr schwieriges Unterfangen, vor allem weil es auch für die anderen Fächer genügend zum Lernen gab.

Inzwischen war meine Schwester vom Krankenhaus daheim und nun hatten wir ein Baby in der Familie, ein sehr kleines, nettes Kind.

Unser Vater hat meine Schwester und das Kind völlig ignoriert. Er hat es noch nicht einmal angeschaut. Erst einige Wochen später habe ich ihn einmal ertappt, als er einen heimlichen Blick hinter den Vorhang des Stubenwagens ins Innere riskierte. Ich glaube, dass ihm dann irgendwie das Herz aufging. Er versuchte mit meiner Schwester wieder zu kommunizieren und mehr und mehr trat Normalität ein. Und plötzlich ging mein Vater nach der Arbeit nicht mehr zum Malern, sondern mit seinem Enkel spazieren. Das war rührend und ich empfand das als sehr schön. Der kleine Dirk wurde nun sein Ein und Alles und er kümmerte sich sehr viel um den Kleinen und verwöhnte ihn.

Es war jetzt so, dass ich mit meinem Vater viel gesprochen habe. Er hat mir Dinge erlaubt, die vorher kaum denkbar gewesen wären. Ich erzählte ihm, dass ich selbst Fußball spiele und das schon seit einiger Zeit, er hat es hingenommen, sagte mir nur, ich solle auf meine Knochen aufpassen. Fast alles, was ich wollte, hat er mir erlaubt. Er unterstützte mich bei meiner Malerei, kaufte mir Farben.

Wir redeten viel. Ich durfte zum Frithjof gehen, um die Europacup-Spiele im Fernsehen anzuschauen. Bevor er mir das erlaubte, habe ich wiederum den gleichen Weg genommen wie meine Schwestern. Ich bin, nachdem ich mich für die Nacht verabschiedet hatte, aus dem Fenster gestiegen und nach der Übertragung zurückgekommen. Das hat er allerdings überhaupt nicht gemerkt. Meine Schwester Erika habe ich eingeweiht, ich schlief damals mit ihr zusammen in einem Zimmer, das andere belegte meine große Schwester mit meinem Neffen Dirk. Auch mit meiner Schwester hatte ich damals sehr intensive Gespräche, bevor wir einschliefen unterhielten wir uns über Träume und Wünsche, was wir vorhaben und uns für die Zukunft vorstellen.

Das Jahr 1971 neigte sich dem Ende. Zum Weihnachtsfest war die ganze Familie zusammen, meine beiden Schwestern, der kleine Dirk, unsere Mutter und wie jedes Jahr, unsere Tante Hildegard mit ihrem Mann, Onkel Walter. Irgendwann nach Weihnachten oder nach dem Jahreswechsel fand ein Gespräch zwischen meiner Schwester Erika und meinem Vater statt. Sie eröffnete ihm, dass sie ausziehen und zu ihrer damaligen Freundin Franziska ziehen wird. Ich glaube, mein Vater war nicht begeistert, aber er akzeptierte es. Und so kam es, dass meine Schwester ab Januar nur noch sporadisch zu Hause war.

Es war an einem kalten Tag Ende Januar, als sie

wieder bei uns war. Sie wollte noch ein paar persönliche Sachen holen. Sie unterhielt sich mit meiner ältesten Schwester, sagte ihr, sie kann dies und jenes von ihr haben, das wolle und brauche sie nicht mehr, sie nahm den kleinen Dirk aus dem Stubenwagen, drückte und küsste ihn und weinte dabei. Wir konnten uns nicht erklären, was mit ihr los war. Auch auf unsere Frage, warum sie weint, gab es keine Antwort. So verließ meine Schwester nach etwa zwei Stunden die Wohnung. Etwa drei bis vier Tage später begegnete ich ihr auf der Louisenstraße. Erika winkte mir zu und grüßte mich. Ich wusste zu diesem Zeitpunkt nicht, dass es für viele Jahre unsere letzte Begegnung sein würde.

Es waren bestimmt zwei Wochen vergangen und jeder fragte jeden ,,Hast du Erika gesehen, etwas von ihr gehört?" Vor allem den Eltern merkte ich eine gewisse Unruhe an. Aber niemand wusste etwas, hat sie gesehen oder gesprochen.

Dann eines Tages, war ein Brief in unserer Post. Er war adressiert an die Familie und ich wusste, der Brief war von Erika, kannte ich doch ihre Handschrift. Der Brief wurde nicht geöffnet bis mein Vater von der Arbeit kam. Er machte die Post auf, das war bei uns so. Und so war es auch an diesem Tag. Wir waren schon alle sehr gespannt. Mein Vater öffnete den Brief und es vergingen gefühlte Stunden, bis er ihn, mit Tränen in den Augen, meiner Mutter weitergab. Niemand sagte etwas, meine Mutter fing auch an zu weinen und ich dachte, es muss etwas ganz, ganz schlimmes passiert sein, bis ich selbst das Blatt Papier meiner Schwester in den Händen halten konnte und ich zu lesen begann: „Wenn Ihr diesen Brief erhaltet, bin ich entweder in U-Haft oder drüben". Sie schilderte, dass es ihr egal ist was passiert, dass sie den Versuch unternimmt, in den Westen zu flüchten. Ich war sprach- und kopflos. Ich konnte es nicht begreifen, empfand aber gleichzeitig unendlichen Stolz und Hochachtung für meine Schwester und hatte eine wahnsinnige, innerliche Freude. Und ich war mir sicher, ihr ist nichts passiert, sie hat es geschafft. Plötzlich lagen wir uns alle in den Armen und weinten. Ich glaube mein Vater betete, dass alles gut gegangen ist. Schon wenige Stunden später klingelte es an unserer Wohnungstür. Unser ABV (Abschnittsbevollmächtigter der Volkspolizei) stand vor der Tür, der Kretzschmar, wie er hiess und wie wir ihn auch nannten. „Herr Sünder, ich muss mit ihnen sprechen". Mein Vater ließ ihn rein und der Kretzschmar redete irgendwelchen Scheiß. Seine letzten Worte waren: „Verlassen Sie sich drauf, Herr Sünder, wir bringen Ihre Tochter wieder" Ich dachte mir in diesem Moment, einen Scheißdreck werdet IHR. Ich hatte das Gefühl, meine Schwester ist im Westen.

Die Tage später klingelten immer wieder Männer an unserer Tür, die mit meinem Vater sprechen wollten. Einmal wurde er auch abgeholt und er wurde bestellt, um Aussagen zu machen. Sie wollten ihm eine gewisse Schuld zusprechen. Mein Vater allerdings betonte immer wieder, wenn es um Schuld geht, dann ist es der Staat, der Schuld hat, denn der hat die jungen Leute mit 18 mündig gemacht und nicht er. Wiederum ein paar Tage später waren wir uns sicher, dass es meine Schwester geschafft hatte. Die Behörden hatten zumindest keine Anhaltspunkte und sie nicht in ihren Klauen. Im ersten Moment war es ganz schwer, mit niemandem darüber sprechen zu können. Erst nach einigen Tagen habe ich mich meinem Freund Ronald anvertraut und der fand es aufregend.

Die Ungewissheit, wo meine Schwester ist, was sie macht, wie es ihr geht, hat unsere Familie umhergetrieben. Meine Mutter weinte viel. Mein Vater war sehr stolz auf seine Tochter aber auch traurig, sollte er sie doch niemals wiedersehen. Irgendwann erfuhren wir, dass es Erika gutgeht, sie in der Nähe von Nürnberg ist und eine Arbeit gefunden hat. Über die Umstände Ihrer Flucht wussten wir nichts. Sie schrieb Briefe und mein Vater beantwortete diese. Der Briefwechsel war regelmäßig. Mittlerweile wussten auch die Menschen in der Nachbarschaft von der Flucht meiner Schwester und viele sprachen, wenn auch hinter vorgehaltener Hand, ihre Hochachtung aus.

Den Brief, den meine Schwester uns geschickt hatte, sie ist entweder in U-Haft oder drüben, habe ich fortan bei mir getragen. Ich habe ihn meinen Freunden gezeigt. Er war schon sehr abgegriffen und teilweise zerrissen, ich habe ihn geklebt und immer in meinem Geldbeutel mitgeführt.

Das Schlimme an der Situation war, dass es weitergehen musste, die alltäglichen Aufgaben, das Familienleben, für mich in erster Linie die Schule.

In der Schule wurde es nicht besser. Es gab Gespräche zwischen Eltern und Lehrern. Mit uns musste etwas grundlegendes passieren, damit wir das Klassenziel erreichen. Herr Langner schlug vor, Lerngruppen zu bilden. Das taten wir. Er bot uns an, am Sonnabend Nachmittag zu ihm zu kommen, er würde uns Nachhilfe geben. Auch das nahmen wir an. Es war sehr selbstlos von unserem Lehrer und das habe ich ihm nie vergessen.

Dennoch, auf dem Halbjahreszeugnis der neunten Klasse hatte ich in Mathematik und Chemie eine fünf - versetzungsgefährdet. Ich war frustriert, ich hatte Angst nach Hause zu gehen. Noch in der Schule kam mir der Gedanke, ich gehe jetzt die Treppen rauf bis ins oberste Stockwerk und stürze mich den Lichtschacht hinunter. Ich bin froh, dass ich es nicht getan habe. Wir gingen sonnabends regelmäßig zu unserem Klassenlehrer, in den Winterferien fast

täglich in die Schule, um Nachhilfestunden zu nehmen. Und es hat sich ausgezahlt. Ich erkannte die
Zusammenhänge, beherrschte die Grundrechenar-
ten, habe mir all das erarbeitet, was mir abging und
wurde immer besser. Auch in den anderen Fächern
ging es wieder aufwärts.

Außerdem war es an der Zeit, sich Gedanken zu
machen, welchen Beruf ich erlerne. Schon seit der
dritten Klasse wollte ich Elektromechaniker werden.
Ich habe gern irgendwelche Schaltkreise gebaut
mit Lichtern, Schaltern und Tasten. Auch durch das
Verkabeln der elektrischen Eisenbahn beim Uwe
habe ich darüber einiges gelernt. Im UTP-Unterricht
(Unterrichtstag in der sozialistischen Produktion)
konnte ich im Transformatoren und Röntgenwerk
in Dresden viele Erfahrungen sammeln. Wir haben
dort unter Anleitung Schaltschränke verkabelt und
das hat mir Spaß gemacht. Aber ich kam davon immer mehr ab, weil ich mehr Freude an der Arbeit
mit Farbe und Pinsel hatte. Noch war etwas Zeit. Die
Bewerbungen begannen im September.

Durch den Briefwechsel mit meiner Schwester wussten wir nun, dass sie in Neumarkt in der Oberpfalz
ist, dort in einem Café arbeitet, 12 bis 14 Stunden
am Tag und am Freitag frei hatte, wo sie sich um
ihre privaten Dinge kümmern konnte, wie Wäsche
waschen, Behördengänge erledigen, einkaufen.
Und das tat sie in erster Linie für uns. Sie arbeitete

viel, von dem was sie verdiente, kaufte sie für uns ein, für die Familie, für unseren Vater, die Mutter, die Schwester, für ihren kleinen Neffen und für mich. Und nun bekamen wir fast jeden Monat ein Paket aus dem Westen, mit guten Sachen, Kaffee für die Eltern, aber auch Sachen zum Anziehen, neue Sachen. Und die Freude darüber war jedesmal riesig. Und in jedem Paket das bei uns ankam, bedachte meine Schwester jeden mit einer Kleinigkeit.

Ich vermisste meine Schwester sehr. Wenn sie uns schrieb, habe ich ihre Briefe wieder und wieder gelesen. Manchmal war ich sehr traurig und habe für mich geweint und ich beneidete sie.

Ich war jetzt viel mit Frithjof unterwegs. Außer zum Fußball gingen wir auch weg, zum Tanzen, Musik hören, oder wir liefen mit einem kleinen Kassettenrecorder einfach nur so durch die Gegend. Dabei unterhielten wir uns über die Zukunft, was wir wohl mal beruflich machen werden, über Vorstellungen von Freundinnen und viele andere Dinge. Nach der Schule und nach dem Erledigen der Hausaufgaben verbrachte ich meine Zeit bei und mit ihm. Seine Mutter war eine sehr nette Frau und bei ihr war immer etwas los. Ständig waren Leute da, die etwas genäht oder geändert haben wollten und wir saßen oft dabei, haben Kaffee getrunken und wurden ganz gleichwertig behandelt. Ich hatte auch einen ganz guten Kontakt zu Frithjofs Schwester Anne. Sie war zwei Jahre älter als ich und damals schon in der Lehre. Anne hat mich sehr liebevoll behandelt und sie gab mir einen Kosenamen. Sie nannte mich Borstel. Ich glaube, das lag daran, weil ich sehr festes Haar hatte. Da griff sie gern hinein und so kam es zu diesem Spitznamen. Aber da war irgendwie noch etwas anderes.

Ich glaube, ich hatte mich in sie verliebt und habe sie wahrscheinlich mit meiner naiven Art beeindruckt. Immer öfter kam es dazu, das wir uns gegenseitig berührten und ich erinnere mich an einen sehr schönen, warmen Tag im Frühling `72, als ich gerade mit Frithjof zum Fußball gehen wollte. Sie hatte mir einen Kaffee ausgeschenkt und wir standen in der Küche. Sie sagte etwas nettes zu mir und ich stand dicht vor ihr. Irgend etwas hat mich übermannt, ich legte meine Arme um sie und dann waren wir uns so nah und wir sahen uns in die Augen und plötzlich berührten meine Lippen die ihrigen und sie öffnete ihren Mund und ich tat das gleiche und ich spürte ihre Zunge. Das erste Mal hatte ich richtig geküsst und ich war total verlegen. Aber sie verstand es, mir diese Verlegenheit zu nehmen. Plötzlich kam ein Gefühl in mir auf, wie ich es bis dahin noch nie erlebt hatte. Ich hätte Bäume ausreißen und die Welt einreißen können.

Danach ging ich mit Frithjof zum Fußball, ich hatte Schmetterlinge im Bauch und mir gelang alles.

Kein Ball ging verloren. Ich hatte eine unglaubliche Sicherheit, jede Aktion war perfekt. Ich spürte einen unheimlichen Auftrieb und ich denke, an diesem Tag bin ich um einiges gewachsen. Trotzdem war mir vor der nächsten Begegnung mit Anne etwas mulmig.

Ich war schüchtern und verlegen und es war mir peinlich, was da passiert war. Anne nahm das gelassen. Vielleicht auch ihre Erfahrung? Sie nahm mich an den Händen und zog mich in ihr Zimmer, hell möbliert mit einer roten Couch und sie nahm mir meine Schüchternheit.

Nun zog es mich noch mehr zu meinem Freund Frithjof und natürlich zu seiner Schwester. Irgendwann war ich immer öfter in ihrem Zimmer. Sie lag auf ihrer Couch und erledigte ihre Schulaufgaben oder sie löste Kreuzworträtsel und ich leistete ihr Gesellschaft und meinen Beitrag. Niemand störte uns. Oft lagen wir nebeneinander, sie strich mir durchs Haar, wir schauten uns an und flüsterten uns zu. So verliefen viele Abende, ohne das etwas passierte.

Tatsächlich schaffte ich es, meine Zensuren so zu verbessern, dass ich ein Zeugnis bekam, mit dem ich mich bewerben konnte. Dank der Unterstützung von Herrn Langer und meines Ehrgeizes hatte ich im Schlusszeugnis der 9. Klasse eine zwei in Mathe und auch in Chemie und Physik schaffte ich es auf eine drei.

Das war harte Arbeit und ich verspürte einen gewissen Stolz, es geschafft zu haben. Dennoch war ich mir noch nicht schlüssig, was mein Beruf werden sollte. Es gab damals Broschüren in denen stand, welche Berufe es gibt und wieviele Lehrstellen frei sind und welche Voraussetzungen man mitbringen muss. Ich wollte Steinmetz werden. Für diesen Beruf gab es damals in Dresden für meinen Jahrgang drei Lehrplätze.

Aber ich hatte noch etwas Zeit, die Bewerbungen wurden in der letzten Septemberwoche verschickt und die Ferien lagen vor mir, wo ich meine Ziele noch konkretisieren konnte.

Die Sommerferien verbrachte ich daheim. Frank und Uwe hatten ihre Mopeds und sie waren unterwegs und fuhren zum Zelten und zum Baden. Ich war beim Frithjof oder bei seiner Schwester Anne. Ich fuhr mit meinem Fahrrad in die Natur, um zu malen. Einmal startete ich morgens um 4 Uhr nach Moritzburg, im Gepäck meine selbstgebaute Staffelei und meine Farben und Pinsel und ich malte das Schloß Moritzburg. Daheim vollendete ich das Bild. Das hat meinem Vater außerordentlich gefallen und er fragte mich, ob ich das nicht seinem Bruder, meinem Onkel Werner, schenken möchte. Das war für mich eine Herausforderung. Ich stellte das Bild fertig, mein Vater ließ es rahmen und dann bekam es mein Onkel. Es war auch die Zeit, wo ich erste

Auftragsbilder malte, die Fischerbastei in Budapest, einen bulgarischen Bauernhof mit Tanzbären, für einen wohlhabenden Mann, ein Illusionskünstler, der in Varietés auftrat. 300 Mark pro Bild habe ich bekommen. Und ich malte Illustrationen, kleine Bilder, Bleistiftzeichnungen, für die ich gutes Geld bekam. In diesem Sommer an einem Sonnabend unternahm ich mit meinem Vater eine Radtour. Das war für mich etwas ganz Besonderes, hatte er doch früher und vorher relativ wenig Zeit für mich. Wir fuhren nach Stolpen, besichtigten die Burg und dann sagte er, wir können doch auch Werner, seinen Bruder besuchen. Und so fuhren wir von Stolpen nach Neukirch. Die Freude war groß, als wir völlig unverhofft bei meinem Onkel ankamen. Wir haben zusammen Kaffee getrunken und den Nachmittag verbracht, dann haben wir die Heimfahrt in Angriff genommen, obwohl ich gern über Nacht bei meinem Onkel und der Tante geblieben wäre. An diesem Tag sind wir über 100 Kilometer mit dem Fahrrad gefahren, mein Vater war damals schon 59 Jahre. Und er fuhr auf einem alten, klapprigen Rad ohne Gangschaltung. Unterwegs haben wir uns Ziele vorgegeben und Sprints gemacht. Das erste Mal war ich schneller und eher am vereinbarten Zielpunkt. Das zweite und dritte Mal wäre ich auch schneller gewesen als mein Vater, ich habe ihn gewinnen lassen. Ich war jung, hab das locker weggesteckt, mein Vater war ehrgeizig und hat sich sehr verausgabt, und ich wollte nicht, dass er sich unterlegen vorkommt.

Es war ein sehr schöner Sommer 1972, zumindest der Juli war heiß und nach meinem Geschmack, liebe ich doch heiße Temperaturen. Es gab auch ein paar geschichtliche Ereignisse in diesem Jahr:

14.08. eine Iljuschin IL-62 (DM-SEA) der DDR-Fluggesellschaft Interflug stürzt nach dem Start vom Flughafen Schönefeld über Königs-Wusterhausen ab. Alle 148 Passagiere und die acht Besatzungsmitglieder kommen ums Leben.

26.08. Die erste Farbsendung im 1. Programm des Deutschen Fernsehfunks (DDR) wird ausgestrahlt.

26.08.-11.09. Die Olympischen Sommerspiele 1972 (offiziell Spiele der XX. Olympiade genannt) wurden vom 26. August bis zum 11. September 1972 in München, Kiel und Augsburg ausgetragen. Die meisten Wettkämpfe fanden auf dem Olympiagelände München statt, mit dem Olympiastadion als zentraler Arena. Mit 122 teilnehmenden Mannschaften und mehr als 7.000 Athleten stellten die Spiele von München einen neuen Teilnehmerrekord auf. Überschattet wurden die Spiele durch die Geiselnahme und Ermordung israelischer Athleten, die Spiele wurden anschließend nach einem Trauertag trotzdem fortgesetzt.

Der herausragende Sportler der Spiele war der US-amerikanische Schwimmer Mark Spitz, der sieben

Goldmedaillen gewann. Die Kunstturnerin Karin Janz aus der Deutschen Demokratischen Republik war mit zwei Gold-, zwei Silber- und einer Bronzemedaille die erfolgreichste deutsche Athletin.

Olympische Spiele in Deutschland, was für ein Ereignis, nur leider im für uns nicht zugänglichen Teil. Einige Wettkämpfe konnte ich mir im Fernsehen ansehen und ich sah das gigantische Stadion in München, Teile der Stadt, ebenso Augsburg und Kiel. In dieser Zeit wurde mir richtig bewusst, wie eingesperrt wir sind. Als meine Schwester dann noch eine Ansichtskarte vom Münchner Olympiastadion schickte und die Eintrittskarte vom Fußballendspiel des Olympischen Turniers, dem sie beiwohnte, wurde meine Sehnsucht, diese Stätten zu besuchen, noch größer. Auch diese Eintrittskarte gab ich nicht mehr aus der Hand. Sie kam zum Brief meiner Schwester, den ich schon monatelang im Geldbeutel mit mir herumtrug.

Der September hatte begonnen. Das letzte, zehnte Schuljahr war angebrochen. In diesem Herbst musste ich mich auf die Suche nach einer Lehrstelle machen. Ich musste mich bewerben. Mein Berufswunsch nahm allmählich konkretere Formen an. Zuerst wollte ich mich als Steinmetz bewerben. Da es aber nur diese drei Lehrstellen gab und das Bewerbungszeugnis nicht so gut war, verwarf ich den Gedanken. Mein Ziel war es nun einen grafischen

Beruf zu erlernen, um nach der Ausbildung Malerei und Grafik zu studieren. Also schrieb ich meine Bewerbung und ich wurde auf Anhieb zu einem Einstellungsgespräch eingeladen, wurde angenommen.

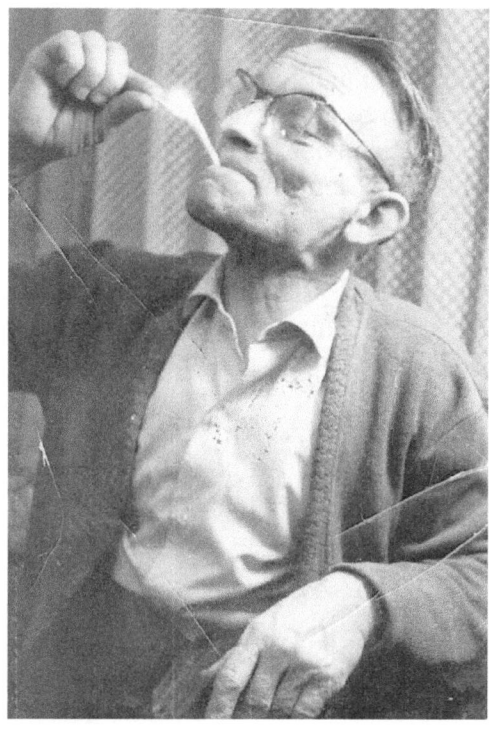

Ich erhielt einen Vertrag und einen Termin, um mit einem Elternteil zur Unterzeichnung des Lehrvertrages zu kommen. Ich war sehr froh, dass die Bewerbung so komplikationslos verlief.

An einem Nachmittag im Oktober traf ich mich mit meinem Vater vor der künftigen Berufsschule, wir unterschrieben den Vertrag und meine Lehrzeit konnte am 1. September 1973 beginnen. Nun musste ich nur noch den Abschluss der zehnten Klasse schaffen und dann stand meiner Ausbildung nichts mehr im Wege. Die Abschlußprüfungen begannen mit der schriftlichen Russischprüfung Ende Januar und setzte sich fort im Mai mit den schriftlichen und mündlichen Prüfungen. Ich glaube, mein Vater war sehr glücklich zu wissen, dass auch der Weg seines dritten Kindes geebnet war und er eine Sorge weniger hatte.

In diesem Herbst bekam meine große Schwester eine kleine Wohnung in der Nähe vom Wilden Mann, ein Dresdner Stadtteil. Es fiel meinem Vater schwer, dass nun auch seine zweite Tochter auszog, vor allem, dass sein kleiner Sonnenschein nun nicht mehr zu seinem täglichen Leben gehörte. So oft es ging, war mein kleiner Neffe allerdings bei uns und mein Vater nahm sich viel Zeit für ihn.

Weihnachten stand vor der Tür und kurz vor dem Fest bekamen wir von meiner Schwester aus Neumarkt ein großes Paket. Darin waren für jeden von uns tolle Geschenke. Als mein Vater das Paket aufpackte und die Sachen sah, die seine Tochter ihm geschickt hatte, fing er an zu weinen. Das hatte ich bei meinem Vater bisher sehr selten gesehen, das letzte Mal, als er von der Flucht meiner Schwester erfuhr. Überhaupt war er jetzt irgendwie viel weicher, vielleicht auch bedingt durch seinen Enkel, oder durch den Verlust seiner Töchter.

Das Weihnachtsfest 1972 ist mir als eines der harmonischsten und schönsten Weihnachten in unserer Familie sehr fest im Gedächtnis hängengeblieben, vielleicht auch, weil es das letzte Weihnachten meines Vaters sein sollte. Für seinen kleinen Enkel hatte er vom Enkel seines Bruders der schon größer war, einen Schaukelhund besorgt, der dann unterm Christbaum stand. Die leuchtenden Kinderaugen haben ihn total beeindruckt und ich sah meinen Vater binnen kurzer Zeit zum zweiten Mal weinen.

Kapitel 13

Jahr der Veränderung - 1973

Das Jahr 1973 begann unspektakulär, ganz normaler Jahreswechsel. Und am 2. Januar begann die Schule. Wir bereiteten uns auf die schriftliche Russischprüfung vor und bekamen für das Fach Astronomie eine Jahresarbeit auferlegt. Mein Thema war der rote Planet, der Mars. Dazu trug ich sehr viel Material zusammen, aus Fachbüchern der Sächsischen Landesbibliothek. Mich faszinierte das Universum und die Aufgabenstellung, Recherchen über den Mars anzustellen und in einer Abhandlung wiederzugeben. Mein Vater stand mir mit Rat und Tat zur Seite, hatte er doch ein sehr großes Allgemeinwissen. So saßen wir auch am 13. Januar, ein Sonnabend, zusammen. Wir unterhielten uns; kamen immer wieder vom Thema ab und wieder darauf zu. WIr sprachen über die Zukunft, meine Lehre, über meine Schwester in Neumarkt - mein Vater schrieb an diesem Abend einen Brief an sie - und wir redeten über die Zukunft und Gott und die Welt, die politische Lage, den Vietnamkrieg und vieles mehr. Es war gegen 22 Uhr, als ich eine gute Nacht wünschte und ins Bett ging. Ich war sehr aufgewühlt an diesem Abend und konnte zunächst keinen Schlaf finden. Aber ich schlief doch irgendwann ein. Kurz, denn plötzlich stand mein Vater vor meinem Bett rief mich beim Namen und wiederrum weinte er und sagte er hat so wahnsinnige Schmerzen in der Brust und ich solle einen Arzt holen. In Panik schoss ich auf, über meinen Schlafanzug zog ich eine Hose. Ich weckte meine Mutter. Da sie zum schlafen ihr Hörgerät aus dem Ohr nahm, wusste sie überhaupt nicht, was los war. Mein Vater war total durchgeschwitzt und er sagte zu meiner Mutter, er wolle frische Wäsche. Er schrie es ihr entgegen, ich verlor keine Zeit, zog mir noch eine Jacke über und verließ die Wohnung. Ich überlegte, wo die nächste

Telefonzelle war und rannte wie ich nur konnte. Die erste Telefonzelle erreichte ich auf der Louisenstraße, Ecke Rothenburger Straße. Ich wählte den Notruf, nichts ging. Ich versuchte es wieder und wieder - ohne Erfolg. Vor der Telefonzelle hielt ein Polizeiauto, ich sprang auf die Polizisten zu und erklärte die Situation. Sie nahmen mich mit und fuhren mich zu einer anderen Telefonzelle und diese funktionierte. Von der Notrufzentrale wurde ich mit einem Bereitschaftsdienst verbunden. Ein Herr fragte mich verschiedene Sachen ab, über Beschwerden, Alter und Geschlecht der Person, für mich Dinge, die nicht relevant waren. Und er sagte, er schickt einen Arzt. Die Polizisten fuhren mich nach dem Telefonat mit dem Streifenwagen zurück nach Hause.

Mein Leben lang habe ich mich gefragt, warum waren die Menschen so ignorant und haben die Gefahr nicht erkannt. Warum haben die Polizisten nicht einen Notruf abgesetzt. Die waren damals schon mit Funkgeräten ausgestattet. Hätten sie schneller gehandelt, hätte man vielleicht noch helfen können.

Ich kam zurück, mein Vater lag im Wohnzimmer auf der Couch und er atmete noch einmal aus und es war vorbei. Ich hielt ihn in meinen Armen umschlungen, rief immer wieder, doch es war vorbei. Erst dachte ich noch an eine Ohnmacht. Nach 45 Minuten erschien ein älterer Mann, ein Arzt, der in einem zivilen Fahrzeug gebracht wurde. Er betrat die Wohnung, sagte zu mir, ich solle mehr Licht einschalten, sah auf meinen Vater auf der Couch, stammelte herzliches Beileid, setzte sich unaufgefordert an den Tisch und begann, den Totenschein auszufüllen. Mein Vater war tot, gestorben, einfach so, von einer Minute auf die andere. Er lag da, die Augen offen, den Mund offen, der Kopf nach hinten gestreckt. Ein schrecklicher Anblick. Ohne das der Arzt ihn berührt hat, verließ er unsere Wohnung. Meine Mutter war verzweifelt, ich konnte es nicht realisieren, ich schrie und weinte und nahm meine Mutter in die Arme. Wir waren ganz allein in unserem Schmerz. In dieser Nacht war Dirk bei uns, mein Neffe. Ich ging in das Zimmer, in dem er schlief. Er hatte von all dem was in dieser Nacht passierte nichts mitbekommen. Er schlief ganz friedlich und ruhig.

Irgendwie hatte ich mich gefasst. Ich sagte meiner Mutter, sie solle Kaffee kochen. Ich löschte das Licht im Wohnzimmer wo mein Vater lag und setzte mich zu meiner Mutter in die Küche, wo inzwischen der Kaffee durchgelaufen war. Ich sagte zu ihr, sie solle auf das Kind aufpassen und ich fahre zur Wohnung meiner Schwester, um sie zu informieren. Wir tranken Kaffee und danach machte ich mich auf den Weg. Es war 3 Uhr morgens, die Straßenbahn fuhr erst wieder ab Vier. Also lief ich los, irgendwann stand ich bei meiner Schwester vor der Tür, die Haustür war verschlossen, eine Außenklingel gab es nicht. Ich warf Steine an ihr Fenster, bis sie mich bemerkte. Ich erzählte ihr, was passiert war und wir fuhren zusammen zurück zu unserer Mutter.

Wir waren alle fassungslos. Wir informierten unsere Verwandtschaft. Meiner Schwester in Neumarkt schickten wir ein Telegramm. Die Schwester meiner Mutter, Tante Hildegard, kam am Mittag des 14. Januar. Sie ging in das Zimmer, wo mein Vater lag und sie schloss ihm die Augen und band ihm ein Tuch um den Kopf, um den Mund zu schließen. Wir waren vorher noch nie mit dem Tod konfrontiert und wussten nicht damit umzugehen, wie man sich in solch einer Situation verhält, aber der Arzt hätte es wissen müssen.

Ich konnte es überhaupt nicht realisieren, was passiert war. Ich hatte keinen Vater mehr, wir waren auf uns allein gestellt. Er war der Versorger der Familie, unsere Mutter ging, bedingt durch ihre Behinderung nur stundenweise arbeiten. Nun mussten wir uns Gedanken machen, wie wir unseren Lebensunterhalt zukünftig bestreiten können. Es gab keine Rücklagen. Unser Vater hatte knapp 500 Mark angespart, die in seinem Schreibtisch lagen. Das war alles. Er starb am 14. Januar 1973, früh kurz nach ein Uhr. Der 14. Januar ist auch der Geburtstag meiner damaligen Liebe Anne. Und ich ging zu ihr am Mittag, liess mich in ihre Arme fallen und weinte hemmungslos, nachdem ich ihr die Geschichte erzählt hatte.

An einem der nächsten Abende klingelte es an unserer Wohnungstür und unser Nachbar, der Bäcker Johne, sagte zu mir eine Frau wünscht mich am Telefon zu sprechen. Also ging ich mit und er gab mir den Hörer in die Hand. Am Telefon war meine Schwester aus Neumarkt. Es war das erste Mal seit einem Jahr, dass ich ihre Stimme hörte. Sie klang ganz anders. Den sächsischen Dialekt hatte sie abgelegt, sie sprach ein sauberes, reines Hochdeutsch. Das beeindruckte mich. Sie konnte der Beerdigung ihres Vaters nicht beiwohnen, sie wäre sofort eingesperrt worden.

Es begann eine sehr schwere Zeit. Ich war zunächst nicht in der Lage, die Schule zu besuchen. Wir beerdigten unseren Vater am 19. Januar 1973. Er wurde aufgebahrt und wir konnten Abschied nehmen. Mir ging es schlecht, aber schlechter ging es meiner älteren Schwester. Ich dachte, sie bricht am Sarg unseres Vaters zusammen. Meine ganze Konzentration brachte ich auf, um ihr eine Stütze zu sein und sie zu beruhigen. Mein Schmerz war in diesem Moment verflogen, war es mir doch am wichtigsten, meine Mutter und meine Schwester am durchdrehen zu hindern. Ich hatte in diesem Moment keine Zeit für Trauer, ich konnte auch am Grab meines Vaters nicht weinen, richtete ich doch mein ganzes Augenmerk auf die verbliebene Familie. Bis heute weiß ich nicht, woher ich die Kraft nahm, aber ich hatte sie. Meine Trauer begann sehr viel später und ich wurde krank. Ich war nicht mehr fähig zu essen. Ich hatte Panikattacken. Ich hatte das Gefühl, mein Herz hört auf zu schlagen. Ich konnte nicht allein sein. Ich hatte unheimliche Angst. Hinzu kamen Magenprobleme, Schmerzen, die ich nicht einordnen konnte. Aber so hart es war, das Leben musste weitergehen. Ich schrieb die schriftliche Russischprüfung Ende Januar erfolgreich.

Die Kunsthochschule hatte ich im November beendet, hin und wieder malte ich und ich hatte damals ein großes Bild auf der Staffelei mit einer Dresdner Stadtansicht bei Nacht. Ich kam niemals dazu, dieses Bild zu vollenden. Jedesmal wenn ich davor stand, um weiter zu malen, ging es mir schlecht. So stellte ich die Malerei nach dem Tod meines Vaters komplett ein.

Zum Glück kamen die Winterferien, aber die Ereignisse holten mich wieder ein. Mein Vater hatte noch verschiedene offene Baustellen. Also ging ich zu seinen Kunden und vollendete seine angefangenen Arbeiten. Malern, tapezieren, Türen streichen. Obwohl ich keine Ahnung hatte, konnte ich das zur Zufriedenheit der Leute erledigen und es wurde bezahlt. Ich schrieb die Rechnungen und bekam das Geld, das ich meiner Mutter gab.

Von nun an überschlugen sich die Ereignisse. In den Winterferien machte ich die praktische Mopedprüfung. Es war mein Ziel, in naher Zukunft ein Moped zu haben. Ich hatte den Termin für die Prüfung an einem Sonnabend und Uwe wollte mit mir dorthin fahren und mir für die Prüfungsfahrt sein Moped zur Verfügung stellen. Aber kurz vorher sagte er ab. Ich weiß nicht mehr die Gründe, doch war ich sehr frustriert. Bis es wieder einen Termin gab konnten Wochen vergehen. Ich hatte mich damit schon abgefunden, als plötzlich am Sonnabend ganz früh Frank bei uns klingelte. Er sagte zu mir: „Hee, Erhardl, is ni heude deine Brifung? Da miss mo abor los, isch fardsch hin, kannsd mid meim Mobed di Brifung fahrn." Ich war von den Socken. Das hätte ich nicht erwartet. Also fuhren wir hin. Frank gab mir sein Moped und ich drehte die Prüfungsrunden. Als ich ihn fragte, was er dafür bekommt, antwortete er mir: „Du schbinnsd wou, da reed mor ni driber, mir kenn danach nochng Kaffee drinkng in dor Berle und dann is gudd." In der Woche darauf erhielt ich meine Fahrerlaubnis. Ich war Frank so dankbar und fand das so selbstlos von ihm. Das wollte ich ihm mein Leben lang nicht vergessen. Frank vermittelte mir auch Arbeit für die Wochenenden. Ich musste Geld verdienen, zum einen, um unsere Mutter zu unterstützen, zum anderen, um mir meinen Traum von einem eigenen Moped zu erfüllen. Und ich brauchte Taschengeld. Ich nahm jede Arbeit an. Wir halfen bei einem gemeinsamen Bekannten Betonplatten gießen. Ich arbeitete auf Baustellen, grub Kabelschächte, fuhr Schubkarren, stach Grasnaben ab. Keine Arbeit war zu schwer, obwohl ich manchmal noch gar nicht die Kraft hatte und die Schubkarre eher mich steuerte, als umgekehrt. Sonntag früh hatten wir meistens unser Punktspiel im Fußball, danach fuhr ich heim zum Essen, um anschließend wieder weiter zu arbeiten. Auf den meisten Baustellen bekam ich fünf Mark in der Stunde, das verdiente kein normaler Arbeiter in einem Betrieb. Das war also für die damalige Zeit richtig gutes Geld. Aber dafür musste ich den Preis zahlen. Ich hatte solche Schwielen an den Händen, dass ich oftmals am Montag in der Schule den Stift nicht in den Händen halten konnte und der ganze Körper schmerzte. Dennoch zog ich es durch, allerdings kam ich kaum zum Sparen für das Moped. Das meiste, was ich verdiente, gab ich meiner Mutter. Schließlich mussten wir zu Essen haben und die Miete, Strom und Heizung musste bezahlt werden. Eine Zeit lang fuhr ich abends von 18 bis 22 Uhr mit einem Moped der Deutschen Post Telegramme aus, bei jedem Wetter. Zweimal in der Woche fuhr ich ins Training. Hausaufgaben machte ich so gut wie keine mehr. Für die Schule habe ich nachts im Bett gelernt, das Nötigste. Aber es standen die Abschlussprüfungen der 10. Klasse an, schriftliche Prüfungen in Deutsch, Englisch, Mathematik, Physik und Chemie und verschiedene mündliche Prüfungen. Es war nicht einfach, das alles unter einen Hut zu bringen und mich darauf vorzubereiten.

Meine Freunde drängten mich, dass ich mir nun endlich ein Moped zulegen sollte. Auch die Väter von Uwe und Frank meinten das, schließlich könnten wir dann wieder alle zusammen etwas unternehmen. So kam eines Tages Uwe zu mir und sagte, sein Vater könnte von einem Bekannten einen noch gut erhaltenen „Star" kaufen und dabei hat er an mich gedacht und wir sollten doch mal darüber sprechen. Ich war natürlich hocherfreut, nur konnte ich es doch nicht bezahlen. Trotzdem vereinbarten wir ein Treffen und als es soweit war, offerierte mir Uwes Vater, er wolle das Moped für mich kaufen und ich soll es ihm in monatlichen Raten abzahlen und ob es mir gelingt, monatlich 50 Mark aufzubringen. Vor Rührung und Freude habe ich geweint. Meine Mutter bekam inzwischen für mich eine monatliche Halbwaisenrente von etwas über 100 Mark. Ich sprach mit ihr über das Angebot von Uwe's Vater und wir rechneten alles durch, bis ins kleinste Detail. Mit dem, was ich mit der Feierabendarbeit verdiente, war das machbar und meine Mutter stimmte zu. Das war einer der glücklichsten Tage in meinem Leben. Aber das Moped konnte ich erst Anfang Juli bekommen. Doch das war gut so, denn dann waren die Abschlussprüfungen vorbei und die letzten großen Schulferien standen vor der Tür.

Einen sportlichen Höhepunkt gab es in den Frühlingsferien 1973. Mit unserem Verein fuhren wir am 7. Mai nach Usti nad Labem zu einem Fußballturnier mit hochrangiger internationaler Besetzung. Mannschaften wie Sparta Prag, Slovan Bratislava, Dukla Prag, Ostrava und Usti aus der Tschechoslowakai, Lech Poznan und eine Mannschaft aus Warschau sollten unsere Gegner sein. Für mich war das eine ganz große Herausforderung. Ich freute mich akribisch auf dieses Turnier und ich war höllisch aufgeregt und bereitete mich zusammen mit Frithjof auf dieses Ereignis vor. Endlich brach der Montag an, an dem es losgehen sollte. Die Tasche war gepackt und ich wollte mich von meiner Mutter verabschieden, als ich vor lauter Hektik in der Vorwärtsbewegung mit der rechten Kniescheibe gegen die Holzlehne unseres Sessels knallte. Ein wahnsinnig stechender Schmerz, ich schrie und dachte im ersten Moment, alles aus, aus, vorbei. Ich biss die Zähne zusammen, humpelte zum Frithjof und erzählte ihm von meinem Missgeschick. Den Weg bis zur Straßenbahnhaltestelle konnte ich unmöglich gehen, das Knie war schon blau und es stach beim Auftreten. Kurzerhand wurde ein Taxi bestellt und wir fuhren zum vereinbarten Treffpunkt. Nissen und Sünder kommen mit dem Taxi vorgefahren, Staralüren, hieß es. Aber als der mitfahrende Doktor mein Knie sah, meinte er, wir haben das richtig gemacht. Ich bekam eine Spritze und erlebte das erste Mal die Wirkung eines Vereisungssprays. Bis zu dieser Stunde kannte ich das nur aus dem Fernsehen und aus der Zeitung von den großen Fußballstars und als solcher fühlte ich mich fortan. Wir fuhren mit einem Mannschaftsbus zu diesem Turnier in unser Nachbarland. Wir wurden untergebracht in einem luxoriösem Sporthotel, alles war vom Feinsten, das Essen, die Unterkunft, der Sportplatz, die Trainingsmöglichkeiten. Im Hotel hatten wir Zweibettzimmer, natürlich war ich mit Frithjof zusammen. Das erste Training konnte ich nicht mitmachen, ich bekam eine zweite Spritze und Kühlung für mein Knie und es wurde bis zum Abend besser, die Schwellung war fast weg. Das Turnier begann am Dienstag früh und ich wollte unbedingt dabei sein. Bis spät in die Nacht habe ich mit Frithjof geredet und wir hatten Spaß ohne Ende, als ich am Dienstag früh erwachte hatte ich kaum noch Schmerzen und das Knie schien sich erholt zu haben.

Meinem Trainer sagte ich, dass ich spielen kann und ich wurde bei der Aufstellung berücksichtigt. Allein der Gedanke, gegen so renommierte Mannschaften zu spielen hat in mir unglaubliche Kräfte freigesetzt. Ich war der erste Torschütze im Spiel gegen Sparta Prag und konnte unsere Mannschaft in Führung bringen. Wir gewannen das Spiel. Und wir gewannen alle anderen Spiele. Wir hatten hervorragende Szenen und wir schossen tolle Tore und ich schoss weitere Tore. Wir wären ungeschlagen Turniersieger gewesen. Allerdings wurden wir außer Konkurrenz gewertet, weil die Alterseinteilung in Polen und der Tschechei anders lief als bei uns. Wir waren ein bis zwei Jahre älter als die Spieler der anderen Mannschaften. Dennoch feierten wir unsere Siege. Und unter den vielen Zuschauern hatten wir auch viele Fans, vorallem natürlich weibliche Fans. Die Mädchen waren schon früh da, sie beobachteten jeden unserer Schritte, sie jubelten uns zu, wollten Autogramme auf ihre Bekleidung geschrieben haben.

Nach dem Abendessen auf dem Zimmer rauchten wir und tranken Bier, heimlich natürlich, weil es einem Sportler nicht würdig war zu rauchen oder Bier zu trinken. Das war uns auch bewusst, wir haben immer gemeint, na ja, einmal geht das schon. Heute trinken wir zusammen ein Bier und rauchen ein, zwei Zigaretten und morgen sind wir wieder die diszipliniertesten Sportler. Jeder der raucht, weiß, von was ich hier spreche. Ich rauche heute noch und konnte es nicht einfach mal so wieder lassen. (Obwohl ich ständig daran arbeite!)

Ende Mai begannen die schriftlichen Prüfungen. Es war eine tolle Zeit. Wir bereiteten uns auf die Prüfungen vor und der Unterricht war vorbei. Zwischen den einzelnen Prüfungen hatten wir die Tage frei zum Lernen. Mit den schriftlichen Prüfungen hatte ich keine Schwierigkeiten, alles verlief gut, selbst die Matheprüfung. Auch die mündlichen Prüfungen habe ich geschafft. Und so bekam ich am 7. Juli 1973 mein Abschlusszeugnis der 10. Klasse. Prädikat GUT. Und damit konnte ich leben.

Kapitel 13

In Staasigewahrsam

Bevor ich das Abschlusszeugnis bekam, hatte ich noch ein sehr einschneidendes Erlebnis, was ich bis heute nicht vergessen habe. Meine Schwester Dagmar hatte einen Bekannten aus Schweinfurt, also aus dem Westen. Und der lud sie ein, nach Prag zu kommen, um ein paar Tage auszuspannen. Dagmar fragte mich, ob ich nicht mitfahren wolle. Ich war natürlich begeistert und habe sofort zugesagt. Daggi, wie ich sie heute noch nenne, organisierte alles und so fuhren wir an einem Freitag nachmittags von Dresden mit dem Zug nach Prag. Gegen 15 Uhr erreichten wir die Grenze zur Tschechei, damals wurde man an den Grenzen noch kontrolliert, und so gingen einige Grenzbeamte durch den Zug. In Bad Schandau stiegen die Beamten in den Zug ein und begannen mit der Kontrolle der Ausweise. Vor uns standen zwei Beamte in Uniform und verlangten unsere Papiere. Wir gaben ihnen die Ausweise. Sie schauten hinein, blätterten darin, fragten, wo wir hinfahren und was wir dort wollen. Natürlich antworteten wir, dass wir nach Prag fahren, um uns die Stadt anzusehen und ein paar Tage Urlaub machen. Die Grenzer gaben uns die Ausweise nicht zurück, sondern gingen weiter. Der Zug setzte sich in Bewegung und wir fuhren über die Grenze. Der nächste Halt war in Děčín (Tetschen). Kurz bevor wir in den Bahnhof einfuhren, kamen die Beamten zurück. Nun waren es vier und sie gaben uns nicht die Ausweise zurück, sondern ließen uns wissen, dass wir aussteigen müssen. Wir konnten uns das nicht erklären und glaubten, es liegt ein Missverständnis vor. Der Zug hielt an, die Beamten wurden etwas lauter und unsanfter und befahlen uns auszusteigen. Man ging mit uns in das Bahnhofsgebäude in einen großen Raum. Dort befand sich eine prunkvolle Couch, Sessel und ein Tisch. An den Wänden hingen wunderschöne Landschaftsbilder von der Böhmischen Schweiz. Die Beamten zogen sich zurück. Es befand sich noch eine Frau in Zivil in dem gleichen Raum, die sich uns nicht vorgestellt hatte, niemand hat sich uns vorgestellt. Und niemand hat uns gesagt, warum wir festgehalten werden. Ich versuchte mit meiner Schwester zu sprechen. Die Frau sprang auf, schrie mich an und verbot mir mit Daggi zu reden. Ich war wie vor den Kopf gestoßen, ich konnte mir nicht erklären, was die von uns wollen. Ich stand auf und wollte mir die Gemälde an der Wand anschauen. Wiederum schrie die Frau mich an, ich solle mich hinsetzen und ich hätte hier überhaupt nicht herumzulaufen.

Nach einiger Zeit öffnete sich die Tür, durch die die Beamten verschwunden waren. Sie kamen zurück. Einer sagte zu uns: „Sie folgen mir jetzt!" Was blieb uns übrig. Wir hatten keine Ausweise und waren gezwungen mitzugehen. Wir wurden auf der anderen Seite des Bahnhofes gezwungen, in den Zug zu steigen, der zurück nach Dresden fuhr. Begleitet wurden wir von zwei Beamten. Wir passierten wieder die Grenze und mussten in Bad Schandau aussteigen. Wir wurden von zwei Grenzsoldaten in Empfang genommen die jeweils eine MPi (Maschinenpistole) im Anschlag hielten und auf uns richteten. Das Herz ist uns in die Hose gerutscht. Zwei der Beamten teilten uns mit, ihnen zu folgen. Eskortiert von den Soldaten mit den MPi's im Anschlag wurden wir abgeführt, wie Schwerverbrecher. Wir gingen den Bahnsteig zurück aus dem Bahnhof heraus einen langen Weg entlang. Wir überquerten die Gleise und wurden in eine Baracke geführt. Auf dem Weg dorthin versuchte ich wieder mit Daggi zu sprechen. Ein Soldat schrie mich an, ob ich taub sei, mir wurde schon einmal gesagt, es ist verboten zu sprechen. Dabei fuchtelte er mit der MPi hinter meinem Rücken herum. Ich hatte Angst - unglaubliche Angst. Wir erreichten die Baracke und wurden in einen kleinen Raum geführt. Nun kam es noch härter. Einer der Beamten befahl mir, mich auszuziehen. Jedes Kleidungsstück wurde mir sofort aus der Hand gerissen. Ich war allein mit dem Beamten in diesem Raum, meine Schwester wurde woanders hingebracht und sie musste die gleiche Prozedur über sich ergehen lassen. Ich hatte fast alles ausgezogen, als mir gesagt wurde ich solle den Gürtel aus der Hose entfernen. Der Beamte hielt mir seine

Hand entgegen um den Gürtel zu greifen. Ich wollte ihm den Gürtel geben, er riss ihn mir aus der Hand und ließ ihn aus der Bewegung heraus kurz vor meinem Gesicht knallen. Jetzt stand ich da, barfuss, nur noch mit der Unterhose bekleidet. Wiederum schrie der Beamte: „Runter mit der Hose!" Ich habe mich geschämt und es war so demütigend. Aber das war noch nicht alles. Der Mann befahl mir, zu ihm hinzugehen, mich umzudrehen und zu bücken.

Alles wurde auseinandergenommen, meine Brieftasche durchwühlt. Dummerweise trug ich eben auch diesen besagten Brief meiner Schwester Erika bei mir, außerdem die Eintrittskarte des Fußball-Endspiels von München, was natürlich für die Staasi-Leute ein gefundenes Fressen war. Ich sympathisiere mit dem Westen und meine Schwester ist ja auch schon geflüchtet.

Ich hatte keine Erklärung für das, was damals dort passierte. Es war einfach nur ekelhaft. Nach einiger Zeit bekam ich meine Sachen zurück und ich durfte mich wieder anziehen. Ich wurde in einen anderen Raum geführt, in dem Daggi an einem Tisch saß- mit verquollenen Augen und ich wusste, sie hatte geweint. Nun wurde uns eröffnet, wessen man uns beschuldigt: Republikflucht! ! ! Uns wurde auf den Kopf zugesagt, wir wollten nach Prag fahren, um uns mit dem Herrn L. aus Schweinfurt zu treffen und der hätte organisiert, dass wir in den Westen flüchten. Wie absurd, dachte ich mir! Nachdem das ausgesprochen war, wurde ich aus dem Raum gebracht und war wieder von meiner Schwester getrennt. Nun begannen die Psychospielchen, die ich allerdings damals noch nicht als solche einordnen konnte. Immer wieder wurde mir eine Geschichte vorgetragen, die an den Haaren herbeigezogen und falsch war und ich sollte gestehen, dass alles so geplant war.

Immer wieder wurde ich angehalten zu erzählen, was wir in Prag machen wollten, woher wir den Herrn L. kennen und ich wüsste doch Bescheid, wie alles ablaufen sollte. Deshalb hätten wir auch so wenig Gepäck dabei.

Es war schon dunkel geworden und ich musste dringend zur Toilette. Ich wurde von den zwei Soldaten begleitet, wiederum mit der Mpi im Anschlag. Ein Soldat ging vor mir in die Toilette, schloss das Oberlicht des Fensters und verriegelte es. Der andere sagte zu mir: „Keene Dummheetn machen" und postierte sich vor dem Eingang. Als ich fertig war, wusch ich mir die Hände und ließ Wasser hineinlaufen, um es zu trinken. Ich war so durstig. Prompt kam die Reaktion. Einer der Soldaten trat mir in die Kniekehlen und brüllte, wer mir erlaubt hätte zu trinken. Wir gingen zurück, ich war müde, durstig und fühlte mich schwach und ich hatte Angst, Angst um meine Schwester, Angst um mich, um meine Mutter, die daheim mit dem kleinen Sohn meiner Schwester war, meinem Neffen und von alldem nichts wusste, was uns gerade widerfuhr.

Ich kam zurück in das Zimmer. Auf dem Schreibtisch stand eine Lampe, deren Strahl mir nun mitten ins Gesicht schien. Die ganze Fragerei begann von vorn. Ich soll nicht lügen und endlich gestehen, dann würde ich auch zu trinken und zu essen bekommen. Plötzlich klingelte am Schreibtisch des Beamten, übrigens ein sehr unsympathischer, großer Mann mit weißer und schwabbeliger Haut, das Telefon. Er nahm den Hörer ab und sagte immer wieder nur „Was? Waas? Waaaaas?" Jedes Was wurde lauter und länger. Aprupt beendete er das Gespräch, knallte den Hörer auf die Gabel, sprang von seinem Stuhl auf und schrie mir ins Gesicht: „Ihre Schwester hat gestanden, alles gestanden!" Im Moment war meine Angst verflogen und mir war alles egal, ich hatte keine Angst mehr und ich erlebte einen emotionalen Ausbruch. Ich schrie zurück: „Was für ein Schwachsinn, was soll sie denn gestanden haben? Sie hat nichts gemacht und ich habe nichts gemacht und nichts geplant und alles was sie uns vorwerfen, ist nicht wahr und einfach nur erfunden. Außerdem würde meine Schwester niemals ihr Kind allein lassen." Damit hatte der Vierkantschädel wohl nicht gerechnet. Ich schrie und tobte und hatte keine Kontrolle mehr über mich. Erst als er mit der Faust auf den Tisch schlug und „Ruhe!" schrie, konnte ich mich wieder fassen. Der schwabbelige verließ den Raum, ich weiß nicht, wieviel Zeit vergangen war, bis sich die Tür öffnete und mir geheißen wurde, in ein anderes Zimmer zu gehen. Dort saß meine Schwester an einem Tisch. Ich sollte mich ihr gegenüber setzen, was ich tat. Es war uns weiterhin verboten, miteinander zu sprechen, also sahen wir uns nur an. An dem Augenausdruck von Daggi konnte ich erkennen, dass es gut ist. Es war schon nach Mitternacht. Am Tisch saß meine Schwester, ich, und etwas abseits einer dieser Stasileute. Wir mussten einfach nur dasitzen. Ich schlief immer kurz ein, es war schon 1.30 Uhr morgens. Kurz nach 15 Uhr am vorhergenden Tag wurden wir festgenommen. Wir bekamen nichts zu trinken, nichts zu essen. Ich war so durstig. Ich verlangte nach Wasser, wir bekamen keins. Ich stützte meine Arme auf dem Tisch ab und hielt meinen Kopf in den Händen, um zu schlafen. als ich kurz eingechlafen war, wurden mir die Ellenbogen weggeschlagen, so dass ich fast mit dem Kopf auf die Tischplatte schlug, mehrmals, immer das gleiche Spiel. Irgendwann setzte sich der Stasimann weiter weg von uns und nahm eine bequeme Haltung ein. Ich schlief, die Hände auf der Tischplatte, das Gesicht daraufgelegt, minutenweise ein.

Irgendwann morgens kam ein neuer Mann. Frisch, fröhlich, freundlich. Er sagte uns, wir würden in Kürze zurück nach Dresden gefahren. Auf die Verhöre wurde nicht eingegangen. Es war wie ein schlechter

Traum. Ich bekam meinen Ausweis zurück, Daggi nicht. Ihr wurde auferlegt, sich einige Tage später auf der Schießgasse in Dresden zu melden. Der Mann fragte uns (wie zynisch) ob wir etwas trinken möchten, nach 19 Stunden! Er wollte uns auch etwas zu essen bringen, das lehnte ich ab, aber ich durfte rauchen. Es vergingen weitere Stunden und endlich gegen 14 Uhr Samstag nachmittag hieß es, das Auto ist da, wir werden zurückgebracht. Mit einem Trabant wurden wir nach Dresden gefahren. Bis zum Gebäude der Staatssicherheit auf der Bautzner Straße. Dort stiegen wir aus und fuhren weiter mit der Straßenbahn. Völlig erschöpft, hungrig und durstig kamen wir zu Hause an. Unsere Mutter konnte gar nicht begreifen, was uns widerfahren war. Das letzte bisschen Sympathie, die ich damals noch für diesen Staat DDR hatte, ging in dieser Nacht verloren. Uns wurde auferlegt, mit niemandem über das Geschehene zu sprechen, ich habe es verbreitet. Jedem habe ich es erzählt. Und es hat mich Jahre lang beschäftigt, und wenn ich heute zurückdenke, kommen die Emotionen wieder hoch, fast 40 Jahre später. Und dieser Schwabbelige - ich könnte ihn heute noch malen - hat hoffentlich büßen müssen.

Daggi meldete sich in der folgenden Woche bei der Polizei. Sie bekam ihren Ausweis nicht zurück. Sie bekam einen vorübergehenden Personalausweis, mit dem sie beim Herzeigen des selbigen immer gebrandmarkt war, weil sie damit nicht in die Nachbarländer fahren durfte. Selbst wenn sie sich nur außerhalb des Bezirkes Dresden aufhielt und in eine Kontrolle geriet wurde sie überprüft. Vier Jahre später bekam sie wieder einen normalen Ausweis.

So ging es in die letzten großen Ferien, bevor der Schritt ins Berufsleben erfolgen sollte. Und endlich konnte ich mein Moped abholen. Es war ein besonderes Gefühl, das erste Mal allein motorisiert unterwegs zu sein. Das Moped habe ich irgendwo außerhalb von Dresden abgeholt und ich war mächtig stolz, als ich daheim ankam und das Gefährt vor unserem Wohnzimmerfenster auf der Kamenzer Straße geparkt hatte. Jeder Meter wurde ab sofort mit dem „Star" gefahren. Mindestens einmal am Tag fuhren wir in die Mocca-Perle auf den obligatorischen Kaffee. Nun konnte ich mich meinen alten Freunden Uwe und Frank wieder anschließen, wobei ich von nun an die meiste Zeit mit Frank verbrachte. Immer mehr kamen in dieser Zeit die Mädchen ins Spiel, Freundinnen. Es war Ehrensache, immer eine Biene als Sozius mitzuführen, Bärbel, Marion, Viola und wie sie alle hießen. Die Freudinnen habe ich damals gewechselt wie meine Unterwäsche. Uwe hatten schon eine feste Freundin. Ich war immer irgendwie auf der Suche, besonders in diesen letzten Ferien.

In diesen letzten Ferien fuhr ich mit Frank zum Zelten in die Tschechei, nach Chomutov, zu deutsch, Kommotau. Es liegt in Nordböhmen, an der Kreuzung bedeutender Eisenbahnlinien und Straßenverbindungen. Ich weiß nicht, woher wir den Tip hatten, dorthin zu fahren. Auf jeden Fall gab es dort einen wunderschönen See mit einem Campingplatz, und der war unser Ziel. Wir waren das erste Mal allein im Ausland. Als wir uns auf dem Platz eingerichtet und das Zelt aufgebaut hatten, haben wir uns in der Umgebung umgesehen. Der See war groß und man konnte auch mit Booten darauf fahren. Es gab eine Strandgaststätte und Möglichkeiten zum Tischtennis spielen, Volleyball und Tennis sowie Fußballtennis.

Wir wollten uns Tischtennisschläger ausleihen und spielen und klopften an die Tür des Hauses, vor dem die Tischtennisplatte stand. Eine ältere Frau kam heraus. Wir versuchten, ihr mit Händen und Füßen zu erklären, was wir wollen, als sie zu uns in bestem Deutsch sagte: „Ihr müsst doch bloß sagen, dass ihr Schläger wollt." Das hatten wir nicht erwartet, weil wir meinten, wir sind im Ausland und da wird nur Tschechisch gesprochen. Viele sprachen deutsch in dieser Gegend.

In der Gaststätte gab es Mittagessen, Kaffee und Kuchen. Fast jeden Tag nahmen wir Böhmische Knödel mit Gulasch. Wir hielten uns jeden Tag in dieser Wirtschaft auf, zumal dort eine sehr hübsche Frau am Ausschank arbeitete und die Knödel knetete. Wir nannten sie die Knödlerin. An manchen Tagen war dort noch eine junge Frau, dunkle, lange Haare, große dunkle Augen, eine Figur wie gemalt. Ich versuchte so oft es ging einen Blick von dieser Schönheit zu erhaschen und wenn sie meinen Blick erwiderte, lächelte sie verlegen. Dann sprach sie meistens irgendetwas mit der Knödlerin und beide lachten und schauten durch das Ausschankfenster zu uns herüber. Das wiederholte sich fast jeden Tag. Natürlich haben wir uns meistens länger in der Wirtschaft aufgehalten. Einmal hatten wir von mittags bis abends jeder zehn Bier getrunken, halbe Liter wohlgemerkt.

Am letzten Tag haben wir uns wieder in dem Strandrestaurant aufgehalten und alles spielte sich wieder so ab, bis die Knödlerin an unseren Tisch kam und zu mir sagte, Alena, so hieß das hübsche Mädchen, möchte mit mir sprechen und meine Freundin sein. Ich war von den Socken, das konnte ich nicht glauben. Alena kam heraus und wir verständigten uns so gut es ging mit Zeichen. Sie konnte leider kein Deutsch und ich kein Tschechisch. Wir tauschten die Adressen aus und versprachen uns zu schreiben. Am nächsten morgen bauten wir das Zelt ab und fuhren heim. Ich dachte mir, warum haben wir uns nicht schon früher verständigt. Als ich wieder daheim war, konnte ich nur noch an sie denken. Ich setzte mich sofort hin und verfasste einen Brief. Am liebsten wäre ich noch am gleichen Tag wieder hingefahren. Mit anderen Worten, wieder einmal hatte ich mich kurzfristig verliebt. Ich hatte richtige Schmerzen, körperliche Schmerzen vor Sehnsucht nach diesem Mädchen. Beim Frithjof im Haus wohnte eine ältere Frau, die aus Böhmen stammte und natürlich tschechisch sprach. Sie übersetzte fortan meine Briefe und die Briefe, die ich von Alena bekam. Wir schrieben uns sehr oft und versprachen uns, im nächsten Jahr wiederzusehen.

Kapitel 15

September 1973 - Lehrbeginn

Lehrbeginn war am Montag, den 3. September 1973. Aber es begann nicht wie gewöhnlich, dass man sich am ersten Tag in der Lehrfirma oder in der Berufsschule trifft, sondern mit einer Woche vormilitärischer Ausbildung der Gesellschaft für Sport und Technik, der man, ohne etwas tun zu können, mit Lehrbeginn zugeordnet wurde . . .

Die Gesellschaft für Sport und Technik (GST) war eine Massenorganisation in der DDR. Sie sollte offiziell vor allem der gemeinschaftlichen Freizeitgestaltung technisch und sportlich interessierter Jugendlicher dienen, die dazu erforderlichen technischen Mittel (wie Motorräder, Flugzeuge, Funkgeräte) zur Verfügung stellen und technische Sportarten und dazugehörige Sportförderung und Wettkämpfe, wie Motor- und Schießsportarten pflegen bzw. veranstalten. Sie trug damit auch zur Militarisierung der Gesellschaft der DDR bei, indem sie unter anderem

die gesetzlich vorgeschriebene vormilitärische Aus-
bildung (VA) zusammen mit der Nationalen Volksar-
mee an Schulen, Universitäten und in den Betrieben
durchführte. Sie wurde am 7. August 1952 gegrün-
det und im Frühjahr 1990 aufgelöst.

Irgendwie wollte ich mich drücken, versuchen daran nicht teilzunehmen, weil ich ein Gegner dieser kommunistischen Ertüchtigung war. Ich wollte mich krank melden, doch die Menschen in meinem Umfeld rieten mir davon ab. Also musste ich in den sauren Apfel beißen. Ich packte meine Tasche und fuhr an diesem Montag zum vereinbarten Treffpunkt. Überrascht war ich, als ich einer großen Menge hübscher junger Mädchen gegenüberstand und feststellte, dass auf einen männlichen Lehrling zwei Mädchen fielen. Das verbesserte schon einmal meine Laune. So militärisch kann es dann doch nicht werden, war mein Gedanke. Mit einem Mannschaftswagen fuhren wir nach Neustadt in Sachsen in eine Jugendherberge. Dort erhielten wir eine Uniform und trafen uns gegen Mittag zum Appell. Es wurden verschiedene Dinge erklärt und besprochen, der Ablaufplan dieser Woche dargelegt. Mich hat das alles weniger interessiert, als wir auf dem Appellplatz standen und den Ausführungen zuhörten, begann schon das große Flirten. Die militärischen Spielchen gerieten zur Nebensache. Wie aus dem Nichts war ich plötzlich ein begehrter junger Mann. Drei, vier Mädchen rissen sich um mich, ein ganz neues Gefühl, ein Gutes. Nun, ich habe mich in dieser ersten Woche noch nicht festgelegt. Aber zu zwei dieser jungen Frauen fühlte ich mich schon besonders hingezogen, eine Situation, die ich bisher nicht kannte, vor allem, dass die Mädchen begannen, sich gegeneinander auszuspielen. Und das wegen mir! Ich hatte mich am Ende der Woche entschieden und plötzlich eine neue Freundin.

Wiedermal Schmetterlinge im Bauch, dieses tolle Gefühl! So konnte dem eigentlichen Lehrbeginn nichts mehr im Wege stehen.

Am 10. September betrat ich das erste Mal die Lehrwerkstatt, noch nicht ahnend, was auf mich zukommt. Schriftsetzer, so eine richtige Vorstellung von dem Beruf hatte ich gar nicht. Als ich die vielen Kästen und Regale sah, war ich schon beeindruckt. Der Geruch in der Werkstatt war sehr angenehm. Hier kann ich mich wohlfühlen, war mein Gedanke. Wir hatten eine Lehrmeisterin, Frau T., eine sehr angenehme kleine, hübsche, blonde, blauäugige Persönlichkeit, leider 15 Jahre älter. Sie hatte ein so schönes, warmes Lächeln und dabei schon kleine Falten um die Mundwinkel, die mir außerordentlich gefielen. Nun, Frau T. war nicht immer gut zu sprechen auf mich, aber ich buhlte um Ihre Gunst, vielleicht auch unbewusst. Und ich war froh, wenn ich ihr ein Lächeln entlocken konnte, wenn ich mal ein Späßchen gemacht hatte. Mir war bewusst, dass die Sympathie auf Gegenseitigkeit beruht, was sich später auch so darstellte.

Irgendwann kam ich das erste Mal ins Haus der Presse, meine eigentliche Wirkungsstätte, wo die Sächsische Zeitung und verschiedene andere Blätter hergestellt wurden, natürlich beherrscht und betrieben von absolut linientreuen Genossen. Ein tolles Haus mit einem tollen Ambiente., aber eben sozialistisch, kommunistisch, rot geprägt. Ich lernte Schreibmaschine schreiben, Zehnfingersystem. Mit einem Kollegen waren wir die ersten zur damaligen Zeit, die dies lernen durften. Die Entwicklung ging immer mehr weg vom Bleisatz. Fotosatz war angesagt und dafür musste man das Zehnfingersystem beherrschen. Während der praktischen Ausbildung kam ich in eine Abteilung die zu 100 Prozent aus Frauen bestand. Ich war also einmal mehr der Hahn im Korb.

Die gesamte Fotosatzabteilung war bestückt mit Maschinen aus dem kapitalistischem Ausland und damit wurde sozialistische Presse gemacht!

Mir gefiel die Arbeit. Vor allem verdiente ich jetzt Geld. Allerdings war der Lehrlingslohn sehr schmal. Ich glaube, dass ich im ersten Lehrjahr 80 Mark im Monat bekam. Zur Arbeit fuhr ich mit dem Moped bei fast jedem Wetter, sogar im Winter bei Schnee. Anfangs hatten wir eine Woche Berufsschule und eine Woche Praxis im Haus der Presse. Ich lernte schnell und hatte nirgendwo Schwierigkeiten. Natürlich musste ich jeden Tag trainieren, Maschine schreiben. Das Blindschreiben ging von mal zu mal besser und ich erreichte schon eine gute Geschwindigkeit.

Meine Freunde begannen im September auch mit ihrer Lehrausbildung. Frank lernte Zerspaner, Uwe lernte im Betonwerk. Wir trafen uns fast täglich nach der Arbeit und fuhren in die Moccaperle zum Kaffeetrinken. Ich hatte eine neue Freundin, Ker-stin, für sie hatte ich mich letztendlich entschieden. Kerstin hatte ein nettes Gesicht und mir gefiel ihre Stimme. Wir besuchten uns gegenseitig und wenn es ging, nahm ich sie auf meinem Moped mit und war ganz stolz. Sie war sehr lieb und zärtlich, dennoch wusste ich damals schon, es ist nicht die Frau fürs Leben. Ihr Vater war ein Roter, Parteisekretär beim Verlag Zeit im Bild. Ich hatte außerdem ein Problem, ein Mädchen mit zu mir nach Hause zu nehmen. Ich schämte mich schlicht und einfach für unsere Wohnung. Es war ein Loch, wie man umgangssprachlich sagt. Wir hatten uralte Möbel, zusammengestückelt aus vielen Teilen, die mein Vater von irgendwelchen Menschen erworben hatte, bei denen er Malerarbeiten ausführte. Um etwas zu ändern, bedurfte es einer größeren Menge Geld, das war nicht vorhanden. Ich musste unbedingt etwas ändern. Also sprach ich mit unserer Tante Hildegard. Sie war eine sehr liebe Tante und sie hat uns viel und oft geholfen, sie hat meiner Mutter heimlich Geld zugesteckt. Ihr Mann durfte das nicht wissen, er hätte dafür kein Verständnis gehabt. Sie hat für uns gestrickt und genäht und uns unterstützt wo sie nur konnte. Ich sprach mit ihr darüber etwas verändern zu wollen und sie fand es gut. Wir begannen zuerst unsere Wohnung zu entrümpeln. Dann begann ich die Zimmer zu streichen und zu tapezieren. Die Tapeten, das Material hat Tante Hildegard bezahlt. Frank hat mir beim Renovieren der Wohnung geholfen. Wir haben eine schöne Tapete verklebt, mit tollen Ornamenten. Das war sehr modern. Als wir die Räume hergerichtet hatten, den Müll und die alten Möbel entsorgt hatten, begannen wir die Zimmer neu einzurichten und zu gestalten. Irgendwoher bekamen wir einen Wohnzimmerschrank, Sessel und einen Tisch. Verschiedene Sachen kaufte ich mit Tante Hildegard. Schränkchen, Teppich usw. Als alles fertig war, bin ich mächtig stolz gewesen. Nun konnte ich endlich jemanden mit nach Hause nehmen und ich musste mich nicht mehr schämen.

So waren wir mitten drin im Jahr 1974. Das Jahr in dem ich achtzehn Jahre alt wurde, also volljährig.

Einfügung Oktober 2013

Dramatische Ereignisse machen es erforderlich,

meine Biografie zu unterbrechen. Es war vorgese-
hen, mein Buch mit dem Ende meiner Militärzeit
1977 zu beenden und den Rest bis in die heutige
Zeit in einem zweiten Buch zu ergänzen.

Am 23. Oktober 2013 erlitt ich einen Herzinfarkt,
konnte aber dem Gevatter Tod nochmal von der
Schippe springen und habe mich von der Attacke
gut erholt. Dennoch besteht ab sofort ein gewisses
Risiko, dass ich es nicht schaffe, mein Vorhaben bis
zum Ende zu bringen, was mir sehr Leid tun würde.
Natürlich versuche ich alles, mit dem ersten Buch
schnellstmöglich fertig zu werden. Nachdem ich
die Lust auf's malen auch wieder gefunden habe,
möchte ich gern die verbleibende Zeit - Freizeit - in
dieses Vorhaben investieren!

. . . und damit weiter im Text - zurück in das Jahr
1974.

Es war ausgeprägt mit Lernen, lernen für den Beruf,
aber auch lernen für das Leben. Ich war dabei, mich
auszuprobieren in alle Richtungen. Die Lehrausbildung war einfach, die lief gut. Etwas schwieriger war
es mit den Freundinnen. Ich war sehr wählerisch
und hatte bestimmte Idealvorstellungen. Blond,
blaue Augen, schönes Gesicht, schöne Beine, top Figur war mein Anspruch. Nachdem mir mal ein Mädchen gesagt hat, ich würde aussehen wie Robert
Redford, hatte ich ziemliches Selbstbewusstsein.

Trotzdem musste ich immer wieder feststellen; alles auf einfmal zu bekommen ist schwierig.

Ein Problem war auch meine politische Einstellung. Seit der Flucht meiner Schwester hatte ich zunehmend Schwierigkeiten mit den Genossen. Ich beschäftigte mich mehr und mehr mit dem Gedanken, dieses Land ebenfalls zu verlassen, zu flüchten. Mir war allerdings sehr bewusst, ich muss geduldig sein. Vorallem musste ich meine Berufsausbildung zu einem Abschluss bringen.

An einem Tag im April, ich arbeitete mit den anderen Lehrlingen in der Lehrwerkstatt an meinem Setzkasten, kam ein Mitlehrling mit einer Liste und einer Geldschachtel. Er wollte von jedem eine Mark für die Mainelke.

Das hatte mit einer Tradition der Kommunisten zu tun. Jedes Jahr am 1. Mai (in der DDR ein Feiertag - Kampf- und Feiertag der Werktätigen) fanden in den Städten Maikundgebungen statt, alles organisiert durch die Genossen und die Roten. Und dort musste jeder erscheinen, mit der Mainelke im Knopfloch.

Als er zu mir kam und sagte ich müsse diese Mainelke für eine Mark kaufen, ging ich auf Konfrontation. Zunächst einmal stellte ich fest, das ich gar nichts muss und dass ich nicht für irgendetwas bezahle, was ich gar nicht will. Als unsere Auseinandersetzung an Lautstärke zunahm, gesellte sich unsere Lehrmeisterin dazu und redete auch noch auf mich ein. Da gingen bei mir irgendwie die Lichter aus. Ich versuchte, mich gegen das Ganze aufzulehnen und mich zu wehren. Ich erklärte aus meiner Sicht, dass es mir nicht unbedingt um diese Mark geht, obwohl mir die am Ende doch irgendwie fehlt, weil ich ja außerdem noch für die Deutsch-Sowjetische Freundschaft monatlichen Beitrag bezahle, für den FDGB (Freier Deutscher Gewerkschaftsbund in der DDR) monatlich Beitrag bezahle und Solidaritätsmarken kaufen muss(!) usw. Als ich dann noch erwähnte, dass es egal sei, ob ich diese Mark in die Mainelke investiere oder gleich in einen Gully stecke, zog ich natürlich den absoluten Unmut auf mich. Zur Klärung des Disputes wurde dann noch der Direktor der Lehrwerkstatt hinzugezogen, der gewissermaßen als Schlichter auftrat und mir erklärte, welche Nachteile es für mich haben könnte, wenn ich mich der Allgemeinheit nicht anschließe. Nun, mir blieb also nichts anderes übrig, wollte ich meine Zukunftspläne nicht gefährden, obwohl ich in Zusammenhang mit diesem 1. Mai 1974 nochmals negativ auffiel.

Es war die Maikundgebung, zu der natürlich jeder Lehrling zu erscheinen hatte. Widerwillig machte ich mich an diesem Feiertag auf den Weg, natürlich in meiner schönsten Feiertagskleidung. Von meiner Schwester aus dem Westen hatte ich einen ganz tollen schwarzen Anorak geschickt bekommen, schwarz und am linken Arm mit einem gelben und roten Streifen in Ringform um den Ärmel. Also die Deutschland Farben. Auf dieses Kleidungsstück war ich mächtig stolz. Ich hatte noch ein FDJ-Abzeichen (Freie Deutsche Jugend). Dieses nahm ich her und schliff mit Sandpapier den FDJ-Schriftzug einfach weg, so dass ich eine glatte Oberfläche hatte. Aus einer Ansichtskarte, ich sammelte mal Ansichtskarten, schnitt ich aus einer Karte vom Bodensee die Deutschlandfahne aus, die auf dieser Karte in Wappenform aufgedruckt war. Diese wiederum klebte ich auf das Abzeichen und ich hatte nun - passend zu den Anorakfarben - ein Abzeichen in den gleichen Farben, das ich fortan am Kragen trug.

Als ich am Treffpunkt erschien, gab es die nächste Hiobsbotschaft. Wir sollten uns in der Berufsschule umziehen und in GST-Uniform (Gesellschaft für Sport- und Technik) durch die Stadt marschieren. Grundsätzlich war ich natürlich wieder dagegen und weigerte mich vehement, mit der Uniform zu marschieren. Auch das erzeugte wieder Unmut bei den Lehrkräften. Der Direktor der Berufsschule nahm sich unser an. Wir waren am Anfang ungefähr zehnVerweigerer von achtzehn Schülern aus unserer Klasse. Einer nach dem anderen kippte um und schlüpfte in die Uniform. Ich blieb hart und bei meiner Meinung, mit mir noch ein Mitschüler. Nun wurde es intimer. Der Direktor bat uns in sein Büro und wollte von uns im Einzelgespräch eine Begründung für unsere Verweigerung. Ich wollte die Situation etwas entschärfen und sagte zu ihm, dass es doch nicht auf das Äußere ankomme, sondern auf die inneren Werte, auf die Einstellung und auf das Bewusstsein. Es muss wie ein Nadelstich gewesen sein für den kleinen, runden Herrn Dammer. Wie gestochen sprang er auf, rannte um seinen Schreibtisch herum, stürzte auf mich zu und riss mir am Kragen an meinem Abzeichen herum und er schrie: „Sie haben Bewußtsein, mit der Fahne des Klassenfeindes am Kragen! Ich erklärte ihm, dass das was er sieht Ansichtssache sei. Ich habe mich nur von den Farben leiten lassen und der Stimmigkeit dieser. Dass das zufällig auch die Farben Deutschlands sind, darüber hatte ich mir natürlich überhaupt keine Gedanken gemacht.

Es fand sich ein Kompromiss. Er verlangte von uns, dass wir uns wenigstens die Uniformjacke überziehen, was wir letztendlich taten. Als wir an der Tribüne mit den Genossen vorbeimarschierten, habe ich die Jacke demonstrativ ausgezogen. Ein Nachspiel hatte die ganze Aktion nicht, aber ich stand mehr und mehr unter Beobachtung und die Konflikte mehrten sich in diesem Frühjahr 1974.

In der Berufsschule ging es im Deutsch-Unterricht um das Zitat „Muss man mit den Wölfen heulen?" Darüber sollte eine Diskussionsrunde stattfinden, pro und contra. Ich war wegen des Themas sofort Feuer und Flamme, hatte ich doch am eigenen Leib erfahren, dass man gar keine Möglichkeit hat auf eine eigene Meinung. Deshalb entschloss ich mich ganz spontan, vor die Klasse zu treten und meine Meinung zu vertreten. Um etwas erreichen zu können (in der DDR), sei man gezwungen, keine eigene Meinung zu haben bzw. mit den Wölfen zu heulen. Es gab anfänglich ein paar Gegenargumente, bis ich anfing, die Geschichte vorzutragen, die ich vor einigen Monaten erlebt hatte und worüber mir verboten wurde zu sprechen, die Geschichte, als man mich und meine Schwester in Bad Schandau aus dem Zug holte und über 24 Stunden festhielt.

Ich schilderte die damalige Situation, vom Abführen mit der MPi über die Leibesvisitation, bis zum Rücktransport nach Dresden, in allen Einzelheiten. In der Klasse war es totenstill. Man hätte eine Feder zu Boden fallen hören können. Einige meiner Mitschülerinnen und Mitschüler waren sehr betroffen, einige weinten, viele waren sprachlos, wussten nichts zu sagen. Die Lehrerin wollte mich einige male abwürgen, alles verharmlosen und wusste am Ende nichts mehr zu sagen. Kurzzeitig herrschte eine totale Ohnmacht. Mit meinem Vortrag hatte ich auf jeden Fall einiges losgetreten. Die Lehrerin sagte mir am Ende der Stunde, sie würde mir eine Erklärung zukommen lassen.

Kapitel 16

Weltmeister und Achtzehn

Im Juni begann die Fußballweltmeisterschaft und sie fand in Deutschland statt - in Westdeutschland. Das Kuriose war, dass die DDR in der gleichen Gruppe spielte wie die Bundesrepublik. Und so kam es auch zum direkten Aufeinandertreffen beider Mannschaften. Das Spiel der Spiele fand am 22. Juni im Hamburger Volksparkstadion statt.

22.06.1974 22:30 Uhr
»Sparwasser-Schock« für die Schön-Mannen
Hamburg - 13 Minuten vor Schluss der Partie Bundesrepublik Deutschland gegen die DDR im Volksparkstadion ist die Sensation perfekt: Jürgen Sparwasser (1. FC Magdeburg) lässt den Bremer Verteidiger Horst-Dieter Höttges stehen und trifft zum 1:0 für die DDR.

Das entscheidende Tor lässt die 1500 handverlesenen »Touristen« aus der DDR auf der Gegentribüne wie ein Mann aufspringen, während 59500 vor Schreck erstarren. So hatte sich niemand das erste Länderspiel gegen die DDR-Auswahl vorgestellt. Auch die »Bild«-Zeitung war optimistisch: »Warum wir heute gewinnen« heißt die Schlagzeile am Spieltag. Doch auf dem grünen Rasen rennen sich die westdeutschen Stürmer immer wieder an der von Bernd Bransch (FC Carl Zeiss Jena) hervorragend organisierten DDR-Abwehr fest. Gerd Müller (FC Bayern München) trifft in der 40. Minute wenigstens einmal den Pfosten.

Es war unglaublich für mich, dieses so wichtige, prestigevolle Spiel gewann die DDR! Darüber war ich sehr frustriert.

Am 7. Juli fand das Endspiel in München statt und Deutschland wurde zum zweiten Mal nach 1954 Fußballweltmeister.

Ich hatte die ersten Juliwochen Urlaub und wir starteten am Montag, dem 8. Juli, meinem 18. Geburtstag mit den Mopeds nach Chomutov in die Tschechei. Wir, das waren Frank, Uwe mit seiner Freundin und ich. Ich war schon sehr gespannt, wollte ich doch Alena wiedertreffen. Frank und ich, wir waren uns einig, es kann nicht gut gehen, wenn ein Mädchen dabei ist. Irgendwie war das auch so. Wir waren noch gar nicht richtig raus aus der Stadt, schon mussten wir eine Pause einlegen, weil Uwe am Moped einen Plattfuss hatte, also Rad ausbauen und Schlauch flicken. Die Mopeds waren ziemlich überladen, ich musste Druck auf das Vorderrad ausüben, damit es nicht in der Luft hing. Nach einiger Zeit ging es weiter. Dennoch vergingen noch ein paar Stunden, bis wir unser Ziel erreichten. Ilona, die Freundin von

Uwe, verlor unterwegs noch ihren Sturzhelm und ich konnte dem über den Asphalt hüpfendem Teil gerade noch ausweichen. Das war schon der zweite Zwischenfall nach nur wenigen Stunden. Sie meinte, wenn sie den Helm nur leicht aufsetzt, ohne diesen zu schliessen, bleibt die Frisur erhalten.

Angekommen auf dem Campingplatz bauten wir die Zelte auf und räumten unsere Sachen ein. Es wurde der obligatorische Kühlschrank gegraben und dann bereiteten wir uns auf meine Geburtstagsfeier vor. Außer Essen und Konserven hatten wir auch ein paar Flaschen Wein und Sekt dabei.

Direkt neben dem Zeltplatz war ein Freilichtkino und da gingen wir hin. Dort wollten wir feiern und nebenbei einen Film anschauen. Wir hatten eine Flasche Sekt dabei, die nun reihum ging und jeder trank auf mein Wohl. Wir hatten natürlich Spaß und gute Laune. Aber die hielt nicht lang an. Auf einmal standen drei Polizisten vor uns. Sie wollten unsere Ausweise und entrissen uns zuerst einmal die Flasche Sekt. Wir fingen an, mit denen zu diskutieren und vor allem wollten wir unsere Flasche zurück. Aber die goss der Genosse einfach aus. Weil wir uns wehrten und nicht beeindrucken ließen, wollten sie uns mitnehmen. Wir ruderten also zurück und wurden etwas kleinlauter. Nach einiger Zeit bekamen wir unsere Ausweise zurück, mussten aber das Kino verlassen, auf der Stelle. Und wir erhielten Hausverbot, durften also während unseres Urlaubs das Kino nicht mehr betreten. Das war mein 18. Geburtstag. Mehr tat sich nicht.

Uwes Freundin meinte, dass sie auf uns aufpassen müsse und wir hatten immer wieder Auseinandersetzungen. Wir waren uns ganz schnell einig, Frank und ich, noch mal mit einem Mädchen in den Urlaub fahren kommt für uns nicht in Frage. Trotz allem hatten wir natürlich auch für diesen Urlaub gespart und wir hatten viel Geld dabei, dass wir auch ausgeben wollten. Wir gingen öfter zum Essen, meistens zur Knödlerin, die leider nicht mehr in dem Strandrestaurant arbeitete. Alena hat mich an einem Nachmittag auf dem Campingplatz besucht. Ich war allein mit ihr im Zelt, aber sie hatte soviel Angst. Ich weiß bis heute nicht, warum. Sie ist dann noch am gleichen Abend mit ihren Eltern in den Urlaub gefahren. Wir haben uns noch einige Male geschrieben aber nie wiedergesehen.

Wir machten einen Tagesausflug nach Karlsbad dort haben wir auch eingekauft. Bei den Tschechen gab es Dinge, die es in der DDR nicht gab. Da ich immer noch fußballversessen war, kaufte ich mir dort meinen ersten, eigenen Lederfußball. Und den hütete ich wie meinen Augapfel. Dieser Ball kostete damals 220 Kronen, umgerechnet ungefähr 70 DDR Mark. Das war schon ziemlich viel Geld, nämlich fast ein Monatslehrlingsgehalt. Frank kaufte sich eine Luftdruckpistole. Sah gefährlich aus das Teil und man konnte mit Diabolos schießen. Flachkopfdiabolos, 4,5 mm. Nachdem wir den letzten Nachmittag natürlich etwas Abschied gefeiert hatten und jeder ein paar Bier getrunken, sind wir zurück zu unserem Zelt. Frank kam auf die blödsinnige Idee, mit dem Teil „rumzuballern". Und das tat er. Aus dem Zelt heraus schoß er auf die Nachbarzelte. Zum Glück wurde niemand getroffen oder verletzt, bei einem Zelt ging der Schuss durch die Zeltwand, wurde bemerkt und binnen kurzer Zeit war die Polizei zugegen. Die gingen nun von Zelt zu Zelt und durchsuchten diese. Frank bekam Panik. Er wickelte die Pistole in ein Handtuch und ging in den Wald, um sie kurzerhand zu vergraben. Am nächsten Morgen hat er sie sehr früh wieder geholt und als wir das Zelt abgebaut haben und zusammengelegt haben, hat er sie mit in das Zelt gewickelt.

Uwe war nun fast immer bei seiner Freundin und so traf ich mich nur noch mit Frank, gelegentlich mit Frithjof. Durch den Urlaub und den Kontakt zu meinen Freunden war ich inzwischen zum Raucher geworden. In unserer Freizeit fuhren wir in die Perle oder wir trafen uns am Alaunplatz in einer Seitenstraße.

So auch an einem wunderschönen Sommerabend. Als wir in die kleine Straße am Alaunplatz einfuhren, spielten da zwei Mädchen auf der Straße Federball. Wir bockten unsere Mopeds auf, zündeten uns eine Zigarette an und sahen den Mädels zu, natürlich nicht, ohne ein paar Kommentare zu verlieren. Ich musste feststellen, dass eines der Mädchen nicht nur gut gebaut war, sie trug einen Minirock und hatte tolle Beine, sie hatte auch eine süße Stimme und ein nettes Gesicht. Ich war überwältigt. Wir unterhielten uns ein wenig mit den Mädchen, aber dann mussten sie nach Hause. Nun fuhren wir immer öfter in diese Straße, einfach nur, um zu rauchen, und ich natürlich in der Hoffnung das Mädchen zu treffen. Aber ich traf sie nicht. Zwei oder dreimal sah ich sie auf der Straße, aber immer in Begleitung.

So verging das Jahr 1974 ziemlich unspektakulär. Ich ging meiner Arbeit nach, eine Woche Berufsschule, drei Wochen arbeiten mit Früh- und Spätschicht. In der Freizeit spielte ich Fußball, traf mich mit meinen Freunden in der Mocca-Perle, oder wir lungerten einfach auf der Straße herum, immer in der Hoffnung, diesem Mädchen wiederzubegegnen.

Es kam Silvester. Den Jahreswechsel wollten wir diesmal wieder zusammen feiern, Uwe mit Ilona, Frank mit seiner Freundin und ich. Um Mitternacht stießen wir auf das neue Jahr an und dann gingen wir auf die Straße, um dem Treiben beizuwohnen. Ich lehnte an der Hauswand und wie aus dem Nichts stand plötzlich dieses Mädchen vor mir. Sie war in Begleitung einer Freundin. Ich war total überrascht, wünschte ihr ein gutes Neues Jahr und küsste sie ganz spontan. Und das taten wir von da an eine ganze Stunde lang. Ich nahm sie mit nach oben in Uwes Wohnung. Sie sagte mir, dass sie gekommen war, in der Hoffnung, mich zu treffen. Ich schwebte im siebten Himmel. Irgendwann brachte ich sie nach unten und sie ging mit ihrer Freundin nach Hause. Nun wusste ich, dass sie Andrea heißt, aber mehr nicht. Ich hatte sie einfach gehen lassen, ohne eine neuerliche Verabredung oder sonst etwas, weil ich einfach nur überwältigt war und es nicht glauben konnte. Der 1. Januar 1975 war ein Tag zum Ausruhen, zum Ordnen der Gedanken. Ich konnte es kaum fassen. Das, wovon ich solange geträumt hatte, ist über Nacht in Erfüllung gegangen. Irgendwie stand ich total neben mir.

Am 2. Januar, einem Donnerstag, begann das letzte halbe Jahr meiner Ausbildung. Ich ging morgens aus der Haustür und stieß fast mit einer Person zusammen. Ich wusste nicht, ob ich jetzt an Zufall, Fügung, göttliche Hilfe oder was auch immer glauben sollte. Es war Andrea. Ich war verblüfft. Als ich sie fragte wohin sie gehe, antwortete sie mir, dass sie in die Berufsschule fährt, mit der Straßenbahn bis zum Haus der Presse und dann noch etwas Fußweg. Das war genau mein Weg. Irgendwie konnte ich das nicht begreifen, vor allem, als sich dann noch herausstellte, dass sie den gleichen Beruf erlernt, den ich angefangen habe zu lernen und eben auch in der gleichen Firma. Es war schon lustig. Aber von nun an waren wir zusammen. Wir trafen uns, so oft es ging und nach einigen Wochen ging ich bei ihr daheim ein und aus. Andrea hatte noch eine ältere und eine jüngere Schwester und sehr nette Eltern. Ich fühlte mich wohl, wenn ich bei der Familie Schmidt war.

Alles wurde nun irgendwie besser. Dadurch, dass wir einen Gönner im Westen hatten und ich viele Sachen von meiner Schwester geschickt bekam, konnte ich mich von nun an sehr modern kleiden. Und das fiel auf, was mir natürlich nicht missfiel. Dass es unserer Familie besser ging, wurde auch in der Nachbarschaft bemerkt und hinter vorgehaltenen Händen wurde spekuliert, ob das nun alles von der Tochter kommt, die in den Westen geflüchtet ist. Mir konnte es recht sein. Irgendwann im Frühjahr war es auf jeden Fall soweit, dass meine Schwester ein Auto bekam. Es gab in diesen Zeiten eine Handelsorganisation, die sich GENEX nannte. Da konnten Menschen, die in der Bundesrepublik lebten, Ihren Verwandten oder Bekannten im Osten aus Katalogen ausgewählte Sachen schicken, die sie im Westen an GENEX zahlten und die dann im Osten dort abgeholt werden konnten oder von dort verschickt wurden, von Lebensmitteln über Kleidung, Möbel bis hin zum Auto und zu ganzen Häusern. Nun bekam meine Schwester nicht irgendeinen Wartburg oder Trabant, nein, es war ein Shiguli (später bekannt unter der Marke Lada), der in der Sowjetunion als Fiat 124-Nachbau hergestellt wurde. Ich glaube, dass damals so ungefähr 8000 D-Mark für das Auto bezahlt worden. Meine Schwester hat den mit einem Bekannten aus Berlin abgeholt. Und plötzlich stand ein roter Shiguli auf der Straße, auf unserer Straße, der Kamenzer Straße und ausgerechnet die, die immer ärmlich waren und nichts hatten, bekamen dieses Auto. Der Lada war von den wenigen handelsüblichen Automarken die teuerste.

Den Führerschein hatte meine Schwester schon irgendwann vorher gemacht. Nun war nur das Problem, sie traute sich nicht, das Auto zu bewegen. Ich war gerade erst 18 geworden. Bis man in der DDR den Führerschein machen konnte, das konnte Jahre dauern. Ich wäre so gern gefahren, aber es ging nicht. Theoretisch hatte ich alles drauf. Ich habe mich natürlich auch intensiv damit befasst. Ich drängte meine Schwester mit dem Auto zu fahren. Sie nahm dann noch einmal ein paar private Fahrstunden bei dem Fahrlehrer, bei dem sie die Fahrerlaubnis gemacht hatte und dann ist sie gefahren. Ich bin am Anfang gern mitgefahren, aber irgendwann wollte ich selbst am Steuer sitzen. Ich brauchte unbedingt die Fahrerlaubnis. Nur wie? Natürlich sprach ich mit meinen Freunden darüber und jeder wusste, dass es Möglichkeiten gab, den Führerschein zu machen. Dass man eventuell etwas mehr bezahlen muss, aber durch Beziehungen ging immer etwas.

In diesem Moment waren das alles nur Pläne. Ich hatte eine neue Freundin und war verliebt. Ich war in die Familie aufgenommen. Ich durfte samstags im Hause Schmidt baden, anschließend mit auf der Couch Platz nehmen zum Fernsehen. Irgendwie gehörte ich schon sehr zur Familie. Einerseits fand ich das äusserst angenehm, andererseits auch etwas spießig.

Auf jeden Fall haben wir immer etwas unternommen. An den Wochenenden sind wir oft alle zusammen weggegangen - Ilona und Uwe, Frank und Petra, Andrea und ich, mal zum Essen, mal irgendwo zum Tanzen. Wir haben Touren gemacht mit dem Moped, irgend etwas haben wir uns immer einfallen lassen.

Ich erinnere mich an einen wunderschönen Frühlingssonntag. als ich mit Andrea auf der Prager Straße zum Eisessen war. Ein herrlicher Nachmittag, es waren viele Menschen unterwegs, man trug schon Sommerkleidung. Wir hatten die Eisdiele verlassen und schlenderten die Promenade entlang, Andrea hatte sich bei mir eingehengt. Ich trug ein kurzärmeliges Hemd, in der Brusttasche hatte ich eine Schachtel Zigaretten. Peer 100, die waren aus dem Westen. Ich rauchte. Wie wir so laufen, kommt uns eine Gruppe junger Männer entgegen, es waren ungefähr acht Personen, ganz normal gekleidet, als einer auf mich zukommt und in gebrochenem deutsch zu mir sagt: „Kamerad, Zigarett. . .". In einem Bruchteil von Sekunden entstand mein Entschluss, klar Nein zu sagen. Ich musste mir meine Zigaretten auch selbst kaufen, hatte wenig Geld. Und die, die ich bei mir trug waren aus dem Westen. Dieses Nein hatte ich kaum über die Lippen gebracht, als ich von meinem Gegenüber einen Schlag ins Gesicht bekam, einen weiteren mit der Handkante gegen den Kehlkopf, während ich mich instinktiv zusammenkrümmte und nach einem weiteren Schlag gegen die Leber zu Boden ging, grabschte mir der Kerl in meine Hemdtasche und riss die Schachtel Zigaretten raus. Die Meute stand um mich herum und grölte. Ich lag im Dreck. Der Kerl mit den Zigaretten in der Hand trat mit dem Fuß auf mich ein, wie gegen einen Fußball. Irgendwie raffte ich mich auf, meine Freundin war weg, die Passanten auf der Straße interessierten sich nicht für mich, überhaupt sahen alle weg. Die Meute unterhielt sich und sie sprachen russisch. Ich war damals erst knapp über ein Jahr aus der Schule und ich hatte mit dieser Sprache acht Jahre beinahe täglich zu tun.

Als ich wieder auf den Beinen war, lies ich nicht locker. Ich ging zu dem Typen und verlangte meine Zigaretten zurück. Er spukte auf meine ausgestreckte Hand und plötzlich hatte ich den nächsten Schlag im Gesicht. Wieder war ich am Boden, kam wieder hoch und verlangte nach meinen Zigaretten. Einer aus der Gruppe sprach auf den Kerl ein und sagte, dass er mir die Schachtel zurückgeben solle. Dies tat er dann auch. Er griff in die Schachtel, holte mit einem hektischem Griff zwei, drei Zigaretten aus der

Schachtel, streckte sie mir entgegen und sagte in gebrochenem Deutsch „Hier deutsches Schwein!" Ich nahm die Schachtel, sagte Danke und ging.

Erst jetzt bemerkte ich, dass ich blutete und ich spürte Schmerzen an den Rippen, im Gesicht und am Hals. Ich heulte vor mich hin. Ich wusste nicht, was ich tun sollte. Zum Arzt gehen, zur Polizei, die Burschen anzeigen? Ich ging zum Frank. Er riet mir, zum Doktor zu gehen. Das tat ich nicht, vielmehr fasste ich einen Entschluss. Ich ging am Montagmorgen ganz normal zur Arbeit. Natürlich erzählte ich diese Geschichte zum Thema „Was hast Du am Wochenende gemacht?" meinen Kollegen. Ich war von der Schlägerei gezeichnet und es war unschwer zu erkennen, dass es eine Auseinandersetzung gab. Was ich damals überhaupt nicht verstanden habe, dass mich Freunde, die ja angeblich alle Russen waren, als deutsches Schwein bezeichnen und ich einer Organisation angehören musste, die sich Deutsch-Sowjetische Freundschaft nannte und für die ich monatlich auch noch Beiträge bezahlen musste. Das war zuviel für mich. Während des Frühstücks im großen Speisesaal im Haus der Presse, erzählte ich einem weiteren Kollegen mein Erlebnis vom Vortag und begann meinen Entschluss umzusetzen. Ich zog das Mitgliedsbuch, das hatte ich am Sonntagabend noch rausgesucht, der besagten Organisation aus meiner Gesäßtasche, aus der linken Hosentasche mein Feuerzeug, ich hielt das Buch etwas in die Höhe und stellte etwas theatralisch fest, dass ich auf eine solche Freundschaft verzichten kann. Ich zündete das Feuerzeug und hielt es an das Buch, welches langsam zu brennen begann.

Der Saal war gut gefüllt, plötzlich wurde es hinter mir etwas lauter, zwei Männer kamen auf unseren Tisch zugestürzt, rissen mich vom Stuhl, drehten mir die Arme auf den Rücken und zerrten an mir herum. Einer löschte das brennende Buch am Boden. Der andere hielt mich mit diesem Griff und geleitete mich aus dem Speisesaal. Die Stasi war allgegenwärtig, immer und überall. Ich wurde zum Direktor gebracht und mein Fall wurde ihm gegenüber kurz geschildert. Ich kam überhaupt nicht zu Wort. Alle redeten auf mich ein. Mir wurde gedroht mit Rausschmiss, Konsequenzen, Einsperren, Lehrabbruch etc., bis ich schrie, dass sie mir vielleicht auch einmal zuhören. Das hatte zumindest gewirkt. Ich durfte mich setzen. Dann erzählte ich, was mir passiert war. Erst wollte man es als Rowdytum abtun und dass das mit „unseren sowjetischen Freunden" nichts zu tun haben könnte. Als ich dann aber auf meine Sprachkenntnisse hinwies und von einer Zeugin sprach, wurden die Herrschaften immer kleinlauter. Von Rausschmiss war keine Rede mehr, von Bestrafung dennoch. Ich durfte mich freiwillig verpflichten, bis zum Ende der Lehrzeit die Wandzeitung zu gestalten. Ich hab das so angenommen, war ich damit doch gut bedient.

Es war inzwischen zwei Jahre her, als ich aus der Schule gekommen bin und nun war ich schon fast mit meiner Lehrausbildung fertig. Die Prüfungen standen an. Und wie bei der Abschlussprüfung in der Schule gab es auch schriftliche und mündliche Prüfungen. Es war nicht sonderlich schwer, trotzdem musste man natürlich lernen, wollte man am Ende ein Facharbeiterzeugnis und damit einen Abschlussvorweisen können.

In Erinnerung geblieben ist mir der Tag, als wir die schriftliche Staatsbürgerkundeprüfung hatten. Mit einigen Mitschülern traf ich mich mitten in der Stadt und wir gingen in ein Café am Zwinger. Wir bestellten uns Kaffee und dazu Cognac, zwei bis drei Stück hatte schon jeder von uns getrunken und wir waren lustig und sind in die Berufsschule gegangen, um die Prüfung zu schreiben. Vernebelt vom Alkohol schrieb ich eine ganz passable Arbeit und bestand die Prüfung, wie auch die anderen und so bekam ich Anfang Juli 1975 den Facharbeiterbrief. Ich war fertig, hatte ausgelernt und verdiente Geld.

Ich arbeitete in zwei Schichten, eine Woche früh, von 5.15 Uhr bis 14.15 Uhr, die andere Woche in der Spätschicht von 14.15 Uhr bis 23.00 Uhr. Ich arbeitete in der Abteilung nur mit Mädchen und Frauen zusammen. Alle waren älter. Ich war einer der ersten männlichen Mitarbeiter der an einer elektronischen Schreibmaschine arbeitete. Von nun an tat ich nichts anderes, als von einem Manuskript Texte zu erfassen in sämtlichen Sprachen, von Französisch, Englisch über Portugisisch bis hin zu Suaheli. Ich tat diese Arbeit sehr gern und ich fühlte mich wohl als Hahn im Korb unter den ganzen jungen Frauen. Etwa im August, es war an einem Nachmittag als ich bei Frank war, kam dessen Vater und sagte uns, wir sollten uns demnächst nichts vornehmen und uns bereithalten, er hat da etwas organisiert, dass wir die Fahrerlaubnis machen können. Er erzählte uns von einem Bekannten, der bei der deutschen Post Fahrlehrer ist und bei dem wir in kurzer Zeit die Fahrerlaubnis machen können. Das ganze kostet für jeden von uns ungefähr 400 Mark und wird in zwei bis drei Wochen durchgezogen. Wir haben uns natürlich wahnsinnig gefreut und waren unglaublich aufgeregt und gespannt, wann es losgeht. Von meiner Schwester erbettelte ich nun öfter mal den Schlüssel von ihrem Auto, um mich mit Frank hineinzusetzen und Trockenübungen zu machen, was das Schalten anbelangt. Theoretisch hatten wir das natürlich alles drauf. Ich drängte meine Schwester immer mehr und immer öfter dazu, mich einmal mit dem Auto fahren zu lassen. Was dann auch passierte. Auf unbelebten Straßen drehte ich meine ersten Runden. Und das ging so, als wäre ich schon immer in meinem Leben Auto gefahren. Ein bis zweimal hat es beim Losfahren etwas geruckelt, aber dann ging es ganz normal. Auf einer relativ kurzen Strecke schaltete ich alle Gänge durch, rauf und runter, anfahren, bremsen, am Berg anfahren mit Handbremse, einparken. Ich beherrschte das binnen kurzer Zeit, als hätte ich nie etwas anderes gemacht. Es war ein irrsinniges Gefühl und ich war ohne Ende stolz auf mich selbst. Das Auto fahren, auch ohne Führerschein, wurde zur Sucht. Jede Gelegenheit nahm ich wahr, um hinter dem Steuer zu sitzen.

Manchmal kam mich meine Schwester von der Arbeit abholen, wenn ich Spätschicht hatte. Ich glaube, wir hatten verabredet, dass sie Frank mitbringt und wir nach der Spätschicht auf einer wenig befahrenen Straße etwas üben. An diesem Tag hatte eine meiner Kolleginnen Geburtstag und wir feierten etwas auf Arbeit. Gefeiert wurde natürlich auch damals schon mit Alkohol. Ich trank zwei bis drei Gläser Weisswein. Eine Stunde später, um 23.00 Uhr stand meine Schwester mit Frank vor dem Betrieb wie verabredet und wir fuhren von dort in die Dresdner Heide auf eben die wenig belebten Straßen, um Fahrpraxis zu sammeln. In der Nähe einer dieser Straße war eine Kaserne der sowjetischen Streitkräfte und ein Friedhof gefallener russischer Soldaten. Wegen der Angst vor Anschlägen auf diesen Friedhof, war dort immer Polizei präsent, daran hatten wir aber nicht gedacht. Und so kam es, wie es kommen musste. Ich fuhr die Straße hoch und runter, beschleunigte auch sehr schnell auf einer kurzen Distanz, als plötzlich ein rotes Licht auftauchte und geschwenkt wurde. Als ich dieses rote Licht im

Lichtkegel vom Auto hatte sah ich, oh Schreck - die Polizei. Ich brachte das Auto zum Stehen.

Der Polizist verlangte meine Fahrerlaubnis. Ich sagte zu ihm, dass ich keine habe. Nun wurde es bunt. Er fragte weiter, wer der Besitzer des Autos ist, was wir um diese Zeit an diesem Ort machen, ob ich Alkohol getrunken hätte. Ich erklärte alles kurz, dass ich dabei bin, die Fahrerlaubnis zu machen, dass ich LKW fahren möchte und dass ich keinen Alkohol getrunken habe. Er gab mir ein Röhrchen mit einer Tüte und sagte, er möchte jetzt einen Alkoholtest machen und erklärte mir, wie ich da reinblasen muss. Ich weiß nicht wie und was ich gemacht habe, auf jeden Fall mal alle Luft aus meinem Körper gepresst, frische Luft tief eingeatmet, in das Gerät kurz, ganz kurz hineingeblasen und den Rest meiner Luft irgendwo vorbei gelassen. Aber alles so, dass es für den Polizisten in Ordnung war und er sagte, es ist alles in gut. Kein Alkohol, ich war baff! Zum einen hätte ich mir fast in die Hosen gemacht, zum anderen konnte ich es wirklich überhaupt nicht fassen. Aber nun ging es natürlich noch weiter. Wir entschuldigten uns und sagten, es wird nie wieder vorkommen und wir wollten ja nur, und, und, und. Er sagte, das wird ein Nachspiel haben und eine Strafe geben. Er sagte auch, es könnte sein, dass man meiner Schwester die Fahrerlaubnis abnimmt und ich meine erst in zwei bis drei Jahren machen könne, aber wir sollten abwarten. Das war eine schwierige

Zeit. Für meine Schwester tat es mir Leid, wollte sie mir doch eigentlich nur helfen. Nach einigen Tagen bekamen wir einen Brief von der Behörde. Wegen Fahrens ohne Fahrerlaubnis musste ich 50 Mark Strafe zahlen, meine Schwester 140 Mark. Wichtig war, dass sie ihren Schein behalten und ich meinen machen konnte.

Aber dann war es für uns soweit. Frank's Vater sagte uns, dass der Fahrlehrer mit dem Auto am . . . um . . . kommt und dass es dann losgehe. An dem verabredeten Tag stand er plötzlich da, ein LKW, Marke W50. Ein nicht allzu großer, untersetzter Mann sprang vom Führerhaus herunter, begrüßte uns, stellte sich kurz vor und fragte „Wer fährt zuerst". Ich fühlte mich gut und stieg ins Führerhaus, Fahrerseite. Die erste Frage: „Seid ihr schon mal gefahren?", LKW nicht, aber PKW war meine Antwort. Er sagte zu uns, dass beim LKW alles etwas anders ist. Er sprach von Zwischenkuppeln und Zwischengas, erklärte das auch kurz und sagte: „Los geht's". Der Mann war in meinen Augen ein Choleriker. Er sprach kaum normal, fast alles, was er sagte, schrie er. Wir hatten einen Heidenrespekt vor dem Mann und haben uns fast einge . . . . Er hatte auf dem Beifahrersitz ebenfalls ein Lenkrad, Gas- und Kupplungspedal und er konnte jederzeit eingreifen. Er sagte mir, woran ich mich orientieren sollte und es ging richtig los. Er jagte mich durch die engen Straßenschluchten der Dresdner Neustadt. Es gab immer irgendwelche parkenden Autos, Gegenverkehr, Hindernisse. Ich schwitze so sehr, dass mir das Wasser wie in einem Strom den Rücken herunterlief, dabei immer die Angst, etwas falsch zu machen. Manchmal trat er unvermittelt auf die Bremse, so dass es mich fast durch die Frontscheibe jagte. Der Mann machte uns Angst, es war brutal. Wir sind fast jeden Nachmittag ein bis zwei Stunden unterwegs gewesen und durch die Stadt gefahren. In der zweiten Woche nannte er uns eine Adresse, wo wir hinfahren mussten und wo wir die theoretische Prüfung ablegen sollten. Die wir gefälligts zu bestehen hatten, sonst könnten wir uns das gleich abschminken, jemals ein Auto zu steuern. Wir fuhren dahin. Dort waren ungefähr zwanzig Leute. Jeder von uns bekam ein paar Seiten mit Fragen, die man beantworten musste. Die Auswertung erfolgte sofort. Wir bestanden die theoretische Prüfung im ersten Anlauf, worüber wir sehr glücklich waren.

Noch eine Woche stand vor uns, mit täglichem Fahren mit dem LKW. Anfahren am Berg, Vorbeifahren an Straßenbahnen, wo es teilweise so eng war, dass ich meinte, ich müsse den Waggon der Straßenbahn wegschieben, um vorbeizukommen. Und er hat geschrien und gelacht und gesagt „Geht doch". Dann kam der Tag, an dem die praktische Prüfung abgenommen werden sollte. Er erklärte uns, dass ein Prüfer (immer ein Polizist) im Auto sitzt und wir so tun sollten, als wenn wir nur einfach so durch die

Stadt fahren. Wir sollten den Polizisten ignorieren. Er gab uns die Strecke vor und es ging los. Was er uns noch einen Tag vor der Prüfung mitteilte, zur Prüfung wird mit Anhänger gefahren, der hängt schon dran am Auto. Wir hatten das weder trainiert noch probiert. Ohne das wir jemals vorher einen LKW mit Anhänger gefahren hatten, mussten wir das zur praktischen Prüfung tun. Der Fahrlehrer hat uns lediglich gesagt, wir sollten öfter in die Rückspiegel schauen und bei den Abbiegungen einfach etwas weiter in die Straße reinfahren, damit der Hänger mit rumkommt. Wahnsinn! Ich begann mit der Prüfungsfahrt, aus dem Dresdner Westen, wo die Fahrt begann, fuhr ich über die Budapester Straße, über die Nord-Süd-Verbindung in die Dresdner Neustadt, den Platz der Einheit, die Bautzner Straße entlang bis zur Mocca-Perle. Hier war für mich die Prüfungsfahrt nach 40 Minuten beendet. Wie uns vom Fahrlehrer auferlegt, luden wir hier den Prüfer zum Kaffeetrinken ein. Die Rückfahrt war die Prüfungsfahrt von Frank. Von der Mocca-Perle wieder durch die Neustadt und dann zur Schießgasse (Volkspolizeikreisamt). Dort stellten wir den LKW ab, der Polizist stieg aus, beglückwünschte uns und sagte, wir seien tadellos gefahren und haben die Prüfung bestanden. Der Fahrlehrer drückte uns die Hand und sprach: „Immer wenn es am schönsten wird, muss man sich trennen". Und eigentlich haben wir da erst gemerkt, dass er nur unser Bestes wollte und gar kein schlechter Mensch war. Dann sagte er uns noch, wir könnten jetzt in das Gebäude gehen und unsere Fahrerlaubnis abholen.

Ich war überglücklich. Ich konnte mit dieser Fahrerlaubnis alles fahren, LKW mit Anhänger, Sattelschlepper, Bus, Motorrad und PKW. Das hatte ich nicht zu träumen gewagt und nun - es war Wirklich-

keit. Nur wenige hatten das Glück, mit 19 Jahren die Fahrerlaubnis zu haben und ein Auto zur Verfügung, mit dem man hin und wieder fahren konnte.

Noch am gleichen Tag fuhr ich das erste Mal mit dem Auto meiner Schwester, ich am Steuer, sie auf dem Beifahrersitz, durch die Stadt. Was für ein gigantisches, erhebendes Gefühl.

Da ich mich sehr viel um meinen kleinen Neffen kümmerte, vor allem, wenn meine Schwester arbeiten musste, gab sie mir natürlich gern das Auto. Ich fuhr sie, vorausgesetzt ich hatte frei, morgens auf Arbeit und Abends holte ich sie wieder ab. Tagsüber beschäftigte ich mich mit dem Kleinen.

Ich hatte die Fahrerlaubnis erst zwei oder drei Tage und an einem Sonnabendmorgen (meine Schwester musste an den Wochenenden arbeiten), fuhr ich sie zu ihrer Arbeitsstelle nach Boxdorf. Schon auf der Fahrt nach Boxdorf, kurz hinter dem Wilden Mann sahen wir einen Streifenwagen der Polizei. Ich dachte mir nichts dabei. Ich fuhr einfach an denen vorbei und brachte meine Schwester zur Arbeit. Zwischen dem Wilden Mann und Boxdorf fuhr man einige Kilometer durch ein Waldgebiet, in dem auch der Heidefriedhof liegt. Auf der Rückfahrt von Boxdorf nach Dresden fuhr ich wieder durch das besagte Waldstück. Und vor dem Parkplatz am Friedhof stand das Polizeiauto, das mir schon auf der Hinfahrt begegnet war. Als ich mit dem roten Shiguli an dem Parkplatz vorbeifuhr, sah ich, wie die Beamten schnell zu ihrem Auto gingen und mir nach einigen Minuten folgten. Im Rückspiegel sah ich plötzlich diesen Streifenwagen. Natürlich war ich etwas aufgeregt, hatte ich doch meine Fahrerlaubnis erst seit ein paar Stunden. Aber ich gab mir große Mühe, vorschriftsmässig zu fahren und alles richtig zu machen.

Ich fuhr den Wilden-Mann-Berg runter, setzte mich

links ab, blinkte, um in die Döbelner Straße einzubiegen. Alles war gut, ich ließ den Gegenverkehr vorbei, bog ab und fuhr ganz normal Tempo 50 die Döbelner Straße entlang, bis der Streifenwagen hinter mir plötzlich sein Blaulicht und die Sirene einschaltete, mich überholte, und der Beamte mir mit der Kelle andeutete, rechts ranzufahren und anzuhalten. Die Polizisten gingen sicher davon aus, dass sie einen Jugendlichen stellen, der ohne Fahrerlaubnis unterwegs ist, womöglich das Auto gestohlen hat, in einem großen Auto, dass ihm gar nicht gehören kann und dass sie nun einen großen Fisch an der Angel haben. Ich sah ja nicht aus wie 19jährig, sondern eher wie vierzehn, immer noch klein, relativ schmächtig, mit wenig Bartwuchs.

Ich erkannte den Polizisten der auf mich zu kam. War es doch der gleiche, der mir vor einigen Wochen nachts im Wald schon einmal begegnet war. Er erkannte mich auch. Ich hatte so das Gefühl, dass er richtig heiß war, mich jetzt erneut zu stellen, um mir nun eine richtige Strafe aufbrummen zu können. Ich blieb ganz ruhig, obwohl ich innerlich total angespannt war, wie verlangt zückte ich meine Fahrerlaubnis, die er nun von oben nach unten und von vorn nach hinten untersuchte. Mit dem Ergebnis, dass alles in Ordnung ist. Dem Genossen blieb nichts weiter übrig, als mir zur bestandenen Fahrerlaubnis zu gratulieren und mir gute Fahrt zu wünschen. Das war eine Begebenheit, die ich absolut genossen habe. Ich war öfter unterwegs mit dem Auto. An den Wochenenden, wenn meine Schwester arbeiten musste, habe ich sie früh zur Arbeit gefahren und Abends habe ich sie wieder abgeholt. Ich habe mich um meinen kleinen Neffen gekümmert und habe das Auto gepflegt, gewaschen, gesaugt usw. Natürlich machte ich auch die eine oder andere Spritztour mit Freunden. Die Regel war, dass man nach der Lehrausbildung zur Armee musste. So war es auch bei mir. Ich lernte im Juli aus und die Einberufungen zur Nationalen Volksarmee erfolgten immer im Spätherbst oder im Frühjahr. Allein wenn ich daran dachte, dass ich für 18 Monate weg muss, wurde mir schon schlecht. Ich schob die Gedanken ganz tief hinten rein, aber es nützte nichts. Die Zeit verging und der Zeitpunkt zur Einberufung rückte näher und näher. Ungefähr zwei bis drei Wochen vorher wurden die Einberufungsbefehle per Einschreiben vom Wehrkreiskommando verschickt und die Postboten händigten diese persönlich aus.

Kapitel 17

Soldat der Nationalen Volksarmee

Der Befehl für mich kam am Dienstag, 14. Oktober 1975, genau drei Wochen vor dem Einberufungstermin. Am 4. November um 9.00 Uhr musste ich mich in Radebeul Ost am Bahnhof einfinden. Ich musste nach Großenhain. Uwe hatte seine Einberufung auch erhalten. Er musste etwas weiter weg in die Nähe von Cottbus. Andere hatten eine viel weitere Anfahrt zum Stationierungsort. Ich war froh, für mich waren es knapp 50 km Entfernung. In Großenhain war das Panzerregiment 16 stationiert. Dass ich in ein Panzerregiment kam, gefiel mir gar nicht. Die Panzer machten mir Angst. Aber dafür brauchte man kleine Leute. Ich hatte also noch drei Wochen Zeit. Auf einem Merkblatt stand was man alles mitbringen muss und alles war genau beschrieben und erläutert. Aber ich interessierte mich dafür im Moment nicht. Ich wollte die letzten drei Wochen in Freiheit geniessen. Von nun an war eigentlich nur noch Feiern angesagt, Ausstand und Abschied auf Arbeit, Abschied von Freunden und Bekannten. Ich war in dieser Zeit sehr viel unterwegs. Als ich meinen letzten Arbeitstag hatte, habe ich mit den Mädels, die in meiner Schicht waren, schon auf Arbeit gefeiert. Anschließend sind wir in die Kakadu-Bar gefahren, um weiter zu feiern. Und, obwohl ich liiert war, habe ich mich an diesem Abend auch noch in eine ältere Kollegin verguckt. Barbara, eine Frau nach meinen Vorstellungen, blond, blaue Augen, gute Figur, und als wir so an der Haltestelle standen und uns in die Augen sahen, lagen wir uns auch schon in den Armen und küssten uns. Der Abend sollte hier eigentlich beendet sein , als ein Bus angefahren kam, an dem angeschrieben stand „Betriebsfahrt". Eines der Mädchen, Gabi, streckte den Daumen aus und der Bus hielt an. Gabi redete kurz mit dem Busfahrer, ob er uns nicht ein Stück mitnehmen könne, als sie feststellten, dass die Beiden sich von früher kannten. Gabi überredete den Busfahrer, uns alle mitzunehmen und zu ihr nach Hause zu fahren. So passierte es auch und wir kamen gegen 2.00 Uhr morgens bei ihr zu Hause an. Es wurde weiter gefeiert und wir hörten Musik. Ich war weiterhin mit Barbara beschäftigt, aber irgendwann schliefen wir alle ein.

Es war schon hell, als jemand an die Tür klopfte und energisch „Aufstehen" rief. Es war Gabis Mutter. Sie machte die Tür auf, steckte ihren Kopf in das Zimmer und sagte: „Ach, Weiberfehde" . . . Erst als wir alle beim Frühstück saßen, bemerkte die Mama von Gabi, dass ich männlichen Geschlechts war. Von hinten war das natürlich schlecht zu erkennen, hatte ich doch schulterlanges leicht welliges Haar.

Irgendwann verabschiedeten wir uns und ich fuhr nach Hause, ich hatte mal wieder Schmetterlinge im Bauch und doch irgendwie ein schlechtes Gewissen gegenüber meiner Freundin Andrea, mit der ich mich für den Nachmittag verabredet hatte, um verschiedene Dinge einzukaufen, die ich für die Armee brauchte. Es war eine ziemlich blöde Situation. Ich konnte es nicht verbergen, dass etwas passiert war und sie merkte es wohl auch. Ich war nicht bei der

Sache und vielleicht auch übermüdet. Meine Gefühle fuhren Achterbahn. So kam der 4. November 1975. Mit meiner Schwester war ausgemacht, dass sie mich morgens nach Radebeul zum Treffpunkt bringt, mit dem Auto. Meine Tasche war gepackt, alles habe ich besorgt, was auf dem Zettel stand. Die Nacht auf den 4. November konnte ich nur schlecht schlafen. Ich war schon sehr früh wach. Nach der Morgentoilette setzte ich mich noch mit meiner Mutter zusammen und trank mit ihr Kaffee. Sie musste arbeiten gehen. Der Abschied fiel mir sehr schwer und ich habe geheult, als ich sie umarmte. Mutti hat auch geweint, sie weinte immer, wenn jemand ging oder gehen musste. Ich weinte weniger, dass ich meine Mutter jetzt nicht mehr sehe, eher, weil ich weg musste und es keine Möglichkeit gab, mich zu drücken, was ich liebend gern getan hätte.

Daggi fuhr mich nach Radebeul. Wir rauchten zusammen noch eine Zigarette und ich verabschiedete mich. Die ganze Straße, auf der wir parkten war voll. Hunderte junge und auch ältere Männer standen da und verabschiedeten sich auf die unterschiedlichste Weise von ihren Angehörigen. Daggi heulte auch. Ich musste mich sehr beherrschen, aber es tat weh, es war ein richtiger Schmerz. Ich nahm meine Tasche, winkte noch einmal und ging in den Bahnhof. Ich ging durch das Bahnhofsgebäude auf den Bahnsteig. Dort stand ein ewig langer Zug und hunderte Menschen. Über einen Lautsprecher lief Marschmusik. Und es gab ein paar Leute in Uniform, die sich ganz wichtig machen mussten und mit einem Megaphon Anweisungen gaben, sich aufzustellen und entsprechend dem Alphabet in den Waggons zu verschwinden.

Ich fühlte mich elend. Irgendwann ging es los. Der Zug ruckte an und wir fuhren. Mir kam es vor wie eine Ewigkeit, bis der Zug wieder anhielt. Wir waren in Großenhain angekommen. Über die Bahnhofslautsprecher dröhnte auch hier Marschmusik. Und eine Person schrie, Tasche aufnehmen, aussteigen, antreten, der Größe nach! Ich dachte ich bin in einem falschen Film. Es hieß, in Fünferreihe antreten, alles befehlsmässig. Ich wollte es nicht wahrhaben, dass ich hier zu gehorchen hatte. Ich glaube, es waren hunderte Neuankömmlinge. Bis sich der ganze Haufen formiert hatte, verging einige Zeit. Auf dem Bahnsteig verteilt standen einige Uniformierte. Jeder hatte etwas zu sagen und vor allem waren alle sehr laut. Ich gehörte wie immer zu den Kleinsten, deshalb war ich auch in der letzten Reihe dieses ewig langen Zuges. Irgendwann setzte sich der ganze Zug in Bewegung. Vorher hatte uns noch einer erklärt, dass wir vom Bahnhof durch die Stadt laufen zur Kaserne, dass wir dafür ungefähr eine halbe Stunde brauchen würden und dass wir im Gleichschritt zu gehen hätten und uns diszipliniert verhalten. Ich lief irgendwie mit. Die Tasche war schwer und ich wechselte diese oft von der rechten in die linke Hand. Es wurde immer wieder versucht, uns dazu zu bringen, im Gleichschritt zu laufen und einer schrie laufend: „links, zwo, drei, vier, links, links, links". Wir erreichten das Ziel. Ich sah ein sehr großes Gebäude und wie die ersten durch ein Tor in dieses hineingingen. Wie ich schon erwähnte, lief ich in der letzten Reihe und deshalb war ich auch der letzte, der dieses große eiserne Tor passierte. Als ich durch den Flur den Kasernenhof erreichte, schlug dieses riesige eiserne Tor hinter mir zu und es sollte sich für mich einige Wochen nicht mehr öffnen. Wie macht man nun schnellstens aus einem lebensfrohen, hoffnungsvollen, nach Freiheit, Entwicklung und Glück strebenden Jugendlichen einen unsicheren Befehlsempfänger? Man schneidet ihm zuerst einmal die Haare ab! Zwei Stunden nach meiner Ankunft saß ich schon, laut Befehl beim Haareschneiden. Das erledigten ungelernte Soldaten mit einer Maschine in fünf Minuten. Meine Haarpracht lag auf dem Boden und damit im weitesten Sinne auch meine Jugend. Tiefe Traurigkeit überkam mich, als ich meinen Borstenkopf im Spiegel sah. Eine andere Person schaute mich da hilfesuchend an. Mein Gesichtsausdruck spiegelte unverkennbar den hohen Grad meiner Verunsicherung und Bestürzung wider. Sich die Haare abschneiden zu lassen ist nichts Außergewöhnliches. Unter Zwang erhielt es eine völlig neue Dimension. Die Befehlshaber setzten diese Maßnahme ein als wichtigen Bestandteil der methodischen Gleichmacherei und nicht zu unterschätzenden Akt des Gefügigmachens und der Demütigung. Wir empfanden es als ersten Angriff auf unsere Persönlichkeit, als Auftakt zu Machtausübung und totaler Kontrolle seitens der Militärs. Als nächstes nahmen sie uns die Zivilkleidung weg. Jeder mußte dazu ein Paket schnüren und dieses, an die Eltern adressiert, abgeben. Die Personalausweise hatte man uns schon Tage vor der Einberufung abgenommen und statt dessen den grauen Wehrdienstausweis samt Blechmarke mit eingestanzter Nummer ausgehändigt. Diese Blechmarke, auch Hundemarke genannt, diente zur Identifizierung, falls wir verbrennen oder anderweitig umkommen sollten. Durch diese Aktionen sämtlicher Merkmale eines freien Menschen beraubt, verblieben uns als einzige Kleidung die hässlichen Uniformen. Es gab kaum noch Ruhe. Unablässig hagelte es Befehle. Ich musste lernen, mich zu fügen und unterzuordnen.

Der Soldaten-Alltag hatte uns schon nach kurzer Zeit fest im Griff. Man steckte mich nun in ein Zimmer zusammen mit elf Männern und sechs Stockbetten, jeder bekam einen Schrank und ein Bett zugewiesen. Nicht ein privater oder persönlicher Gegenstand wurde in den Stuben geduldet. Einzige Sitzgelegenheit war ein Stahlrohrhocker mit einer Sitzfläche von 30 x 30 cm. Auch kein Bild oder Plakat durfte aufgehängt werden, einfach nichts, was noch an das Leben davor erinnerte. Schnell wurde mir klar, dass die Armeeführung es offensichtlich ganz gezielt auf die völlige Ausschaltung unserer Individualität abgesehen hatte.

Ich war total erschöpft, als ich endlich ins Bett konnte. Die erste Nacht war kurz. Ein furchtbares Geräusch ließ mich nach wenigen Stunden aus dem Schlaf schrecken, eine Art Sirene, die begleitet wurde von lautem Schreien: „Nachtruhe beenden, raustreten zum Frühsport". Und das sollte jeden Tag so sein? Fünfhundertsechsundvierzig Tage lagen vor mir. Achtzehn Monate waren Pflicht. Einmal dabei, machte fast jeder männliche DDR-Bürger geeigneten Alters eine Erfahrung, die an Prägekraft schwer zu übertreffen ist. Dienen bei der NVA, das ist rechtlose Zeit, das bedeutet Drill, Schikane und psychischer Druck. Vor allem aber ist es verlorene Zeit, sind es verbrannte Lebensjahre. Dienen bei der Asche nannte der Volksmund den Ehrendienst. Achtzehn lange Monate. Ich begann bereits am ersten Tag zu zählen. Hinzu kamen die Geschichten mit den Mädchen. Sobald ich das erste Mal Zeit aufbringen konnte, schrieb ich Briefe. An Andrea, in der Hoffnung, dass sie mir verzeiht und mich während der Zeit begleitet, an Barbara, weil ich mich sehr zu ihr hingezogen fühlte. Nun, zuerst bekam ich die Abfuhr von Andrea. Es war nach relativ kurzer Zeit, etwa zwei bis drei Wochen, nachdem ich eingezogen wurde, als sie mir schrieb, aus, vorbei, Ende. Das hat mich sehr getroffen. Von Barbara kamen Briefe, in Parfüm getränkt und wunderschön ge schrieben, allerdings klärte sie mich darin auf über Verliebtheit und Liebe. Und von ihrer Seite war es nur Verliebtheit.

Was mir großes Kopfzerbrechen bereitete, war die Tatsache, dass ich fortan als Ladeschütze fungieren sollte. Ladeschütze in einem Panzer, davor hatte ich größten Respekt, besser ausgedrückt, ich hatte eigentlich schon die Hosen voll, bevor ich überhaupt einen Panzer zu Gesicht bekam. In der Hierarchie der Volksarmee ist der Ladeschütze der Letzte (erstes Diensthalbjahr). Der Ladeschütze war derjenige, der die Granate in das Panzerrohr einlegen musste. In den russischen Panzern wurde dies noch per Hand getan.

Ohne höheres Motiv und Zwang hätte sich soetwas keiner angetan. Achtzig Mark Wehrsold im Monat, Unterkunft im Zwölf-Mann-Quartier, Essen frei, sonntags Kuchen. Zuverlässig um sechs Uhr ertönte das Wecksignal. „Raustreten zum Frühsport!" brüllte der Unteroffizier. Jeden Tag stand etwas anderes auf dem Programm, Bewegungsabläufe trainieren, vom Rutschen auf dem Bauch bis zu Laufschritt und schnellem Sprung. Gas- und Atomschutz zählte zu den Höhepunkten, die gleichen Bewegungen noch mal, bloß mit aufgesetzter Gasmaske und Gummianzug, der den Schweiß in die Stiefel rinnen ließ. Nachmittags Exerzieren! Selbst der uralte preußische Stechschritt wollte schließlich eingeübt sein. So verstrichen die Tage. Ob Leistungssportler oder nicht, wer nicht mitzog, oder mitziehen konnte, dem erging es schlecht.

Es kam der Tag, an dem ich meine erste Begegnung hatte mit diesen, von mir so gefürchteten, Panzern. Wir marschierten in den Fuhrpark und da standen sie, nebeneinander aufgereiht. Vor allem als ich das erste Mal auf dem Platz saß, der mir als Ladeschütze zugedacht war! Und als dann der Fahrer das Ungetüm startete, wurde es mir richtig mulmig. Der Boden unter mir bebte. Das übertrug sich auf meinen Körper, mir blieb fast die Luft weg, es dröhnte und die Luft vibrierte. Es war für mich ein sehr beängstigendes Gefühl und ich war für den ersten Moment sehr froh, als ich wieder aussteigen durfte.

Die Besatzung eines Panzers besteht aus vier Soldaten – dem Fahrer, dem Kommandanten, dem Ladeschützen und dem Richtschützen. Der Fahrer sitzt vorne auf der linken Seite der Wanne. Der Ladeschütze hat seinen Platz auf der rechten Seite des Turms neben der Bordkanone; der Kommandant und der Richtschütze sitzen auf der linken Seite des Turms. Die Soldaten können über zwei Luken im Turm ein- und aussteigen, dem Fahrer steht eine eigene Luke zur Verfügung.

Ich hätte alles dafür gegeben, um da nicht mitmachen zu müssen. Und so unglaublich es jetzt klingen mag, es geschah ein großes Wunder, was für mich bis heute noch unbegreiflich ist. Ich habe mich so fest daran geklammert, dass irgendentwas passiert und - vielleicht wurden meine Gebete erhört - ich kam aus der Sache raus. Und das passierte so: An einem Tag nach dem Mittagessen, marschierten wir singend und im Gleichschritt zurück zu unserer Kompanie. Auf der Stube angekommen hieß es, wir sollten einen vorgegebenen Text schreiben in leserlicher Schrift und den Zettel dann dem Ausbilder geben. Ich weiß nicht was mich bewog, jedenfalls schrieb ich den Text ab und ich verwendete meine Schönschrift, Druckbuchstabe an Druckbuchstabe, wie gedruckt eben. Ich schrieb meinen Namen ins Eck oben links und gab den Zettel ab. Etwa eine Stunde später, wir waren mit der Gruppe gerade auf dem Kasernenhof beim Exerzieren, als ein Gefreiter kam, zu unserem Ausbildungsoffizier ging und mit ihm sprach. Ich musste vortreten. Der Offizier sagte mir, ich solle sofort in die Unterkunft gehen, meine

Sachen zusammenpacken und mit dem Gefreiten in die achte Kompanie umziehen. Ich hatte keine Ahnung, was jetzt passierte, aber ich führte den Befehl aus, packte meine Sachen und ging mit dem Gefreiten mit. Der erzählte mir unterwegs, dass der Spieß einen neuen Schreiber braucht und ich wurde ausgewählt. Ich hatte noch keine Ahnung, was das für mich bedeutete, aber auf jeden Fall, dass ich nicht in einem Panzer sitzen muss. Was für ein Glück! Ich war direkt dem Kompaniefeldwebel unterstellt, gewissermaßen seine linke Hand. War verantwortlich für Ausgangsscheine, Urlaubsscheine, Verpflegung auf Übungen usw. Und ich fuhr den Kompanie-Ural. Gefahren bin ich den mehrmals. Was ich gefahren habe bzw. was alles geladen war, habe ich nie gesehen. Ich hatte nichts mehr auszustehen. Wo ich nur konnte, habe ich mich zurück gehalten. Was ich allerdings tun musste, nochmals die Fahrerlaubnis ablegen und das mit diesem verdammt unhandlichem Ural. Die Theorie war kein Problem, das Fahren an sich auch nicht. Es war sehr gewohnheitsbedürftig. Der Uri war ziemlich groß. Um einsteigen zu können, kniete ich mich zuerst auf das Trittbrett, dann versuchte ich den Griff rechts neben der Türklinke zu erreichen, an dem ich mich hochzog um dann die Tür zu öffnen und an der ich wiederum vorbei musste, um ins Fahrerhaus zu gelangen. Das war im Winter ein äußerst schwieriges Unterfangen, waren wir doch in die Watteuniform gepackt, in der man sich nicht nur schlecht bewegen konnte, sondern das

Gefühl vermittelt bekam, ein Michelinmännchen zu sein. Im Führerhaus gab es eine Sitzbank. Da ich sehr klein gebaut bin und sich diese Bank weder vor noch zurückstellen ließ, musste ich mir immer etwas in den Rücken klemmen, damit ich überhaupt die Pedale bedienen konnte. Aber das nahm ich gern auf mich. Auch das Schalten war immer mit leichten Schwierigkeiten verbunden. Manchmal benötigte man beide Hände, um von einem Gang in den nächsten schalten zu können, trotz Zwischenkuppeln und Zwischengas.

Der Ural war ein halbschwerer (13 t) benzinsaufender Dreiachs-LKW aus der UdSSR. Als Truppentransporter, als Träger für allerlei Kampftechnik, Nachrichten-Container-Fahrzeug, universell einsetzbar, ca. 180 PS, so etwa 50 Liter/100 km. Ich konnte trotz Stiefel und ohne den Kopf einzuziehen bequem unter dem vorderen Radkasten stehen.

Zum Kompanie-Uri gehörte noch ein Wasseranhänger, den musste ich im Falle einer Übung mit Trinkwasser befüllen und dann natürlich mitnehmen. Nach etwa 5 Wochen, Anfang Dezember, war es dann soweit, dass wir, nachdem fast jeden Tag exerziert wurde, vereidigt werden sollten. Der Fahneneid musste in der DDR durch jeden zur Nationalen Volksarmee (NVA) Einberufenen bei seiner Vereidigung geleistet werden. Ich hatte da einen großen Gewissenskonflikt und beschloss für mich, diesen Eid einfach nicht mitzusprechen. Dennoch fand die Veranstaltung statt und auch ich hatte natürlich zu Hause Bescheid gesagt, dass mich an dem Tag jemand besucht, war es doch eine Gelegenheit, sich wiederzusehen und sich zu unterhalten. Es kam meine Schwester und sie brachte meinen Freund Frank mit.

Hier der Wortlaut des Eides:

Ich schwöre

Der Deutschen Demokratischen Republik, meinem Vaterland, allzeit treu zu dienen und sie auf Befehl der Arbeiter-und-Bauern-Regierung gegen jeden Feind zu schützen.

Ich schwöre

An der Seite der Sowjetarmee und der Armeen der

mit uns verbündeten sozialistischen Länder als Sol-
dat der Nationalen Volksarmee jederzeit bereit zu
sein, den Sozialismus gegen alle Feinde zu verteidi-
gen und mein Leben zur Erringung des Sieges ein-
zusetzen.

Ich schwöre

Ein ehrlicher, tapferer, disziplinierter und wachsa-
mer Soldat zu sein, den militärischen Vorgesetzten
unbedingten Gehorsam zu leisten, die Befehle mit
aller Entschlossenheit zu erfüllen und die militäri-
schen und staatlichen Geheimnisse immer streng
zu wahren.

Ich schwöre

Die militärischen Kenntnisse gewissenhaft zu er-
werben, die militärischen Vorschriften zu erfüllen
und immer und überall die Ehre unserer Republik
und ihrer Nationalen Volksarmee zu wahren.
Sollte ich jemals diesen meinen feierlichen Fahnen-
eid verletzen, so möge mich die harte Strafe des
Gesetzes unserer Republik und die Verachtung des
werktätigen Volkes treffen.

Ich bewegte nur meine Lippen und redete leise
und nur Wortfetzen. Für mich war klar, dass ich gar
nichts geschworen hatte.

Ich war glücklich über meinen Besuch. Wir trafen uns nach der Vereidigung und gingen zum Kaffeetrinken in die Kantine, die für Besucher zugänglich war und ich erzählte, wie es mir bisher erging. Ich ging davon aus über Weihnachten oder Silvester Urlaub zu haben. Und ich freute mich schon auf Daheim, meine Familie und meine Freunde zu treffen. Aber, obwohl ich Spießschreiber war und für alle andern die Urlaubsscheine ausschrieb, konnte ich nicht nach Hause fahren. Weihnachten war ich zur Wache eingeteilt und Silvester musste ich dableiben, damit die Kompaniestärke gewährleistet war. Das war sehr frustrierend, doch nicht zu ändern.

Eingesperrt, Weihnachten und zum Jahreswechsel. Damit musste ich erst fertig werden. Weihnachten war zu verkraften. Aber Silvester. Bei der NVA herrschte absolutes Alkoholverbot. Das hieß auch noch, die ganze Situation nüchtern ertragen zu müssen. Es gab allerdings immer Mittel und Möglichkeiten. Und so stand bei uns auf der Stube zu diesem Jahreswechsel von 1975 auf 1976, eine Flasche Primasprit auf dem Tisch mit 95,9 Prozent Alkohol. Ich weiß heute nicht mehr, mit was wir den verdünnt haben und ob überhaupt. Ich erinnere mich nur, dass ich halbnackt vor meinem Spint auf einem Besenstil, zu einer aus dem Transistor klingenden Musik ganz wild „Gitarre" gespielt habe, danach gingen die Lichter aus.

Am Neujahrsnachmittag bin ich das erste Mal erwacht, ich wusste weder wer ich bin, wo ich bin und was ich tue. Es war schlimm, und ich glaube, an dem Abend vorher habe ich mit dem Primasprit in meinem Körper einiges zerstört .

Ich hatte mich mittlerweile gut eingearbeitet. Mein Spieß W. Klante, war eigentlich ein liebenswerter Mensch, er liebte den Alkohol und roch auch ständig danach, wahrscheinlich war er Alkoholiker. Nachdem ich soweit in der Kompanie alles im Griff hatte, kam er nur noch selten. Ich konnte praktisch schalten und walten wie ich wollte. Ich schaffte es dann endlich auch Urlaub zu bekommen. Am 19. Januar 1976 fuhr ich das erste Mal nach Hause nach Dresden, für 6 Tage in den Urlaub. Nach zehn Wochen (73 Tagen!) war ich das erste Mal wieder in Freiheit. Meine Schwester holte mich in der Kaserne ab und wir fuhren nach Hause. Das erste was ich daheim tat, ich riss mir die Uniform vom Körper und konnte endlich wieder Zivilsachen tragen.

Ich war keine 50 Kilometer von Dresden entfernt, hatte überhaupt nichts auszustehen, eigentlich hatte ich alles im Griff und war dennoch unzufrieden. Mich störte es, dass ich eben diese 50 Kilometer weg war aus meiner gewohnten Umgebung. Und das wollte ich unbedingt ändern. Ich erinnerte mich an einen Freund, Steffen F., der für mich immer Arbeit hatte und mich gut bezahlte. Er war ca. ein Jahr vor mir bei der Truppe. Er war geschieden und hatte einen Sohn, für den er das Erziehungsrecht hatte. Steffen wollte sich auch drücken vom ersten Tag an. Er hatte einen Einberufungsbefehl und ist da nicht hingegangen. Stattdessen ging er in seine Werkstatt und trank versehentlich aus einer Flasche Nitroverdünnung. Das hatte zur Folge, dass er natürlich sofort ins Krankenhaus kam und in Lebensgefahr schwebte. Wir wussten nicht, ob er es darauf angelegt hatte oder ob es wirklich nur ein Versehen war. Das ist auch niemals ans Licht gekommen. Er wurde trotz allem eingezogen und kam irgendwo in den Norden der DDR, wo er allerdings nicht sehr lange war. Er kannte sich ziemlich gut aus mit den Gesetzmäßigkeiten und erwirkte es, dass er binnen kürzester Zeit nach Dresden zurückkommandiert wurde und sich letztendlich um seinen Sohn kümmern konnte. Er ging zum Dienst wie andere zur Arbeit, früh morgens um sechs, bis 17.00 Uhr. Dann kam er nach Hause und hat sich um sein Kind gekümmert, das sonst von seinen Eltern versorgt wurde. Er war als ganz normaler Soldat Heimschläfer.

Das ging mir nicht aus dem Kopf. Ich dachte, vielleicht kann ich in dieser Richtung auch etwas unternehmen, ich hatte zwar kein Kind, aber ich hatte eine Mutter, die im Verhältnis schon etwas älter und Schwerhörig war.

Steffen hatte die ganze Zeit gut hinter sich gebracht

und ich versuchte, mich mit ihm zu treffen, um mir ein paar Tipps zu holen. Das klappte auch. Es war an einem Sonntag, als ich zu ihm ging. Er nannte mir ein paar Formulierungen und wohin ich schreiben sollte, füllte mich mit Kaffee ab und Zigaretten, bis mir richtig schlecht war. Er erzählte mir von seinen Erlebnissen und Erfahrungen und noch am gleichen Abend setzte ich mich daheim hin und verfasste einen Brief an den Kommandeur der 7. Panzerdivision, Generalmajor Sieg. Und ich schrieb an den Armeegeneral Heinz Hoffmann. Ich bat darum, aufgrund von Hilfestellung für meine Mutter um Versetzung innerhalb der Division von Großenhain nach Dresden.

Nach dem Urlaub fuhr ich zurück nach Großenhain. Von meiner Aktion habe ich niemandem erzählt. Ich war jetzt der Boss in der Kompanie. Ich ging auf Ausgang, wann ich wollte, hatte ich doch die Ausgangskarten. Ausgang gab es nur für den Standort. Ich nahm allerdings immer den nächsten Bus und fuhr nach Hause. Einmal haben sie mich erwischt, als ich abends in dem Bus aus Dresden saß. Das war dann unerlaubte Entfernung von der Truppe und wurde bestraft. Dagegen konnte auch mein Spieß nichts machen. Ich kam für ein paar Tage in Arrest. Das war keine sehr freundliche Atmosphäre.

Ende Februar, gab es einen Regimentsalarm, dass hieß, alle mussten ausrücken. Als der Alarm losging, kam ich gerade vom Ausgang. Ich hatte einen ziemlichen Rausch. Aber das half nichts. Blitzschnell zog ich mich um, rannte zur Waffenkammer meine Pistole holen, lud anschliessend das Sturmgepäck auf meinen Rücken und rannte weiter im Laufschritt in den Fuhrpark, um den Ural startklar zu machen. In dieser Nacht musste ich auch den Trinkwasseranhänger mitführen. Es war kalt und es schneite. Es war schwierig, diesen Anhänger an den Ural anzuhängen und mit Trinkwasser zu befüllen. Ich habe mich da ziemlich übernommen, zumal mein Spieß, gut alkoholisiert, erst kurz vor der Abfahrt erschien. Durch diese Aktion, erlitt ich einen Leistenbruch. Das zumindest stellte sich nach ein paar Tagen heraus, als ich wegen Schmerzen den Med.-Punkt aufsuchte. Der Doktor sagte mir, ich solle ins Krankenhaus gehen, um es genau abzuklären, was ich umgehend tat. Die Diagnose war richtig. Das bedeutete, ich musste zur Operation ins Krankenhaus und ich hatte wieder einmal Glück, kam ich doch in das Großenhainer Krankenhaus.

An die Operation erinnere ich mich gut, einfach, weil ich danach ziemliche Schmerzen hatte. Es war insgesamt nicht schön. Das mag aber auch daran liegen, dass ich bis dahin noch niemals im Krankenhaus gelegen habe. Als die Schmerzen nachliessen und ich mich besser fühlte, war es eine sehr angenehme Zeit. Ich glaube, dass ich acht oder zehn Tage im Krankenhaus war. Wieder einmal befand sich plötzlich mein Körper in einer Art Ausnahmezustand. Das lag daran, dass es da so eine kleine, dunkelhaarige Schwester gab, die es mir einfach angetan hatte, ihr Name: Andrea. Die Zuneigung beruhte auf Gegenseitigkeit. Andrea wohnte in einem Schwesternwohnheim in der Nähe des Krankenhauses. In der Zeit, als ich auf der Station gelegen war, hatte sie Nachtwache. Ich leistete ihr Nachts Gesellschaft und schlief dann tagsüber. Am Tag vor meiner Entlassung haben wir uns lange an den Händen gehalten und geredet und ich habe versprochen, sie zu besuchen.

Vom Krankenhaus kam ich zurück in die Kaserne und wurde für eine weitere Woche im Med.-Punkt einquartiert. Danach erhielt ich noch ein paar Tage Genesungsurlaub. Also durfte ich wieder nach Hause fahren. Als ich gesund in meine Kompanie zurückkam, wurde ich zum Kompaniechef gerufen. Er teilte mir mit, dass er vom Divisionskommandeur von meinem Gesuch in Kenntnis gesetzt wurde und dass er diesem stattgegeben hat und ich in der nächsten Zeit nach Dresden versetzt werde. Den genauen Zeitpunkt und den Marschbefehl werde ich in den nächsten Tagen erhalten. Im Moment drehte sich alles in meinem Kopf, es gab eine gewisse Unordnung.

Ich wusste nicht sofort, wie ich jetzt alles unter einen Hut bekommen sollte. Am nächsten Tag gab ich mir Ausgang und besuchte Andrea. Ich erzählte ihr von meinem Glück. Sie fand es nicht so gut und war traurig. Ich versprach ihr, sie weiterhin zu besuchen und ihr zu schreiben. Es gab noch keine Computer, kein Handy, ja nicht mal ein Festnetztelefon hatten wir. Briefe schreiben war angesagt, ja richtig, mit Briefpapier und selber schreiben!

Ende April 1976 erlebte ich das erste Mal die Entlassung von Soldaten. Es war nicht einfach zu sehen, wie die EK's ihre Klamotten abgaben und in Zivil durch die Kaserne schlenderten. Ich war froh, als sie weg waren. Für mich begann das zweite Diensthalbjahr, also schon ein kleiner Aufstieg und ich wurde vom Soldaten zum Gefreiten befördert. Das bedeutete einfach auch mehr Geld. Statt 80 Mark bekam ich jetzt 120 Mark.

Dann war es soweit. Am 20. Mai 1976 bekam ich den Marschbefehl. Ich musste meine komplette Ausrüstung in einen Seesack packen und mich im Regiment an verschiedenen Stellen abmelden. Am 21. Mai fuhr ich morgens mit dem Bus nach Dresden, ein wunderschöner, sonniger Tag.

Ich hatte mich im Kfz-Transportbataillon 7 auf der Dr.-Kurt-Fischer-Allee zu melden. Dort fuhr ich hin. Der überdimensionale Seesack war Grund für die Schweißperlen auf meiner Stirn. Es war ein kleines Objekt mit drei Kompanien, die in drei Häusern untergebracht waren. Als ich ankam, war gleich hinter dem Sportplatz ein Zeltlager aufgebaut.

Ich meldete mich beim Kompaniechef. Ich musste ihm näher erklären, was der Grund meiner Versetzung ist. Ich erzählte ihm von meiner kranken, behinderten Mutter, dass ich mich um sie kümmern muss und dramatisierte die Geschichte ein wenig. Er sagte mir, dass ich mich bei einem der Zelte melden sollte. Die Gebäude wurden gerade renoviert und neu gestrichen. Dann sollte ich meine Sachen einräumen und mich wieder bei ihm melden, um mir bei ihm eine Ausgangskarte zu holen. Ich sollte zu meiner Mutter gehen und Bescheid sagen, dass ich nun in ihrer Nähe bin. Natürlich tat ich genau so, wie mir befohlen wurde.

Ich war stolz auf mich, hatte ich es doch geschafft, wenn auch mit Anleitung, nach Dresden versetzt zu werden, was für Soldaten eigentlich nicht möglich war. Ich hatte jetzt 25 Minuten Fussweg und war zu Hause. Nach Dienstschluss lief ich los. Als ich ausserhalb der Kaserne war begann ich zu rennen und ich rannte bis nach Hause. Meine Mutter schaute mich ungläubig an. Ich entledigte mich der Uniform und schlüpfte in meine Zivilsachen. Was war das für ein Gefühl! Wenn man Glück hatte, sich gut führte und die sportlichen Normen schaffte, konnte man ein bis zweimal pro Woche in den Ausgang, von Dienstende ca. 17.00 Uhr bis 24.00 Uhr.

Trotzdem war es oftmals die Willkür der Vorgesetzten, ob man raus durfte oder nicht. Manchmal war es so, dass die Aus gänger sich nach Dienstschluss erst in Sportsachen umziehen mussten, um auf dem Sportplatz Klimmzüge oder Liegestütze zu machen. Wenn die geforderte Anzahl geschafft wurde, durfte man sich die Ausgangsuniform anziehen.

Kapitel 18

Oscarverdächtige Schauspielerei

Obwohl ich nun nur 3 km Luftlinie von daheim entfernt war, fühlte ich mich schlechter als in Großenhain. Ich sah um mich herum die bekannte Umgebung und war dennoch eingesperrt. Das wurmte mich sehr und ich überlegte, wie ich das ändern könnte. Doch zunächst lief alles normal. Ich leistete meinen Dienst.

Von einem Neuen in der Kompanie wurde verlangt, dass er seinen Einstand gibt. Das wiederum bedeutete, ich musste Alk besorgen (Alk war die Abkürzung für Alkohol). Das war allerdings nicht einfach. Wenn man vom Ausgang kam, wurden öfter Kontrollen durchgeführt. Ich wollte mich nicht erwischen lassen. Also musste ich mir etwas anderes überlegen. Unsere Kaserne lag in der Nähe vom Heller. Der Heller ist eine Landschaft in Dresden, die um das Jahr 1830 durch Rodungen entstand. Am Heller wird Sand abgebaut. Seine großen Sandgruben liefern seit Jahrzehnten Material für den Dresdner Städtebau. Seit 1960 verfüllte man die Gruben, die heute landschaftsprägend sind, teilweise wieder mit Bauschutt und Müll. Aber dort gibt es auch eine Kleingartenanlage und in der wiederum gibt es auch eine Gartenkneipe.

Es war Pfingsten, ich war in der Kaserne und wir vertrieben uns die Zeit mit Kartenspielen, fernsehen oder Briefe schreiben. An den Feiertagen wurden durch den Offizier vom Dienst mehrmals Stärkeprüfungen durchgeführt, dazu musste die jeweilige Kompanie antreten und es wurde überprüft, ob alle da sind, die da sein müssen. Allerdings wusste man nie, wann der OvD kam. Ich dachte mir, ich springe über den Zaun und laufe in die Gartenkneipe, um Schnaps zu holen. Alles ging soweit gut. Als ich zurückkam war alles ruhig. Ich kletterte an der gleichen Stelle, wo ich raus bin, wieder zurück in die Kaserne. Als ich gerade vom Zaun runterspringe, höre ich jemanden schreien: „Halt, stehenbleiben! Stehenbleiben oder ich schieße!"

Und schon pfiff mir etwas um die Ohren und es

krachte. Ich rannte durch das Gebüsch seitlich weg zur Baracke, wo der Speisesaal war. Ich trug meine Felddienstuniform, die relativ weit an mir herumhing. Ich rannte um die Baracke und als ich gerade in den Weg einbiegen wollte, steht der OvD vor mir, mit der Pistole in der Hand und schreit mich an, ob ich jemanden gesehen hätte. Ich nahm Haltung an und sagte zu ihm, ich komme aus dem Lesecafé und habe Schüsse gehört, weswegen ich wegrannte, aber gesehen habe ich niemanden.

Ich konnte mich gerade noch beherrschen, nicht in die Hosen zu machen vor Angst. Die zwei Flaschen hatte ich in den Händen. Ich hielt sie mit dem Flaschenhals nach unten, den Flaschenkörper am Arm anliegend, die weiten Ärmel der Uniform schützend darüber. Ohne sich weiter um mich zu kümmern rannte der Offizier weiter um die Baracke herum, entgegen der Richtung wo ich gerade herkam. Mein Leben hätte an diesem schönen Junitag vorbei sein können. Mein Glück war, dass der OvD nicht genau erkennen konnte, wer da über den Zaun gestiegen kam weil er wahrscheinlich von der Sonne geblendet war, wie ich viel später einmal recherchierte. Er konnte natürlich keinen Eindringling finden und als er sofort die Stärkekontrolle veranlasste, musste er feststellen, dass niemand fehlte.

Ende Juni war eine Übung angesagt. Wir waren einige Tage unterwegs. Als wir ausrückten, war es mitten in der Nacht. Der Alarm wurde ausgelöst, man hat sich angezogen, hat sein Sturmgepäck aufgehockt, den Stahlhelm auf den Kopf und ist zur Waffenkammer gerannt, hat dort seine Kalaschnikow geholt und ist in den Fuhrpark zu seinem Fahrzeug gerannt.

Ich fuhr in Dresden einen W50, mit dem es wesentlich angenehmer war zu fahren. Wir fuhren stundenlang mit Marschgeschwindigkeit - ca. 30 km/h durch die Gegend, immer nur die Rücklichter vom Vordermann vor Augen. Irgendwann schlief ich mal kurz ein, als mein Beifahrer brüllte: „Achtung!" Ganz schnell war ich hellwach. Ich stand in Wilsdruff auf der Autobahnbrücke und hatte schon das Geländer gerammt. Der Abgrund vor mir war fast 20 Meter tief. Im Juli hatte ich Urlaub. Ich freute mich wahnsinnig darauf. Wenn ich mich recht erinnere, standen einem DDR - Soldaten während der 18 Monate Grundwehrdienst 18 Tage Urlaub zu. Ein paar Tage hatte ich schon in Großenhain. Dann hatte ich fünf Tage Genesungsurlaub nach meiner Operation, die es zusätzlich gab. Und nun den zweiten Urlaub, sechs Tage. Diese sechs Tage waren natürlich ganz schnell vorbei und es begann der alte Trott zu dem ich aber gar keine Lust hatte. Wie immer wurde um 6 Uhr geweckt zum Frühsport. Und wie schon die Tage vor dem Urlaub, beteiligten wir uns nicht daran, sondern setzten uns ab und gingen in die Heizung wo wir rauchten, andere ließen sich von den Soldaten des ersten Diensthalbjahres im Spint einschließen und schliefen darin, bis der Frühsport vorbei war.

An diesem Sommermorgen hatte ich blitzartig eine Idee. Ich saß in der Heizung und rauchte mit den anderen. Unbeobachtet drehte ich mich zur Seite und liess mir den Rauch der Zigarette direkt in die Augen, was zur Folge hatte, dass diese wie wahnsinnig zu tränen begannen. Es sah so aus, als würde ich heulen. Das wiederholte ich zwei, dreimal und die Augen sahen schlimm aus. Bevor wir zum Frühstück gingen, klopfte ich bei unserem Kompaniechef an und bat darum ihn sprechen zu dürfen. Er sah mich an und fragte, was passiert sei. Ich erzählte ihm, als ich am Abend von daheim weg bin, dass es meiner Mutter sehr schlecht ging, dass sie Kreislaufprobleme hatte und umgefallen sei und dass ich sie in diesem Zustand allein lassen musste. Und dass ich mir nun Sorgen mache und nicht weiß, wie es ihr geht. Er sagte zu mir, dass er mit mir zum Bataillonskommandeur geht und ich mit dem sprechen soll. Das Herz schlug mir bis zum Hals, als ich die Baracke betrat, in der Kommandeur Oberstleutnant Kraft sein Zimmer hatte. Ich erzählte ihm die gleiche Geschichte. Während ich alles wiederholte konnte ich mir vor lauter Traurigkeit ein paar Tränen rausdrücken, was sicherlich sein Mitleid rührte. Der Oberstleutnant, vom äußerlichen ein großer schlanker Mann mit einem sehr kantigen und brutal aussehendem Gesicht, wurde ganz weich. Er sagte zu mir, das kriegen wir schon hin, ich solle sofort nach Hause gehen und nach meiner Mutter sehen und das Nötige veranlassen. Ausserdem könne ich die nächsten drei Tage nach Dienstschluss nach Hause gehen und früh um sechs Uhr zum Frühsport solle ich wieder da sein und ganz normal meinen Dienst tun.

Das war unglaublich, aber so geschah es. Ich ging nach Hause und hatte erst mal Freizeit. Am nächsten Morgen war ich pünktlich zum Frühsport wieder da. Nach den drei Tagen wurde ich gefragt, wie es inzwischen zu Hause geht. Ich sagte, es hat sich nichts geändert. Also durfte ich weiter nach Feierabend heimgehen und am Morgen wiederkommen. Das passierte zwei Wochen lang. Inklusive der Wochenenden. Besser konnte es doch eigentlich gar nicht gehen. Doch, es ging noch besser! Als ich nach vierzehn Tagen dem Kommandeur mitteilte, dass noch keine Besserung eingetreten sei, befahl er, dass der Politoffizier mich nach Hause begleitet und sich die Situation bei mir daheim vor Ort anschaut und danach würde weiter entschieden.

Wieder rutschte mir das Herz fast in die Hosen, als es hieß, der Offizier kommt mit zu uns nach Hause, um zu sehen, wie es meiner Mutter geht. So gingen wir los. Wir unterhielten uns unterwegs und je näher wir der Kamenzer Straße kamen, desto mulmiger wurde mir. Meine Mutter war zu dem damaligen Zeitpunkt krankgeschrieben. Sie litt schon seit einiger Zeit an hohem Blutdruck. Nur waren wir, sie genauso wenig wie ich, auf diese Situation vorbereitet. Als ich mit dem Offizier in die Kamenzer Straße einbog, durchsuchte ich meine Taschen und sagte ihm, dass ich gar keinen Schlüssel dabei habe und meine Mutter schwer hört und sie das klingeln nicht hören kann. Deshalb wolle ich schon mal vorangehen, um durch das Schlafzimmerfenster in die Wohnung zu steigen und ihm die Tür zu öffnen. Dadurch bekam ich einige wichtige Meter Vorsprung. Ich wusste ungefähr, wie ich vorgehen werde. Ich musste nur hoffen, dass meine Mutter so mitspielt. Das Wichtigste, sie war daheim. Ich ging natürlich mit dem Schlüssel in die Wohnung. Hektisch instruierte ich meine Mutter. Ich sagte ihr, sie soll sich in den Sessel setzten und ich schlug eine Decke um sie herum. Aus dem Schrank räumte ich einige Medikamente auf den Tisch und meiner Mutter sagte ich, sie soll einfach gar nichts sagen. Ich öffnete die Tür, vor der mittlerweile der Offizier stand. Ich bat ihn herein und stellte ihm meine Mutter vor. Sie saß im Sessel und lächelte. Ich erklärte ihm nochmals, dass meine Mutter schwerhörig ist. Er begann auch gleich in einem klarem Hochdeutsch zu fragen: „Geht es ihnen immer noch schlecht, Frau S.? Mutti verstand es wahrscheinlich nicht und immer wenn sie etwas nicht verstand, nickte sie und lächelte. Er stellte viele Fragen und alle beantwortete meine

Mutter mit einem Nicken und Ja, Ja. Auch die Frage nach einer Fürsorgerin, ob sie diese benötigen würde, beantwortete meine Mutter mit Ja. Sie spielte wunderbar mit und der Offizier stellte alles passende Fragen. Am Ende kam er zu dem Ergebnis, dass es meiner Mutter sehr schlecht geht und sie unbedingt Hilfe benötigt.

Wir gingen wieder zurück in die Kaserne und das, was er von meiner Mutter erfahren hatte, sagte er dem Oberstleutnant. Der wiederum veranlasste, dass ich bis auf weiteres jeden Abend nach Dienstschluss nach Hause gehen konnte und, vielmehr noch, ich musste mit einem Thermobehälter Mittagessen aus der Kaserne für meine Mutter mit nach Hause nehmen. Das war doch sehr menschlich. Ich durfte mir jetzt nur nicht etwas zu Schulden kommen lassen, dann würde das so weiterlaufen. Ich verhielt mich ganz unauffällig und jeder meiner Kollegen und Vorgesetzten hatte sich daran gewöhnt, dass ich abends heimging und morgens wiederkam.

Morgens war ich pünktlich in der Kaserne. Ich zog mir die Trainingssachen an für den Frühsport, den ich nun natürlich immer mitmachte und dann begann ganz normal der Tag mit den geplanten Diensten. Nach Dienstschluss zog ich meine Ausgehuniform an und ging nach Hause. Ich war Außenschläfer. Mehr konnte man wohl als gewöhnlicher Soldat oder Gefreiter bei der Nationalen Volksarmee nicht erreichen. Vielleicht war ich auch der Einzige, der es jemals dazu gebracht hat. Als ich dann noch die Telefonnummer von unserem Bäcker Johne brachte, wo ich im Falle eines Alarms telefonisch erreichbar sein konnte, war ich Aussenschläfer bis zum Ende der Dienstzeit im April 1977. Das war mir durch meine Schauspielerei und durch die Oberflächlichkeit der Vorgesetzten gelungen.

Aus der Chronik des Jahres 1976:
Im Jahr 1976 endet die langjährige diktatorische Herrschaft von Mao Zedong mit seinem Tod im September. Während in Deutschland die Bundestagswahl zu Gunsten von Bundeskanzler Helmut Schmidt ausgeht, wird in den USA Jimmy Carter zum neuen Präsidenten gewählt.

Im Sommer wird die Tschechoslowakische Fußballnationalmannschaft Europameister im Fußball.

1. April : Gründung der Firma Apple.
26. April: In Ost-Berlin wird der Palast der Republik eröffnet
19. Juni: Carl XVI. Gustaf von Schweden heiratet die deutsche Silvia Sommerlath
16. November: Der Konzertauftritt Wolf Biermanns bei einer Veranstaltung der IG Metall in Köln wird genutzt, den Liedermacher
aus der DDR auszubürgern

Noch war es nicht soweit. Es war August 1976 und ich hatte gerade die Hälfte meiner Wehrdienstzeit hinter mir. An einem Wochenende besuchte ich meinen Freund Frithjof. Er hatte Koch gelernt und arbeitete in der Mensa der Medizinischen Akademie in Dresden-Johannstadt. Ich hatte das Auto meiner Schwester und fuhr mit Frithjof ziellos durch die Stadt. Er erzählte mir, dass er in den Semesterferien Schwesternschülerinnen aus dem Krankenhaus zur Hilfe bei sich in der Küche hat. Und er erzählte mir weiter, dass ein Mädchen dabei ist, das ihm so gut gefällt, er nur nicht weiß, wie er es anfangen soll, um mit ihr zusammen zu kommen, sie zu treffen. Wir unterhielten uns darüber und es entwickelte sich eine Idee. Dieses Mädchen war in der Küche meistens mit einer weiteren Schülerin zusammen und Frithjof meinte, dass er die beiden fragt, ob sie nicht Lust hätten, mit ihm zum Kaffeetrinken zu gehen. Er würde einen Freund mitbringen, also mich, und somit wären wir zu viert. Das wollte er initiieren. So geschah es auch. Frithjof hatte mit den Mädels ausgemacht, dass wir sie am Sonntag um 14 Uhr am Gericht treffen.

Es war Sonntag, der 5. September. Zur vereinbarten Zeit waren wir am Treffpunkt. Die Mädchen warteten schon. Frithjof hatte mir noch kurz zuvor erklärt, für welches Mädchen er sich interessierte. Und das war genau richtig, denn die andere gefiel mir auf Anhieb. Die beiden jungen Damen hatten nicht vermutet, dass sie mit dem Auto abgeholt werden und waren etwas scheu einzusteigen. Frithjof hatte ihnen von mir kaum etwas erzählt. So fuhren wir los. Ich stellte mich kurz vor, während ich fuhr. Und ich sagte zu allen, dass wir in den Dresdner Süden fahren zum Kaffeetrinken. Wir verstanden uns auf Anhieb und wir hatten Spaß. Ich fuhr ins Höhencafe. Natürlich stellten wir uns unterwegs noch vor. Und wieder war der Name des Mädchens, das mir sofort gefiel, Andrea.

Ist ein Mensch verliebt, dann befindet sich der Körper dieses Menschen, medizinisch gesehen, auf Grund der Biochemie in einer Art Ausnahmezustand. In der Phase des Verliebtseins setzen die Nervenzellen in den Arealen des Gehirns, die für Emotionen und Gefühle zuständig sind, eine Vielzahl an chemischen Botenstoffen, genauer gesagt, Endorphinen frei. Diese sogenannten Glückshormone laufen dann die Nervenbahnen am Magenraum entlang und lösen dadurch das berühmte Kribbeln im Bauch aus. Und das Kribbeln war wieder da und ich wusste nicht so richtig, was mit mir passierte. Aber mir war klar, ich musste Andrea unbedingt wiedersehen. Und ich wollte dieses hübsche, junge Mädchen unbedingt als meine Freundin. Unsere ersten Gespräche waren tiefgründig. In relativ kurzer Zeit, so glaube ich, haben wir gegenseitig sehr viel voneinander erfahren. Irgendwie konnte ich überhaupt nicht mehr klar denken. Aber ich habe es noch geschafft, ein nächstes Treffen zu vereinbaren. Nach ein paar Tagen trafen wir uns wieder und von da ab fast in jeder freien Minute. Andrea stellte mich ihren Eltern vor, die nicht so begeistert schienen. Aber ich war akzeptiert. Ihr Vater ließ ausrichten: „Der soll sisch ma de Hände waschn, der had so gläbsche Fodn."

Ich konnte mir vorstellen, dass Andrea die Frau für mein Leben ist. An einem Sonnabend brachte ich sie abends nach Hause, wie ich überhaupt immer die Mädchen nach Hause brachte, das gehörte sich so. Wir standen im Hauseingang, um uns zu verabschieden, als sie zu mir sagte, ich solle mit hineinkommen, ihre Eltern sind weggefahren und kommen erst am nächsten Tag zurück. Das ließ ich mir natürlich nicht zweimal sagen. Wir verbrachten die Nacht miteinander. Wir planten für eine gemeinsame Zukunft. Aber erst musste ich noch sechs Monate bei der Volksarmee verbringen und Andrea musste ihr Fachschulstudium beenden. Sie lernte Kinderkrankenschwester und war in der Medizinischen Akademie auf der Frühgeborenen-Intensiv-Station. Wir wollten uns verloben, so etwas gab es damals noch. Da wir aber beide sehr wenig Geld hatten, war das zunächst sehr schwierig. Ich hatte meine (unsere) liebe Tante Hildegard. Ihr vertraute ich mich an und erzählte ihr von meiner Liebe und davon, dass ich mir sicher bin, mit Andrea zusammenzubleiben. Tante Hildegard hatte immer eine

Lösung. Sie hat uns ihr ganzes Leben lang immer wieder unterstützt. Und so half sie mir auch dieses Mal. Von ihrem Mann hatte sie einen Ring aus 900er Gold. Es war ein großer, schwerer Ring. Den gab sie mir und sagte, daraus könne ich bestimmt zwei Ringe machen lassen. Ich ging damit zu einem Goldschmied der uns die Ringe anfertigte. Wir feierten inoffiziell unsere Verlobung, es waren nur wenige Leute eingeweiht. Ich weiß leider heute nicht mehr, wann, wo und wie wir das gemacht haben. Es müsste im Januar oder Februar 1977 gewesen sein. Offiziell taten wir es dann noch einmal im Sommer. Vorher hielt ich meinen zukünftigen Schwiegervater um die Hand seiner Tochter an. Auch so etwas gab es damals noch. Die Verlobung fand im Juli statt und wurde bei den Schwiegereltern gefeiert.

Ende April 1977 wurde ich in Ehren aus der Armee entlassen. Anschließend ging ich zurück ins Haus der Presse und arbeitete weiter in meinem Beruf. Andrea machte das Staatsexamen und blieb noch einige Jahre auf der Station für Frühgeborene.

Wir heirateten 1978 und wir wurden Eltern eines Mädchens und eines Jungen.